rororo

AHARON APPELFELD, 1932 in Jadowa in der rumänischen Bukowina geboren und 2018 bei Tel Aviv gestorben, zählt zu den bedeutendsten Schriftstellern Israels. Nach Verfolgung und Krieg, die er im Ghetto, im Lager, dann in den ukrainischen Wäldern und als Küchenjunge der Roten Armee überlebte, kam er 1946 nach Palästina. In Israel wurde er später Professor für Literatur. Seine hochgelobten Romane und Erinnerungen wurden in fünfunddreißig Sprachen übersetzt. Über Aharon Appelfeld, der unter anderem mit dem Prix Médicis und dem Nelly-Sachs-Preis ausgezeichnet wurde, sagte Philip Roth: «So einzigartig wie das, worüber er schreibt, ist Appelfelds Sprache.»

«In meisterhaft skizzierten, scharf umrissenen Szenen sehen wir die Bilder einer entschwundenen Vergangenheit.» *Frankfurter Allgemeine Zeitung*

«Das Ufer am Pruth ist heute ein anderer Ort, doch mit dem Roman ‹Meine Eltern› zittert darüber noch immer die Luft von jenen Stimmen. Das ist unverjährbares Erzählen.» *Frankfurter Rundschau*

«Ein Meisterwerk, das die Grenzen der Erinnerungsliteratur überschreitet … Eine geglückte Balance aus psychologischer Feinzeichnung und einem poetischen Realismus voller Widerhaken.» *Deutschlandfunk Kultur*

«Ein traurigschöner Roman über das Erinnern.» *Stern*

Aharon Appelfeld

Meine Eltern

Roman

Aus dem Hebräischen von
Mirjam Pressler

Rowohlt Taschenbuch Verlag

Veröffentlicht im Rowohlt Taschenbuch Verlag, Hamburg, Juni 2019

Umschlaggestaltung any.way, Barbara Hanke und Cordula Schmidt,
nach einem Entwurf von Anzinger und Rasp, München
Umschlagabbildung Tamás Miklya / EyeEm / Getty Images
Typografie Farnschläder & Mahlstedt, Hamburg
Schrift Dante MT Std
Druck und Bindung CPI books GmbH, Leck, Germany
ISBN 978 3 499 27524 1

I

Im Lauf meines Schreibens kehre ich immer wieder in das Haus meiner Eltern in der Stadt und in das Haus meiner Großeltern in den Karpaten zurück, und auch an die anderen Orte, wo ich Zeit mit ihnen verbrachte. Ich sage, ich kehre zurück, aber das ist nicht ganz richtig. Denn die Häuser meiner Eltern und meiner Großeltern sind fast immer um mich, obwohl es sie schon lange nicht mehr gibt. Dies sind meine festen Orte, die ich immer um mich spüre, die ich aufleben lasse, und es gibt Tage, an denen das Bedürfnis, ganz dort zu sein, noch drängender wird: aus Müdigkeit, Niedergeschlagenheit und einem Gefühl des Ausgelaugtseins.

Die Rückkehr zu diesen Häusern, nach Hause, bereitet mir meist Freude, verbunden mit großer Erregung. Ich habe in meinem Leben in vielen Häusern gewohnt, doch die Sehnsucht nach dem Haus meiner Eltern ist immer gleich stark geblieben. Es gibt Tage, an denen ich mich im Haus der Eltern niederlasse, und es gibt Tage, an denen ich im Haus meiner Großeltern verweile. Die Fülle, die sie mir bieten, ist grenzenlos.

Diese Häuser stehen scheinbar noch so, wie ich sie vor langer Zeit verlassen habe, dem ist aber nicht so: Die Jahre haben alles Vorübergehende und Überflüssige von ihnen entfernt. Was blieb, ist der Junge, der sich über alles, was um ihn geschieht, immer wieder von neuem wundert, damals wie heute.

Die schöpferische Arbeit braucht diesen Blick des Kindes. Wenn du das Kind in dir verlierst, wird der Gedanke zur Gewohnheit, du entfernst dich unmerklich vom Staunen, vom ersten Blick, und das schwächt den schöpferischen Prozess. Ohne das kindliche Staunen wird man ernsthaft, und das Denken füllt sich mit Zweifeln: Alles wird penibel untersucht, gegen alles kann man Einwände finden, und am Ende bist du innerlich zerklüftet, nichts bleibt außer schartigen, schneidenden Worten.

Das erste Haus, die Rückkehr dorthin und der Aufenthalt in ihm, hat jedes meiner Bücher genährt. Ich schreibe keine Erinnerungsliteratur. Das Bewahren und Festhalten von Erinnerungen ist ein antikünstlerischer Ansatz. Zwar ist das, was ich in meiner Kindheit und frühen Jugend erlebt habe, der Boden, aus dem mein Schreiben erwächst. Diesen Erlebnissen füge ich immer andere Erfahrungen hinzu, aber ohne das erste Haus, ohne dessen Fundament und Dach, würde ich mich in einem Meer von flüchtigen Gedanken und Widersprüchen verlieren, und statt Literatur zu schreiben, versänke ich in Grübeleien und ziellosen Bemühungen. Nur mit dem geheimen Blick des Kindes kann man etwas erschaffen; und dieser Blick ist nicht etwa mit einem literarischen Trick zu verwechseln.

Der Moment, in dem der Blick des Kindes durch die Dunkelheit der vergangenen Jahre bricht, verspricht dir neue Einsichten, Klarheiten und Wortschöpfungen, die jahrelang in dir verborgen waren und die sich dir jetzt offenbaren. Das gespannte kindliche Staunen wischt plötzlich den Staub der Jahre von den Erscheinungen, von den Menschen, sie stehen dir vor Augen wie beim ersten Mal, und du wünschst dir aus ganzem Herzen, dass diese Gnade nie aufhören möge.

Das Schreiben eines Buchs ist eine lange Reise. Wie bei jeder Reise gehören Zweifel, Irrtümer, verzweifelte Gedanken und unruhiger Schlaf dazu. Schreiben ist die Berührung mit dir selbst und mit den Gestalten, die du getroffen hast, Menschen, die du gut kanntest, und andere, die mit einem Lächeln an dir vorbeizogen und wieder aus deinem Leben verschwanden, und es gibt Menschen in der Tiefe deiner Seele, die sich dir in den Wirren der Zeit nicht so gezeigt haben, wie sie es hätten tun sollen, die in der Vergessenheit versunken sind; aber keine Sorge, auf deinem Weg werden sie sich dir, wenn du Glück hast, zeigen und deine Welt erweitern.

Das Schreiben gleicht aus vielen Gründen den Reisen, die ich mit meinen Eltern im Sommer zu meinen Großeltern in den Karpaten unternahm. Alles, was ich sah, war ganz anders, als ich es mir vorgestellt hatte, die Landschaft war anders, die Menschen waren anders. Die Bilder drangen von allen Seiten auf mich ein, und es war gut, dass meine Mutter einfach neben mir saß und mein Staunen begleitete, ohne meine Aufmerksamkeit auf irgendwelche Dinge zu lenken oder sie zu erklären. In ihrer Zurückhaltung erlaubte sie den Bildern, dass sie direkt in mein Inneres eindrangen. Durch die Stille nahm ich sie erst wahr. Die Stille ist das Geheimnis jeder Kunst. In der Stille sehen und hören wir mehr.

Nach etlichen Vorbereitungen machst du dich auf die Reise. Anfangs glaubst du, der Weg sei gut gebahnt und du würdest angenehm und mit Tempo vorwärtskommen. Doch es dauert nicht lange, da vergeht dir der Optimismus. Die ersten Sätze, die dir so leicht und flüssig in den Sinn kamen, wehren sich jetzt dagegen, in Buchstaben gefasst zu werden.

Schon bald wird dir klar, dass es nicht so leicht wird, die richtigen Worte für deine Gefühle zu finden, auch nicht für das Bild einer Landschaft und schon gar nicht für ein menschliches Gesicht. Du lernst von neuem, dass Worte keine Gefühle und keine Bilder sind, sie können höchstens auf sie hinweisen. Adjektive, von denen wir uns helfen lassen wollen, erweisen sich oft als Schabracken. Worte wie schön, wunderbar, großartig sind schnell Dekoration, werden fadenscheinig. Etwas zu beschreiben oder zu erzählen ist eine Aufgabe, die deine ganze Kraft erfordert. Deshalb spürst du nun plötzlich die Müdigkeit, schon zu Beginn der Reise. Die Zuversicht, dass du alles erzählen und mit den richtigen Worten beschreiben kannst, erweist sich als trügerisch.

Und trotz aller Irrtümer und Hindernisse versuchst du nun wieder, die Bilder in Buchstaben zu kleiden. Diese Sisyphusarbeit wird dich auf dem ganzen Weg begleiten.

Es gibt Wörter, die Licht in sich bergen, die helfen, das Bild zu erschaffen und die Vorstellung einer Sache wiederzugeben, und es gibt Wörter, die aus irgendeinem Grund Abfall sind, denen es an Lebendigkeit fehlt. Wenn du Glück hast, dann ebnen dir die erhellenden Wörter den Weg, aber meistens mischen sich die hellen und die wertlosen Wörter, und deshalb ist die Schreibarbeit schwer und voller Enttäuschungen.

Doch auf wunderbare Weise befreist du dich wieder von diesem Druck und gehst erneut los. Diesmal bewegst du dich vorsichtig vorwärts, mit einer Aufmerksamkeit, die jeden Moment angespannter wird; wie in deiner frühen Kindheit, wenn du aus der Seitentür des Hauses getreten bist, angezogen vom Anblick des dämmrigen Hains. Du hattest dich gar nicht weit entfernt, doch die wenigen Schritte, die du in den verdächtigen Schatten der Bäume gemacht hast, dieses wache Zögern kehrt jetzt zu dir zurück, wenn du am Beginn eines neuen Buchs stehst und dich ins Unbekannte aufmachst.

Vorsicht, Besorgnis und Furcht werden ab jetzt deine Begleiter sein: Was sollst du sagen, was nicht? Aus lauter Vorsicht radierst du auch das Nützliche weg. Mehr als einmal überfällt dich Mattigkeit mitten auf der Strecke – es ist keine Müdigkeit, sondern ein Gefühl des Versagens, der Verzweiflung. In dieser Mattigkeit prüfst du alles, was du getan und erzählt hast, wie mit dem Brennglas. Alle Schwächen und Ungenauigkeiten, alles, was du verheimlichen wolltest, tritt überdeutlich hervor, und es ist nur gut, dass in dem ganzen Durcheinander überraschenderweise eine breite, friedliche Grundlage erscheint: Es ist der Garten der Großeltern, mit Blumen und Gemüsebeeten, alten Obstbäumen, die jedes Jahr blühen und Früchte tragen. Und der Großvater und die Großmutter, die staunen, dass ich trotz aller Hindernisse zu ihnen gekommen bin. Sie können sich nicht vorstellen, wie sehr ich mich nach ihnen gesehnt habe.

Hier gibt es Dinge, die die Stadt nicht bietet: Erde, Gras, Tiere, fließende Bäche, hohe Bäume und den Himmel darüber. Und, noch wichtiger, den Glauben. Mein Großvater und meine Großmutter, die klein gewachsenen Gestalten, sie gleichen Kindern. Ihre Augen sind voll von Staunen. Mein Vater und meine Mutter wirken verlegen. Die Jahre in der Stadt haben ihnen die Naivität geraubt, die sie auch einmal besaßen. Ich bin so froh, dass wir angekommen sind, dass ich mich vor lauter Freude nicht von der Stelle rühren kann.

2

Diesmal kehre ich zu der Bauernhütte am Fluss Pruth zurück, die meine Eltern für den Sommerurlaub gemietet haben. Es ist ein bescheidenes Haus, in das wir jeden Sommer fahren, doch ist es kein zufälliger Ort. Jedes Jahr verbringen wir einen Monat dort, umgeben von einfachen und starken Bildern der Natur: ein Feld mit gelben Sonnenblumen, silbernen Pappeln, die Tag und Nacht säuseln, hohes, dichtes Schilf, in dem Vögel nisten, deren helles Pfeifen mich nachts weckt.

Die Hütte ist nicht groß: zwei kleine Zimmer, eine Küche, die auch als Esszimmer dient. Vor der Hütte liegt ein kleiner Hof, daneben ein Gemüsegarten, zwei Kirschbäume und ein Rosenbeet.

Früh am Morgen bringt uns der Besitzer ein rundes Bauernbrot, Eier, Milch und Käse. Der Gemüsegarten steht uns zur Verfügung, und meine Mutter stellt Gurken, Tomaten, Radieschen und junge Zwiebeln auf den Tisch, frisch aus dem Beet. Viele Geschmäcker und Gerüche haben meine Kindheit begleitet, doch an den Geschmack des Gemüses aus jenem Garten erinnere ich mich bis heute.

Die Zeit vom Morgen bis zum späten Nachmittag verbringen wir am Flussufer, schwimmen und lassen uns in der Sonne braun werden. Es gibt nicht viele Sommergäste außer uns, und die anderen sind leicht an ihrer bunten Erscheinung zu erkennen. Nur die jüdische Bürgerschicht kann sich einen Monat Urlaub in dieser ländlichen Gegend am Fuß der Karpaten erlauben.

Am frühen Abend sitzen wir vor der Tür der Hütte, trinken Kaffee und betrachten lange, wie die Sonne sinkt und es immer dunkler wird, bis tief in den Abend hinein. Die Abende sind lang zu dieser Jahreszeit, und sie bewahren einen Rest des Sonnenlichts bis nach Mitternacht. Die Dunkelheit ist grau, und das in ihr bewahrte Licht erlischt nicht ganz.

Abends gehen wir nicht zum Fluss, wir betrachten ihn nur von weitem, lauschen seinem Murmeln und lassen in uns nachwirken, was wir tagsüber gesehen haben. Gegen Mitternacht zerteilt meine Mutter eine Wassermelone, deren Farbe das Auge erfreut und deren Geschmack den Gaumen.

Die meisten Stunden des Tages verbringen wir am Ufer des

Pruth. Der Fluss ist nicht breit und in dieser Jahreszeit auch nicht reißend, doch niemand sollte sich durch den friedlichen Anblick täuschen lassen: Nicht erst einmal ist hier ein Kind ertrunken.

Meine Eltern passen mit sieben Augen auf mich auf, doch diese Aufmerksamkeit hindert mich nicht daran, die große Frau zu betrachten, die sich am Ufer ausgestreckt hat, ein Sonnenbad genießt und sich fast nicht von ihrem Lager bewegt. Ihr Mann, viel kleiner als sie und sehr schmal, steht neben ihr und kredenzt ihr Limonade wie einem kleinen Mädchen.

Nicht weit von diesem Paar sitzt ein einbeiniger Mann. Den Bemerkungen meines Vaters habe ich entnommen, dass er über viel Besitz in der Stadt verfügt und an der Zuckerkrankheit leidet. Die Ärzte waren gezwungen, ihm das Bein abzunehmen. Er sitzt allein, weit entfernt von den anderen. Die Militärkappe, die er auf dem Kopf trägt, betont sein Einzelgängertum.

Um uns herum sind nur Berge und glänzendes Wasser. Manchmal ist mir, als würde ein Orchester gleich einen Walzer spielen, wie sonntagmorgens im Stadtpark, und die Leute würden zu tanzen anfangen.

Die meisten Menschen sind im Alter meiner Eltern, manche jünger, aber auch einige ältere waren schon hier; ihre Gliedmaßen haben schon einiges durchgemacht, weshalb manche hinken, an Krücken gehen oder im Rollstuhl gefahren werden. Das Wasser und die Sonne tun, wie sich herausstellt, den alten Leuten nicht gut, nach kurzer Zeit kehren sie mit ihren Helferinnen in die Stadt zurück.

Viele erstaunliche Menschen umgeben mich. Vor dem Schlafen habe ich noch ein paar von ihnen im Gedächtnis, die ich mir nun genauer anschaue. Der einbeinige Mann ist nicht etwa traurig, wie ich gedacht hatte. Er presst seine Lippen zusammen, schaut sich mit bitteren, manchmal verächtlichen Blicken um. Jedes Mal, wenn er die große Frau erblickt, der ihr Mann Limonade serviert, erfüllt sich sein Blick mit Abscheu.

Nachts, vor dem Schlafen, sieht alles anders aus als am Tag. Die Bilder drängen sich zusammen, nur die unterschiedlichen, erschreckenden Menschen bleiben an ihrem Platz. Nicht von ungefähr hat mir meine Mutter einen guten Schlaf ohne Albträume gewünscht und mich auf die Stirn geküsst. Doch dann wache ich aus einem Albtraum auf, schwitzend und zitternd. Meine Mutter hat immer wieder versucht, mich aus diesem Pfuhl herauszuziehen, doch die erschreckenden Menschen hören nicht auf, mich zu bedrängen.

Und da ist noch etwas. Oder eigentlich nichts: das Weinen. Ich weine nicht. Meine Mutter macht sich Sorgen, ich könne nie mehr weinen. Nicht einmal, wenn ich eine Spritze bekam, weinte ich. Mein Vater ist stolz auf meine Selbstbeherrschung. Ein weinender Mensch ist arm dran, er kann sich nicht zusammenreißen und erweckt nur Mitleid.

In seiner Kindheit weinte mein Vater oft, wie er uns gestand, doch er erzog sich selber, um damit aufzuhören. Meine Mutter fürchtet, mein Vater könne mir seine Entschlossenheit, das Weinen zu unterdrücken, vererbt haben. Sie hat nicht recht. Oft entdecke ich in den Augen meines Vaters etwas Feuchtes, und daran sehe ich, dass er den Tränen nahe ist. Als seine älteste Schwester Zila starb, sah ich Tränen in seinen Augen. Mehr als das erlaubte er sich nicht. Auch meine Mutter weint nicht laut, doch manchmal laufen ihr Tropfen über die Wangen, und sie wischt sie schnell weg.

Als ich in der zweiten Klasse war, schlug mich einer der starken Jungen und schrie: Und jetzt weine! Ich sagte mir, ich werde nicht weinen. Seither, glaube ich, kann ich das Weinen unterdrücken. Mehr noch, ich brauche es nicht. Wenn mir etwas weh tut, presse ich die Lippen zusammen oder balle die Hände zu Fäusten.

Meine Mutter macht sich trotzdem Sorgen. Sie sagt immer wieder: Kinder müssen weinen, wenn ihnen etwas weh tut, das Weinen erleichtert den Schmerz. Sie weiß nicht, dass sich das Kind in mir schon versteckt hat.

Doch die Träume kann ich nicht beherrschen, sie platzen in meinen Schlaf und erfüllen mich ganz. Solange keine Ungeheuer oder andere blutrünstige Geschöpfe auftauchen, träume ich ganz gern. Ich habe meine Mutter gefragt, ob man sich vor Träumen schützen könne. Diese Frage erschreckte meine Mutter, sie sagte: «Das können wir nicht. Über den Schlaf und über Träume haben wir keine Macht. Ein Mensch will nicht träumen, er träumt einfach.»

«Ist das ein Geschenk oder ein Fluch?», fragte ich.

«Der Traum ist ein Geschenk Gottes, wir sind damit gesegnet. Gott hat uns mit einer Fülle von Geschenken gesegnet: Wir sehen, wir hören, wir schmecken, wir riechen und wir träumen. Was täten wir ohne diese Geschenke?»

Meine Mutter spricht vor dem Schlafen oft über Gott, manchmal habe ich das Gefühl, als sei dies ein Geheimnis zwischen ihr und mir. Mein Vater benutzt das Wort Gott nicht. Unser Dienstmädchen spricht viel über Gott. In ihrem Sack hat sie eine Ikone, die sie auf die Kommode stellt, sich vor sie hinkniet, die Hände faltet und betet. Meine Mutter benutzt dagegen nie die Wörter und Sätze, die mein Vater oft sagt: Das ist der Beweis, der Beleg, es gibt ein Früher und ein Später. Unsere Vorväter haben geglaubt, was sie glaubten, und wir überprüfen nach und nach ihren Glauben.

Wenn mein Vater seine Grundsätze verkündet, betrachtet ihn meine Mutter, als wäre er nicht ihr Ehemann, sondern ein Verwandter, der sie immer wieder in Verwunderung versetze.

3

Jahre vergingen, bis ich mich dem Schlaf und dem zu ihm gehörenden Traum hingeben konnte. Mit der Zeit verstand ich, dass Schlaf und Traum mehr der Kunst als der Realität angehören. Die Realität ist voller Chaos, voller Widersprüche, und sie enthält zu viele Kleinigkeiten, die nicht alle Bedeutung haben.

Der Schlaf und der Traum sind Wegweiser für jeden Künstler, der sich aus dem Chaos ziehen will, das uns alle umgibt. Der Traum siebt die Realität und lässt die wichtigen, notwendigen Details zurück. Auch in der Kunst reichen ein paar richtige Details aus, um eine Figur zu erschaffen und ihr Leben einzuhauchen.

Jahrelang wurde der Traum als Durcheinander angesehen. Nur große Künstler wie zum Beispiel der, der die Geschichte Josefs geschrieben hat, wussten, dass der Traum keine Imitation der Realität ist, sondern ihr erst Bedeutung verleiht.

Mein Vater weigert sich, dem Traum eine Bedeutung zuzumessen. Bei dieser Diskussion wie bei anderen Auseinandersetzungen mit meiner Mutter bin ich schweigender Zeuge. Ein Streit, erhobene Stimmen, das bringt mich zum Schweigen. Nach lautem Reden fällt es mir schwer, einen Ton herauszubringen.

Oft geriet ich in den langen Jahren meines Schreibens in Schwierigkeiten, die rechten Worte zu finden, und stand so hilflos da wie in jener frühen Zeit, als ich gern etwas über mein Staunen und Erschrecken gesagt hätte, aber die wenigen Worte, die ich hatte, nützten mir nichts, und ich biss mir auf die Lippe und schwieg.

Sind die fehlenden Worte immer ein Nachteil? Manchmal, zu Beginn meines Schreibens, hatte mich das Fehlen der Worte regelrecht in Atemnot versetzt. Erst im Lauf der Zeit habe ich gelernt, dass Wortfindungsschwierigkeiten, Stottern, fehlerhafte Sätze, alle Mängel des schlechten Schreibens, zuweilen Vorteile bieten. Fließende und geschickte, lange Sätze verstecken manchmal nur die Leere. Eine Fülle an wohlgeordneten Worten enthält oft viel Überflüssiges.

Manchmal ist das Stammeln aus Not der wahre Ausdruck. Ich verdanke, wem auch immer, dass ich meine Kindheit unter nicht wenigen Menschen verbrachte, die sich schwerfällig ausdrückten, die stammelten und nach den richtigen Worten suchten. Sie waren es, die mir etwas über Bedrängnis und Not beibrachten, und auch etwas übers Schreiben.

Die Ferien, die wir am Pruth verbrachten, einen Monat lang und manchmal sogar länger, hinterließen mir eine Reihe von Bildern und Menschen, die mich sowohl an freudigen wie an traurigen Tagen begleiteten. Sie haben immer wieder mein Schreiben beflügelt, und jedes Mal, wenn ich einen Mangel an Worten empfinde, taucht ein Stück der Uferlandschaft vor mir auf oder ein Mann mit schmerzerfüllter Miene oder einer mit ironischem Gesichtsausdruck. Der schmerzerfüllte Mann presst die Lippen zusammen und bringt kaum ein Wort heraus. Der mit dem ironischen Gesicht verfügt über eine Fülle von Wörtern, er feilt sie, setzt sie aneinander, und am Schluss zieht er sie wie Schwerter aus dem Mund, als wäre er ein Zauberer.

Da ist der Blick des Besitzers der Hütte, Nikolai, der uns jedes Jahr bei der Ankunft erwartet. Ein Bauer mittleren Alters, misstrauisch. Er sagt immer: «Gut, dass ihr wieder zu mir gekommen seid», als habe unterwegs jemand versucht, uns eine bessere oder billigere Hütte anzubieten. Wir kommen zwar jedes Jahr zu ihm, doch das beschwichtigt sein Misstrauen nicht.

Einmal kam er mit seiner Frau: eine Schönheit und viel jünger als er. Er beschimpfte sie laut. Vermutlich misstraute er ihr, was weiß man schon. Doch ausgerechnet seine junge Frau, nicht er, erschien mir einige Male im Traum, in einem bunten Bauernkleid, sie lächelte mich listig an und sagte: «Beachte sein Schimpfen nicht. Ich tue, worauf ich Lust habe. Wenn du zu mir kommst, gebe ich dir was, das dir gefällt.»

Nikolai misstraute auch den Juden. Er glaubte, sie wollten ihn reinlegen, verbergen etwas vor ihm, zahlen ihm zu wenig. Das Misstrauen sah man schon in seinem Blick, und manchmal konnte er seine Zunge nicht zügeln und sagte zu meinem Vater: «Sie sind ein anständiger Mensch, aber die anderen Feriengäste betrügen uns immer.»

«Warum lassen Sie sich von ihnen betrügen?»

«Ich habe es bei Ihnen, Gott sei Dank, mit einem anständigen Mann zu tun, aber jeder Feriengast hier wird bei der richtigen Gelegenheit zum Verbrecher, vor dem man sich in acht nehmen muss.»

«Sie übertreiben, Nikolai», beschwichtigte mein Vater ihn wie einen alten Bekannten.

«Verzeihen Sie mir, wenn ich Ihnen etwas im Namen meiner Vorväter sage. Mein Großvater, er ruhe in Frieden, meinte immer: ‹Verlass dich nie auf Juden oder Zigeuner. Sie legen dich immer rein und hauen dich übers Ohr.›»

«Nicht alle», sagte mein Vater mit einem Blick, der Nikolai ganz umfasste und die Diskussion beendete.

Die meisten Träume, da kann man nichts machen, sind nicht angenehm. Das Lachen der Frau, die P. heißt, die den ganzen

Tag am Ufer liegt, ist im Traum wilder, als es war. Manchmal verwandelt sich ihr Lachen in ein ersticktes Husten, dann wird ihr Gesicht ganz rot. Der einbeinige Mann betrachtet sie, als wolle er ihr seine Hilfe anbieten. Zuweilen glaube ich, sie wisse Geheimnisse, und das sei der Grund für ihr Lachen.

Viele Geheimnisse verbergen sich hier: Da hat einer Konkurs gemacht und versinkt in Gram, der andere ist fröhlich wie ein schadenfroher Junge.

Einmal höre ich, wie sich der einbeinige Mann an einen anderen Feriengast wendet und sagt: «Sie leben in einer Scheinwelt. Bald werden Sie die Realität kennenlernen.» Der Mann hebt erstaunt den Kopf, erschrocken über den Schlag, der ihn da trifft.

Der einbeinige Mann redet in autoritärem Ton, als wisse er etwas, was die meisten anderen nicht wissen oder nicht wissen wollen. Seltsam: Niemand diskutiert mit ihm oder bringt ihn zum Schweigen.

4

Die Nähe zu meinen Eltern war nie unterbrochen, doch sie wirkten auf mich nie gemeinsam ein, sondern jeder für sich. Wenn ich eine Geschichte oder einen Roman schreibe, begleitet mich der Rhythmus der Stimme meiner Mutter zu den Toren der Phantasie. Wer meine Mutter kannte und sich an ihre Stimme erinnert, sagt, meine Stimme sei der ihren sehr ähnlich.

Der Rhythmus ist die wahre Kraft, die meine Finger über

das Papier treibt. Wenn der Rhythmus schweigt, fehlt mir der Schwung, als wären meine Flügel gekappt. Manchmal kommt der Rhythmus schnell zurück, doch manchmal entzieht er sich für Tage oder gar Wochen.

Schreibblockaden machen mich unruhig. Mein Zimmer verwandelt sich in einen Käfig, ich renne in ein Café, um die Unruhe mit zwei Tassen Kaffee zu betäuben. Früher habe ich ein paar Gläser Cognac gebraucht. Doch wenn der Rhythmus zu mir zurückkehrt, kehren auch die Worte aus ihrem Exil heim, die Sätze fließen, und die Handlung setzt sich zusammen, auch die richtigen Wörter kommen aus ihrem Versteck und tun das ihre dazu.

Die Musik habe ich von meiner Mutter geerbt, sie hat immer leise vor sich hin gesungen. Ich habe ihr gern dabei zugehört. Erstaunlich, wie nahe ich mich ihr fühle, auch jetzt, da ich doppelt so alt bin, wie sie es damals war.

Einmal sagte ein Bekannter: «Ich habe keine Beziehung zu meinen verstorbenen Eltern.» Ich erschrak, wusste nicht, was ich dazu sagen sollte. Er kam mir wie ein Krüppel vor, dem man helfen musste. Plötzlich sah er mich an, als wolle er sagen: «Siehst du mir nicht an, wie sie mich verletzt haben? Ich habe Jahre gebraucht, die Wunden zu versorgen, die sie mir zugefügt haben. Jetzt sind sie verkrustet und vernarbt. Meine Eltern waren meine Feinde, und wenn ich an sie denke, erschrecke ich immer wieder.»

«Warum?», fragte ich.

«Das frage ich mich auch.»

An meinen Vater erinnere ich mich immer, wenn ich einen Essay schreibe. Für einen Essay braucht man klare Gedanken, die richtige Mischung von Tatsachen und Argumenten. Mein Vater schrieb keine Essays, doch ich spüre, dass diese Form zu ihm gepasst hätte, und es tut mir leid, dass er sein Wissen und sein Talent nie umsetzen konnte. Hätte er geschrieben, so scheint es mir, hätten sich die ständigen Wogen seiner Ironie und seines Sarkasmus beruhigt, und er hätte sich mit Leib und Seele der schöpferischen Arbeit hingegeben.

Was hatte meinen Vater davon abgehalten, weiterzukommen und sich hervorzutun? Meine Mutter, die ihn besser kannte als jeder andere, sagte, mein Vater habe schon in seiner Jugend viel zu hohe Erwartungen an sich selbst gehabt, und das habe ihn behindert. Und sofort fügte sie hinzu: «Wer kennt die Seele eines Menschen? Wir können nur Vermutungen anstellen, doch wir wissen nichts über unsere wahren Motive und unsere wahren Hemmnisse. Jedenfalls darf man den anderen nicht einfach verurteilen.»

Mein Vater hebt oft den Kopf, drückt den Rücken durch und bekennt: «Ich habe es versäumt, ich hatte ja Talente, aber ich wusste nicht, was ich damit anfangen sollte. Ja, ich habe den Tadel verdient.»

5

Bis ich zehn Jahre alt war, also bis der Krieg uns erreichte, kehrten wir jedes Jahr in die Hütte zurück. Ich las in jenen Ferien sehr viel, vor allem Jules Verne. Seine Geschichten, die ich damals sehr aufregend fand, habe ich in den Jahren des Kriegs vergessen, nicht aber die Menschen, die ich am Ufer getroffen habe.

Die Frauen waren auffälliger als die Männer. Sie waren leidenschaftlich. Sie schmeichelten den Männern fast schamlos.

Meine Eltern bemühten sich vergeblich, solche verbotenen Anblicke von mir fernzuhalten. Diese bürgerlichen Juden waren sonst in der Öffentlichkeit sehr zurückhaltend, doch an der frischen Luft und am Wasser wuchs ihre Lust, und sie ergriff nicht nur die jungen Leute.

Die Menschen fuhren weite Strecken, um hier ein wenig Ruhe zu finden, aber was konnte man machen, ausgerechnet das Ufer, die Sonne und das Wasser erweckten nicht nur die Erinnerung an Abenteuer aus vergangenen Tagen und verdrängte Kränkungen, sie kehrten auch den Hunger nach ungewohnten körperlichen Betätigungen hervor und auf Wörter und Ausdrücke, die man in keinem Wörterbuch findet. Ich verstand diesen Zusammenhang natürlich nicht. Mich bedrängten die Stimmen, und was ich da alles sah, erfüllte mich mit Bildern. Kein Wunder, dass ich nachts verschwitzt und verängstigt aufwachte.

Mein Vater betrachtet das, was am Ufer geschieht, eher mit ironischem Blick. Meine Mutter kennt keine Ironie. Sie sieht jeden Menschen mit weit geöffneten Augen an, als wolle sie ihm sehr nahe kommen. Menschen wecken Freude, Staunen, Erregung in ihr, aber nie Abscheu. Mein Vater kann seine Haltung nicht zügeln, und in seiner Haltung liegt stets ein leichter, etwas verächtlicher Spott. Auch ihm entgeht nichts, auch er nimmt jedes Detail wahr, wie zum Beispiel an den Frauen, die nicht nur ihre korpulenten Körper und üppigen Brüste darbieten, sondern auch allen Schmuck zeigen, den sie haben, und dazu passend: bunte Decken, Sonnenschirme, verschiedenste belegte Brote, Limonaden, Cremes für Hände und Füße. Sie stehen in ständiger Konkurrenz zu ihren Freundinnen, und die Konkurrenz beschränkt sich nicht nur auf Badeanzüge, Sonnenhüte, Kosmetik und Parfüms, sondern bezieht sich vor allem auf Männer. Meinem Vater entgeht, wie gesagt, nichts, und manchmal kommt es mir vor, als spotte er nicht nur, sondern genieße es auch.

Mein Vater ist von anderem Temperament als meine Mutter. Sie staunt, sie betrachtet die Menschen mit einem leichten Lächeln, auch wenn sie sich vulgär verhalten. Mein Vater erträgt weder neureiche Angeberei noch rücksichtsloses Verhalten. Meist verhält sich jeder auf seine Weise, ohne Diskussionen und ohne Zorn, aber manchmal entsteht Streit zwischen ihnen, wie ein Lauffeuer in einem trockenen Stoppelfeld.

Seit meiner Kindheit werde ich, vermutlich durch den Einfluss meiner Mutter, von Frauen angezogen, die gewisse Laster zeigen. Immer empfand ich ihnen gegenüber Nähe, nicht etwa Mitleid. Und die Lust, sie anzuschauen. Es ist leicht, die Schwächen eines Menschen zu entdecken, das Menschliche an ihm.

Die Frau, die wir P. nennen, beschäftigt sich vor allem mit sich selbst, glaubt, Talente zu haben, die sie nicht hat, und zieht deshalb Spott und Hohn auf sich. Ihr Lachen klingt wild, aber wenn sie hustet, stößt sie kehlige Laute aus, die unangenehm anzuhören sind. Früher oder später wird sie verletzt sein, einer ihrer Verehrer beleidigt sie schwer mit irgendwas, und sie wird auf dem Rücken liegen und mit den Beinen zappeln. Ihr Schicksal steht fest, doch sie hofft immer noch, dass einer der Kerle sich in sie verliebt. Sie ist eine Künstlerin darin, sich selbst zu betrügen: Unfähig, aus ihren Erfahrungen zu lernen, wiederholt sie die gleichen Fehler immer wieder.

Solche Menschen bringen meinen Vater aus der Ruhe. Für sie hat er nur einen Blick voller Abscheu. «Der Mensch kann sich ändern, wenn er nur will», das ist in Kürze seine Ansicht über den Menschen. Übermäßiges Essen und Trinken, Ichbezogenheit, einfach auf dem Rasen herumliegen, solche Dinge bringen meinen Vater oft zu Wutausbrüchen, und meine Mutter versucht dann vergeblich, ihn zu besänftigen.

Bei ihr weckt das Ufer hingegen großes Interesse. Sie betrachtet P. und sagt: «P. ist heute zufrieden. Ihr Lachen klingt leicht, sie hustet nicht. Vermutlich hat sie angenehm geträumt.» Sie geht zu ihr hinüber und fragt, wie es denn geht. P. ist gerührt darüber, dass meine Mutter zu ihr kommt, und vor lauter Aufregung steht sie auf, umarmt sie und sagt: «Bonja, ich mag Sie. Ich habe Sie immer gemocht, und ich konnte mich immer auf Sie verlassen.» Tränen steigen ihr in die Augen.

Meine Mutter versteht es, andere zu besänftigen. Deshalb mögen die Menschen sie. Sie vertrauen ihr, freuen sich über ihre Nähe. Sie teilt die anderen nicht ein in Gut oder Böse, und so kommt es, dass selbst Menschen mit einem zornigen Temperament sie zufrieden sehen wollen.

Mein Vater sagt wütend: «Die Juden wissen nicht, wie man ein normales Leben führt. Statt sich sportlich zu betätigen, liegen sie faul herum. Wozu kommen sie hierher? Um immer dicker zu werden?» Oft habe ich ihn sagen gehört: «Ich werde nicht mehr hierherkommen, es gibt eine Grenze für Fehler.»

Trotzdem schafft es meine Mutter jedes Jahr, ihn zu der Reise hierher zu bewegen. Er weiß vermutlich selbst, dass Ferien mit Nichtjuden noch schlimmer sind. Da würde man hinter deinem Rücken reden, und eines der Schandmäuler würde sagen: «Was wollen die Juden denn hier an unserem Ufer?»

Die Antwort meines Vaters ist, wie immer, lang und kompliziert: nicht mit Juden, aber auch nicht mit jenen, die keine Juden sind. Mein Haus ist meine Burg, in der ich sitze, ohne dass mich jemand stört.

Mein Vater ist ein Pedant. Wenn etwas nicht an seinem Platz liegt, gerät er außer sich. Und dann ist er auch noch ein Ästhet: Schlampige Kleidung, zu hohe Stimmen, unhöfliches Reden, krause Meinungen, aber auch Seelenergüsse sind seiner Meinung nach Schwächen, die man nicht einfach übergehen kann.

6

Als Kind stellte ich mir Gott als nachdenklichen alten Mann vor, der die Welt auf seinen Schultern trägt. Meine Mutter sagt, dass Gott überall sei, in jedem Menschen, in jedem Tier und in jeder Pflanze. Gott ist ein Geheimnis, aber er findet einen klaren, schönen und wunderbaren Ausdruck.

«Ist Gott gut?», frage ich.

«Nur gut», sagt sie, und ihre Augen strahlen.

«Und warum ist er dann auch in den Seelen böser Menschen?»

«Gott versucht, sie zu ändern.»

Meinen Vater frage ich, wie gesagt, nie nach Gott, doch wenn meine Mutter in seiner Anwesenheit über Gott spricht, verzieht er das Gesicht, als wolle er sagen: Das sind Hypothesen, und warum sprichst du mit solcher Gewissheit über sie? Ich achte Hypothesen, aber sie müssen im Rahmen bleiben.

Die Vernunft meines Vaters kennt kein Maß. Es ist schade, dass er sie auch gegen meine Mutter richtet. Wenn sie gut gelaunt ist, lächelt sie und sagt: «Jeder verhält sich nach seinem eigenen Gusto, du nach deinem und ich nach meinem.» Doch es gibt auch Tage, an denen seine Direktheit sie verletzt. Dann antwortet sie ihm nicht mehr, Tränen fließen, und sie verlässt den Raum.

Mein Vater weiß, dass meine Mutter den Glauben von ihren Eltern hat. Er mag meine Großeltern, ist aber weit entfernt von ihrer Überzeugung.

Wenn meine Mutter zu ihren Eltern geht, schließlich im Herzen der Karpaten ankommt, verändert sie sich plötzlich. Ihr Gesicht wird weicher, und oft umfasst sie, wenn sie neben ihrer Mutter sitzt, ihre Knie mit den Händen. Die beiden sehen sich dann erstaunlich ähnlich. Manchmal denke ich, wenn meine Mutter dort in den Bergen geblieben wäre, dann wäre auch ihr Glaube so stark, dass die Kritik meines Vaters und seine Pedanterie sie nicht immer wieder verletzt hätten.

Das Leben meiner Großeltern in den Bergen ist langsam, sie berühren die Dinge im Haus vorsichtig, und wenn meine Großmutter hinausgeht, um in den Beeten Blumen zu pflücken, erhellen die Blüten ihr Gesicht.

Manchmal ärgert sich meine Mutter über sich selbst, weil wir, statt den Sommer bei ihnen zu verbringen, an den Fluss fahren. Sie fühlt sich bei ihren Eltern sehr wohl, aber mein Vater wird dort nachdenklich, unternimmt allein lange Wanderungen. Und wenn er zurückkommt, sieht sein verspanntes Gesicht noch verspannter aus.

Vater tut sich schwer mit dem Glauben. Er weiß genau, was er verlangt. Manchmal wundert er sich darüber, dass es noch Menschen gibt, die glauben.

Wenn meine Mutter in die Berge fährt, verändert sie sich. Das Gesicht meines Vaters drückt aus: Ich verändere mich nicht. Ich wundere mich über meine Mutter, die zulässt, dass mein Vater sich quält, und nicht versucht, ihn zu beruhigen, nicht zu ihm geht, ihn nicht berührt.

Oft habe ich gesehen, wie meine Mutter darüber staunt, dass mein Vater gewisse Eigenschaften hat, die sie nicht hat.

Staunen ist kein geordnetes Betrachten, sondern die reine Freude an dem, was sich dem Auge bietet. Die Blicke meiner Mutter sagen: Das Leben bietet so viele Entdeckungen. Wenige liegen offen da, viele sind versteckt. Ich klassifiziere die Menschen nicht, gebe ihnen keine Noten. Ich nehme sie, wie sie sind. In jedem Menschen ist irgendetwas, was du nicht hast.

Abends lässt meine Mutter Bilder oder Eindrücke vom Tag vor sich vorüberziehen. Mein Vater analysiert, wie es seine Art ist, findet Widersprüche, ist zornig auf einen Menschen oder auf eine Handlung, und er verdüstert, ohne es zu wollen, die Stimmung meiner Mutter. Wenn er das tut, und er tut es oft, erschrickt meine Mutter, und Tränen treten ihr in die Augen.

7

Alle liebeskranken Frauen, die ich an jenem Ufer gesehen habe, kommen im Lauf der Jahre zurück, einige mit demselben Gesicht, doch die meisten mit Gesichtern, die alles Zeitbedingte abgelegt haben. Manche liebten aus verzweifeltem Schmerz, und es gab andere, in deren klarem Blick etwas wie Staunen lag, dass sich ihnen die Welt in ihrer ganzen Pracht zeigte.

Und es gab zornige Frauen, die sich weder mit ihrem Körper noch mit ihrer Seele abfinden konnten, die ihre Eltern beschuldigten, sie nicht auf das Leben vorbereitet zu haben, sie waren dumm, und sie trugen ihre Dummheit stets mit sich, sogar wenn sie im Wasser waren.

Mein Vater nannte den Fluss mit den Menschen darin die Arche Noah, weil sich hier alle Geschöpfe zur Schau stellen.

Damals verstand ich diese Verbindung natürlich nicht. Damals war die Welt in zufällige Bilder aufgespalten, erst allmählich, als ich anfing zu schreiben, tauchten die Männer und

Frauen einer nach dem anderen wieder auf, und die zufälligen Bruchstücke des Lebens verbanden sich miteinander.

Meine Mutter sollte recht behalten: Was ich vor vielen Jahren mit den Augen eines Knaben gesehen hatte, versank in der Tiefe des Bewusstseins und wurde bewahrt.

Ich sitze an meinem Schreibtisch, und Bilder ziehen an mir vorbei. Ich spüre, dass sie interessant sind, vielleicht wichtig, doch sie haben keine wirkliche Verbindung zu meinem Inneren, auch nicht zu der Geschichte, die ich schreiben möchte. Es stellt sich heraus, dass es Bilder sind, die ich gestern oder vorgestern aufgenommen habe, oder vor einem Jahr – die Zeit hat sie noch nicht bearbeitet.

Plötzlich zeigt sich wie von selbst etwas anderes, und ich erkenne sofort: Das ist ein Bild, das ich vor langer Zeit gesehen habe. Alles ist umhüllt von Morgenlicht: Mein Vater, meine Mutter und ich auf dem Weg zum Fluss, und plötzlich taucht aus dem Dunst ein braun geflecktes Kalb auf. Ich gehe hin, um es zu streicheln. Das Kalb weicht nicht zurück. Ich betrachte es, und es betrachtet mich, und große Zärtlichkeit verbindet uns. Auch mein Vater und meine Mutter sind in diese Zärtlichkeit mit einbezogen. Die Stille dieses Bildes berührt mich, und ich weiß, dass es von weit her zu mir zurückgekommen ist, so frisch wie am ersten Tag.

Es liegt an meiner Mutter, dass Wunder auftauchen, wann immer ich mit ihr einen Spaziergang mache. Ihr fällt es leicht, Wunder zu entdecken. Da sind die Pilze, die unter einer Tanne wachsen. Wir ernten sie vorsichtig und legen sie in einen Korb. Auf einmal zieht meine Mutter die Brauen hoch: Zwischen den guten Pilzen verbirgt sich ein Giftpilz. Meine Mutter nimmt ihn heraus.

Alles, was meine Mutter tut, erfüllt mich mit Staunen. Sie vollbringt noch weitere Wunder, wenn wir allein auf dem Feld oder am Fluss sind. Schade, dass mein Vater nicht wahrnimmt, was meine Mutter sieht. Er kann seine Kritik nicht zügeln. Die Schwächen der Menschen regen ihn auf, und es ist gut, dass es ein paar Menschen gibt, die er mag. Sie bringen ihn dazu, sich selbst zu vergessen und eine kurze Zeit lang fröhlich zu sein.

8

Jedes Mal, wenn ich am Schreibtisch sitze und mich auf die Reise des Schreibens mache, ergreift mich die Angst, ich könnte mich verirren. Es gibt Momente, da bin ich ganz versunken in diese Reise, und nichts Äußerliches kann mich ablenken. Doch die Gefahr, vom Weg abzukommen, besteht immer. Umso größer ist die Freude, wenn ich vertrautes Territorium betrete, wenn ich ein Bild aus meiner Kindheit entdecke, zum Beispiel die schlanken Pappeln mit ihren silbrigen Blättern. Dann rücke ich den Stuhl zum Tisch, um näher an dem Bild zu sein, das sich vor meinen Augen auftut.

Oft ist es kein Bild, sondern ein kleines Stück: der Fuß einer jungen Frau mit grün lackierten Zehennägeln. Der Fuß ist schön und wohlgeformt, doch plötzlich krümmt er sich, als wolle er nicht mehr gesehen werden oder würde von einem plötzlichen Schmerz gepackt.

Dieser Fuß ist mir sehr kostbar. Je länger ich ihn betrachte, umso mehr zieht er mich an. Ich begehre ihn nicht, sondern er rührt mich zu Tränen, als handle es sich nicht um den Fuß einer Frau, sondern um die Entdeckung eines Geheimnisses, das bisher tief in meinem Inneren verborgen lag.

Ein aufregendes Detail aus den Kinderjahren ist oft der Grundpfeiler eines Kapitels, ein Stück vom Skelett der ganzen Geschichte. Was die Geschichte aus dem historischen Gefüge heraushebt, sind natürlich die Menschen, einzelne Charaktere, in denen sich die Zeit verkörpert. Doch das reicht nicht. Ohne diese verborgenen, durch die Zeit hindurch bewahrten Bilder, die dann verdichtet werden und neu, befreit auferstehen – ohne diese oft nebensächlichen Bilder, die nur kurz aufflackern, an ein Stück der Kindheit erinnern, gibt es keine Lebendigkeit in der Geschichte.

Man kann es auch anders sagen: Ohne das Kind in dir, das etwas Bestimmtes gesehen und sich das naive Staunen über die Jahre bewahrt hat, wird die Geschichte leicht ins Chronikhafte abrutschen, in lauter Dinge, die zwar geschehen sind, aber nicht geformt wurden, in das Vage und Übliche.

Das Kind, sein Erschrecken, seine plötzlichen Ängste, die unverstandene Trauer, die es oft empfindet, seine Nähe zu Tieren, sein Versinken in Tagträume, seine geheime Verbindung mit Vater und Mutter, all das und noch mehr begleitet es, wenn es sein Inneres entblößt. Andere Bilder, wichtige und komplizierte, sind nebensächlich oder bedeutungslos für den Blick des Kindes.

Ich möchte noch weiter gehen und sagen: Es gibt keinen ernsthaften Künstler ohne das Kind in ihm. Dieses Kind rettet ihn vor überflüssigem Gerede, vor Polemik, vor Spitzfindigkeiten und vor den Verstellungen, die man sich notgedrungen aneignet. Der Schriftsteller ist kein Mensch, in dem sich die Weisheit der Welt verbirgt, sondern einer, der die ursprünglichen Bilder verbindet, aus denen sich seine Lebendigkeit nährt.

Es ist eine beschränkte Welt, könnte man sagen, und das stimmt. Die gute Geschichte entsteht aus der Beschränkung und der Konzentration. Es reichen zwei, drei Figuren, die er in seiner Kindheit wach und scharf wahrgenommen hat, wenn es ihm gelingt, mit ihnen in Verbindung zu treten, so wie er abends vor dem Schlafengehen mit seiner Mutter verbunden war oder in Momenten der Gnade mit seinem Vater – dann ist er mit der ganzen Welt verbunden, und über seinem Inneren liegt ein Segen.

9

Viele Jahre lang irrte ich herum, bevor ich zu dem schmalen Landstrich am Fuß der Karpaten zurückkehrte, zum Ufer des Pruth, wo wir, mein Vater, meine Mutter und ich, die Ferien verbrachten. In dem Moment, als meine Füße diese flüsternde Erde betraten, änderte sich mein Schreiben grundlegend. Ich entdeckte einen Steinbruch, wo ich aus glänzenden Steinen das Kind in mir herausschlagen konnte, das mich sehen gelehrt hat.

Die Reise des Schreibens gehört nicht zu den leichten Abenteuern. Es ist das Zusammentreffen mit dir selbst und all dem, was du in deinem Leben durchgestanden hast: die Irrtümer, das Versagen, die belastenden Treffen und Begegnungen, die dich leer zurückgelassen haben, die schwierigen Liebesbeziehungen, die kaum heilbare Wunden hinterließen, und vor allem der Tod in seinen schrecklichen Formen, denen meine Eltern und ich begegnet sind, mit all dem und mit vielen weiteren Bildern wirst du konfrontiert, wenn du dich ans Schreiben machst.

Manchmal kommt es mir vor, dass diese Reise nicht von

der Neugier nach einem Vorwärtskommen herrührt, sondern von der Vergangenheit, von einer sturen Suche nach dem Verlorengegangenen. Oft irrst du dich unterwegs und verzweifelst, doch es gibt Tage, an denen sich ein Bruchstück ans andere fügt, als hätten sie jahrelang darauf gewartet, sich zu vereinen.

Um Missverständnissen vorzubeugen: Schreiben ist nicht nur ein Schöpfen aus den Tiefen der Erinnerung, um verborgene Bilder aus der Kindheitserinnerung hervorzuholen. Alle Erfahrungen deines Lebens müssen damit verbunden sein. Kindheitsbilder allein reichen nicht aus für eine starke, bedeutungsvolle Geschichte. Die Kindheit ist ein wichtiger Bestandteil, es geht nicht ohne sie, doch sie darf nicht für sich allein stehen. Bilder aus der Kindheit sind der Motor, der zündende Funke einer Geschichte. Ohne sie könnte die Geschichte in einem Meer aus grauen Details versinken; aber sie müssen dann mit den Erfahrungen des Erwachsenen verbunden werden, die das Brot und das Salz des Lebens sind.

Ich habe meine Mutter gefragt, ob sie als Kind auch mit ihren Eltern in die Ferien gefahren sei.

«Nein. Auf diese Idee sind meine Eltern nicht gekommen.»

«Warum nicht?»

«Das Leben zu Hause hat uns ausgefüllt. Ich bin in den Bergen herumgewandert, habe meiner Mutter geholfen, gebetet, zweimal in der Woche kam ein Lehrer, der mir die Gebete und die Wochenabschnitte beigebracht hat.»

«Und du wolltest nicht die Stadt sehen?»

«Als ich ein Kind war, sind wir oft in die Stadt gefahren, um einen Arzt aufzusuchen, um Medikamente zu besorgen oder um Winterkleidung zu kaufen, aber dann sind wir schnell nach Hause zurück.»

«Warum fahren wir in die Ferien?»

«Um an die frische Luft zu kommen. Ist es denn nicht gut, ein bisschen draußen zu sein, das Bekannte und Gewöhnliche zurückzulassen, im Fluss zu schwimmen und Menschen zu treffen?»

Ich fühlte, dass meine Mutter Dinge sagte, an die sie selbst nicht glaubte, und dachte bei mir: Am Abend, bei unseren Gesprächen vor dem Schlafengehen, wird sie offen mit mir sprechen und mir das Geheimnis enthüllen.

10

Nikolai, von dem wir unsere Hütte gemietet haben, bringt uns jede Woche einen Tag lang zwei Pferde und ein Fohlen zum Reiten, und wir ziehen in die Berge. Das Reiten ist, wenn man die Furcht einmal überwunden hat, ein großes Vergnügen. Mein Vater und meine Mutter reiten gut, und wir reiten tief in die Wälder, wo der Schatten größer ist als das Licht. Nach zwei Stunden langsamen Reitens halten wir an und binden die Pferde an Bäume. Meine Mutter breitet eine Decke auf dem Boden aus, und wir setzen uns zu einem zweiten Frühstück. Ich liebe dieses Vespern zwischen den hohen Bäumen, deren Schatten auf uns und unseren Imbiss fällt. Einmal finden wir eine Stelle voller Walderdbeeren und pflückten ganze Hände voll. Diese Entdeckung freut uns alle, und mein Vater, der normalerweise nicht laut lacht, lacht diesmal.

Wir bleiben lange sitzen. Meine Eltern lieben den Pruth, aber in den Bergen sind sie gelassener. Mein Vater erzählt Geschichten aus der Zeit, als er bei der österreichischen Armee gedient hat. Zitiert seinen Oberfeldwebel, der für die Disziplin verantwortlich war, fischt wegen mir die Kraftausdrücke heraus, deutet sie nur an. Der konvertierte Offizier, der ihrer Einheit vorstand, behandelte die Juden schlecht, nannte sie Weichlinge und ließ sie auf dem Appellplatz herumrennen. Mein Vater erinnert sich an alle Vorfälle und alle Details. Meine Mutter hört ihm gerne zu.

Nach Beendigung unserer Mahlzeit reiten wir weiter. Mein Fohlen reagiert auf meine Zeichen und tut, was ich von ihm will. Es weiß, dass ich es mag. Mein Vater und meine Mutter sitzen aufrecht im Sattel und schauen sich um. Sie traben nicht sehr schnell, und erst wenn wir uns dem schwarzen See nähern, wiehern die Pferde und rennen auf das Wasser zu. Mein Vater und meine Mutter zügeln sie, ich mache es ihnen nach.

Als wir das Ufer erreicht haben, steigen mein Vater und meine Mutter ab und helfen mir vom Fohlen, und dann stehen wir da und schauen zu, wie die kräftigen Tiere genüsslich saufen. Der See ist nicht groß, und sein dunkles Wasser ist nicht angenehm anzusehen. Mir kommt es vor, als lebten unheimliche Geschöpfe in ihm.

Mein Vater und meine Mutter gehen hier nicht schwimmen, und das ist für mich der Beweis, dass meine Vorstellungen nicht ganz unbegründet sind. Bei diesem Halt essen wir Pflaumen und späte Kirschen. Mein Vater holt seine Pfeife aus der Jackentasche, und bald umhüllt uns ein würziger Tabakgeruch.

Ich sagte mir, dass ich diesen Anblick und diese Nähe zu meinen Eltern bewahren würde, auch wenn ich einmal weit entfernt von ihnen wäre, und der Gedanke machte mich traurig. Meine Mutter fragte, was los sei. Ich antwortete lachend: «Ich habe manchmal einfach Lust, traurig zu sein.» Meine Mutter gab sich mit dieser Antwort zufrieden.

11

Während wir uns umschauten und überall wunderbare Dinge entdeckten, bemerkten wir auf einmal einen Mann in abgetragener städtischer Kleidung, der sich seinen Weg durch die Bäume bahnte. Er sah uns, ging schneller und versuchte, sich zu verbergen. Doch mein Vater konnte sich nicht zurückhalten und rief laut: «Alfred.»

Der Mann wich zurück, als hätte man ihn in seinem Versteck erwischt.

«Alfred», wiederholte mein Vater mit ruhiger Stimme, die den Mann aufforderte, näher zu kommen, in einem Ton, den man von ihm nur selten hörte. Der Mann aber hob den Kopf nicht in unsere Richtung und bewegte sich nicht mehr. Er erstarrte wie ein Tier, das sich in Gefahr befindet.

«Entschuldigung», rief mein Vater.

Bei diesem Wort hob der Mann den Kopf, und ein seltsames Lächeln breitete sich auf seinem Gesicht aus.

«Wir wohnen am Fluss und machen gerade einen Ausflug», entschuldigte sich mein Vater dafür, dass wir uns hier im fremden Wald befanden.

«Ich werde auch nicht lange hierbleiben», antwortete der Mann.

Die Freude meines Vaters, einen alten Bekannten getroffen zu haben, wich nun von seinem Gesicht, er sah traurig aus.

«Entschuldige», sagte der Mann, «ich würde gern zu euch hinüberkommen, aber ich bin im Moment nicht befugt, so zu tun, wie ich möchte. Aber wenn es so weit ist, werden wir uns treffen und uns unterhalten.» Ohne weitere Erklärung und ohne sich zu nähern, setzte er seinen Weg fort.

Was sollte das heißen – ich bin im Moment nicht befugt –, fragte ich mich. Es hörte sich an, als wäre er im Gefängnis. Als hätte ihn eine Hexe oder sonst wer gefangen genommen.

Mein Vater und meine Mutter waren verblüfft. Unser Plan, weiter zur Quelle zu reiten, aus ihr zu trinken, den Aussichtsturm zu besteigen, den Flug der Adler und die Rehe zu beobachten, schien auf einmal hinfällig zu sein.

«Ihm ist irgendetwas passiert», sagte mein Vater. «Warum habe ich ihn gehen lassen?»

«Er will allein sein», sagte meine Mutter besänftigend.

«Er hat wörtlich gesagt, er sei im Moment nicht befugt, das heißt doch, dass er unter Druck steht», sagte mein Vater.

Erst sah es aus, als wolle er aufs Pferd steigen und den Mann einholen, doch dann zog er noch einmal seine Pfeife hervor und stopfte sie.

Alfred war ein alter Klassenkamerad von ihm. Er war auf dem Gymnasium kein schlechter Schüler gewesen, aber zu den Besten hatte er nicht gehört. Seine Anstrengung, sich hervorzutun, ging an seine Gesundheit, oft wurde er krank, oft genug kam er ins Krankenhaus. Wenn er danach wieder in die Schule kam, versuchte er erneut mit zusammengebissenen Zähnen, nach vorn zu kommen. Seine Bemühungen waren gewagt und manchmal erfolgreich, doch oft scheiterte er auch. Das verdüsterte dann seine Stimmung, und seine Klassenkameraden mieden ihn. Mein Vater hielt ihm die Treue, traf sich mit ihm außerhalb der Schule und riet ihm, es nicht zu übertreiben. Alfred nahm den guten Rat nicht an. Schon seit seiner frühen Kindheit hatte er den Drang verspürt, sich auszuzeichnen, und dieser Drang war immer stärker geworden. In vielen Fächern erreichte er eine Neun, aber mehr gelang ihm nicht. Insgeheim wusste er, dass alle, die sich in Mathematik auszeichneten, sich dafür nicht übermäßig anstrengen mussten. Das Verständnis steckte einfach in ihnen, und sie nutzten es gleichmütig. Alfred mühte sich stundenlang an jeder Aufgabe ab, manchmal ganze Nächte hindurch. Das machte ihn krank.

Dies alles erzählte mein Vater meiner Mutter. Ich hatte das Gefühl, als spreche er dabei insgeheim auch von sich selbst. Auch ihn hatte man immer als vielversprechende Begabung bezeichnet, doch dabei war es dann geblieben.

Meine Mutter hörte aufmerksam zu und antwortete nichts. Ich wunderte mich, dass sie nicht erkannte, dass mein Vater sich mit Alfred identifizierte, als wäre er sein Zwilling.

Wir zogen weiter, ohne zu sprechen. Die Sonne sank tiefer, und die Schatten wurden dunkler. Die Bilder des Morgens mischten sich mit den Bildern des Tages. Ich dachte daran, wie uns in der Frühe die Pferde gebracht worden waren, wie mein Vater sie mit einem liebevollen Blick betrachtet und ihnen wortlos zugeflüstert hatte: Bald machen wir uns auf den Weg, werden die hohen Bäume sehen, den Wald riechen.

Die Berührung mit den Pferden ließ seinen kritischen Blick weicher werden, er betrachtet die großen Tiere mit Erregung. Manchmal macht er sich selbst und uns darauf aufmerksam, dass man sich ihnen gegenüber angemessen verhalten müsse, man müsse ihre Stärke achten und dürfe ihnen keine Scheuklappen aufsetzen, dann würden sie einem aus ganzem Herzen dienen. Mir war schon öfter aufgefallen, dass mein Vater Tieren nahesteht und unbefangen mit ihnen redet. Vermutlich verstehen sie ihn.

Jedes Jahr, bevor es in die Ferien geht, stellt mein Vater die Frage: in die Berge oder an den Fluss? Er möchte eigentlich lieber in die Berge, die Hütten liegen dort weiter auseinander, es gibt weniger Sommerfrischler, man ist allein mit dem Wald, der einen umgibt. Wenn er davon schwärmt, erinnert ihn meine Mutter daran, dass es dort zwar Bäche gibt, aber keinen Fluss, in dem man schwimmen kann, wenn man möchte.

«Aber die Feriengäste», sagt mein Vater und verzieht das Gesicht. «Wenn ich an sie denke, möchte ich so weit wie möglich vor ihnen flüchten.»

Schließlich findet sich ein Kompromiss, und er heißt: beides, sowohl Fluss als auch Berge. Deshalb reiten wir an einem Tag in der Woche aus. Wenn wir dann am Abend aus den Bergen zurückkehren, sind wir ganz aufgekratzt, voller neuer Eindrücke, trunken von der wohlriechenden Luft, und am nächsten Tag fällt uns das Aufstehen schwer.

«So eine extreme Abwechslung, das reicht wohl einmal in der Woche», sagte meine Mutter ohne weitere Erklärung.

Diesmal lag der Rest des Tages noch vor uns, und wir zogen langsam weiter. Das überraschende Treffen mit Alfred hatte uns den Appetit verdorben und überhaupt die Stimmung.

Meine Mutter schlug nach einer Weile vor, eine Ruhepause einzulegen. «Wir haben noch Kaffee in der Thermoskanne, und es gibt belegte Brote und Obst. Besser, wenn wir uns setzen und einen Moment die Waldluft genießen, bevor wir zum Fluss zurückkehren.»

Mein Vater war einverstanden, und wir ließen uns am Fuß einer Eiche nieder.

Meine Eltern tranken Kaffee, ich aß eine Birne. Meine Mutter forderte mich auf, ein belegtes Brot zu essen, sie sagte: «Ich werde nicht jeden Tag ein solches Brot für dich haben.» Dieser Satz erstaunte mich, doch ich sagte nichts darauf und stellte keine Frage. Nachdem mein Vater einen Schluck Kaffee genommen hatte, fragte sie ihn: «Wie viele Jahre hast du Alfred nicht gesehen?»

«Viele», antwortete er, ohne ihr das Gesicht zuzuwenden. «Er hat wohl kein leichtes Leben, seine Ehe verlief nicht gut, und ich habe gehört, dass er ziemlich viele Gelegenheitsarbeiten verrichtet hat. Trotzdem, ein begabter Mann, in jeder Hinsicht.»

«Haben ihm seine Eltern nicht geholfen?»

«Sie waren gute Leute. Sie haben alles für ihn getan, was sie konnten, aber am Schluss sind sie verarmt.»

Meine Mutter fragte nicht weiter.

12

Nikolai erwartete uns schon, um die Pferde in Empfang zu nehmen. Mein Vater dankte ihm und sagte: «Unsere Pferde waren großartig, ganz brav, wir haben sie nicht übermäßig angetrieben. Sie haben gleich verstanden, dass wir einen Ausflug machen und die Gegend ansehen, dass wir aber keine langen Strecken reiten wollten.»

«Schade», sagte Nikolai.

«Warum denn?»

«Sie galoppieren wunderbar. Sie schweben förmlich. Solche Pferde findet man nicht oft.»

«Nichts zu bedauern. Dann machen wir das beim nächsten Mal.»

«Was haben Sie denn gesehen?»

«Ach, so vieles! Aber es gibt noch genug, wir haben erst angefangen, uns umzuschauen.»

Nikolai sah meinen Vater an und sagte: «Sie sind anders als

Ihre Brüder, die anderen Juden, Sie haben es nicht eilig. Eile ist ein großes Unglück. Wir müssen uns verhalten, wie die Natur es von uns will.»

«Ich bin nicht vollkommen», sagte mein Vater.

«Aber Sie sind sportlich. Wenn Sie schwimmen, ist das schön anzuschauen.»

«Danke», sagte mein Vater.

«Wir betrachten die Feriengäste, die da am Ufer hocken, und versuchen, etwas von ihnen zu lernen.»

«Schön», sagte mein Vater, ein Wort, das bei ihm Zweifel ausdrückte.

Mir tat es leid, als Nikolai die Pferde von uns übernahm. In der Zeit, die wir mit ihnen verbracht hatten, hatten sie uns etwas von ihrer Gelassenheit und ihrem Langmut geschenkt. Wenn mein Vater neben ihnen steht oder reitet, dann ist er mit sich im Reinen. Die Ironie verschwindet aus seinen Scherzen, seine Augen weiten sich, und er sieht nicht mehr nur das Verspottenswerte und Lächerliche an den Menschen, sondern auch die Zweige der hohen Tannen und den Waldboden, die Erdbeeren und Pilze. Etwas vom Staunen meiner Mutter geht dann auf ihn über.

Nachdem Nikolai verschwunden war, fiel ein dünner, unhörbarer Regen, der die Wiesen feucht werden ließ. Ich war so müde, dass ich ohne Kakao oder Zähneputzen auf mein Bett sank und einschlief.

Aber meine Träume ließen mir keine Ruhe. Im Traum ritten wir, aber meine Eltern verschwanden plötzlich, und ich wusste nicht, was ich tun sollte. Ich wollte nach meiner Mutter schreien, aber die Stimme blieb mir im Hals stecken. Ich hatte Angst, vom Fohlen zu steigen, Angst, es könnte ebenfalls davonlaufen und mich ganz allein im Wald zurücklassen.

Da sah ich Alfred, der näher kam. Ich sagte ihm sofort, dass meine Eltern verschwunden seien und ich nicht wisse, was ich machen solle.

«Geh nach Hause», sagte er ganz nebenbei.

«Unser Ferienhaus ist weit weg von hier, am Fluss. Wie soll ich dorthin kommen?»

«Ich kann dir nicht helfen. Du musst dich an ein Leben gewöhnen, in dem du keine Hilfe findest.»

Seine Worte erschreckten mich. Ich sagte: «Ich bin erst zehn Jahre und sieben Monate alt.»

«Es ist besser, sein Leben möglichst früh zu beginnen.»

«Allein?»

«Ja, das ist eine ausgezeichnete Ausbildung. Das Leben ist hart und grausam und verlangt eine ausführliche Vorbereitung. Das habe ich zu spät kapiert.»

«Werde ich ab jetzt allein sein?»

«So ist es», sagte er und entfernte sich von mir.

Ich erschrak so sehr, dass ich zitternd aufwachte.

Ich kehre zum Fluss zurück. In den späten dreißiger Jahren schwirrten viele erschreckende Gerüchte durch die Luft, doch unser Leben verlief in normalen Bahnen. Es stimmte, in der Fabrik meines Vaters lief nicht alles glatt, in der Schule nannte man mich «den Juden» und verfluchte mich, doch mein Vater und meine Mutter hofften, dass all das Beängstigende und Ungesetzliche, das um uns herum geschah, sich wieder auflösen und die Normalität zurückkehren würde.

Die Ferien am Fluss waren so etwas wie ein Schutzraum. Wir legen unter der Sonne und im Wasser nicht nur die Kleidung ab, sondern dort, unter den Sonnenschirmen und im Schatten der Bäume, auch unsere Unruhe.

Die Bauern, die auf dem Weg zu ihren Feldern an uns vorbeikamen, betrachteten uns, und ihre Blicke drückten Hochmut und unterdrückten Zorn aus. Sogar Nikolai, der uns jeden Morgen Nahrungsmittel brachte, verbarg nicht seine Kritik an den Feriengästen, die sich am Ufer rekelten. Er nannte sie spöttisch «die neuen Juden».

«Was unterscheidet einen neuen Juden von einem alten?», fragte mein Vater und stellte ihn auf die Probe.

«Da gibt es nicht viel zu vergleichen», antwortete Nikolai mit bäuerlicher Schlauheit.

«Sie ziehen, scheint mir, die alten Juden vor.»

«Was soll man da schon sagen», meinte Nikolai.

Ich verstand natürlich nicht, was damals alles um uns herum geschah, wie unter Zwang: das gierige Essen, das Schwimmen, die ganzen zwanghaften körperlichen Vergnügen, das Kettenrauchen, das betäubende Trinken. Nicht alle nahmen an diesem Hexentanz teil, doch die Angst vor der Zukunft legte sich über alles. Sogar wenn wir im Hof vor der Hütte saßen und Kaffee tranken, kam es vor, dass meine Mutter plötzlich wie erschrocken vom Stuhl aufsprang.

So wurde auch ich von der Unruhe angesteckt. Ich schloss die Augen und lauschte dem Gespräch zwischen meinen Eltern. Sie unterhielten sich flüsternd, doch ich hörte jedes Wort und jeden Klang und jede Pause.

Mein Vater war überzeugt, man müsse die rasche Auswanderung vorbereiten, am besten gleich.

«Wohin sollen wir denn auswandern?», fragte meine Mutter.

«In den Westen», antwortete mein Vater. «Wir sind umgeben von einer fanatischen und feindlichen Bevölkerung, da ist es besser zu fliehen, bevor der Krieg kommt. Im letzten Krieg hat mein Vater sich zu spät zur Auswanderung entschlossen, und wir haben teuer dafür bezahlt.»

«Sollen wir unseren ganzen Besitz zurücklassen?», fragte meine Mutter.

«Wir werden verkaufen, was möglich ist. Es ist besser, bescheiden an einem kultivierten Ort weiterzuleben», sagte mein Vater und erhob kurz die Stimme.

«Die Leute, scheint mir, reden noch nicht viel über das Auswandern.»

«Sie ignorieren die Realität.»

Meine Mutter wollte jetzt keine Entscheidung. «Kehren wir nach Hause zurück, und dann sehen wir weiter», sagte sie. «Von hier aus kann man nicht verstehen, was wirklich vor sich geht.»

«Der gesunde Menschenverstand rät, ohne Verzögerung abzureisen.»

Das war der letzte Satz, der vor dem Einschlafen an mein Ohr drang.

13

Doch der größte Teil des Tages verläuft ohne Veränderungen. Ich sitze am Ufer und betrachte die Bauernkinder, Kinder in meinem Alter oder noch jünger. Sie springen in den strömenden Fluss und schwimmen so geschmeidig, als wären sie keine Menschen, sondern braune Wassergeschöpfe.

Meine Mutter will mir beibringen, auf dem Wasser zu liegen, aber das Wasser trägt mich nicht. Ich versuche mit aller Kraft zu schwimmen. Schließlich stehe ich im flachen Wasser und betrachte die kleinen Fische.

«Warum fällt mir das Schwimmen so schwer?», habe ich meinen Vater einmal gefragt.

«Schwimmen lernt man in einem Schwimmbecken, nicht im Fluss.»

«Haben die Bauernkinder es auch in einem Schwimmbecken gelernt?»

«Sie sind Naturkinder. Wir sind domestizierte Geschöpfe.»

Das Wort domestiziert hörte ich damals zum ersten Mal und wusste nicht, ob es etwas Negatives oder etwas Positives bedeutete.

Ich betrachte die Menschen und das Wasser und werde dieses Vergnügens nicht müde. Das Beobachten hat keinen praktischen Zweck, sondern dient dem Sammeln von Eindrücken, um sie zu verarbeiten und aufzubewahren. Manchmal sage ich mir ganz beiläufig: An diese prächtige Akazie werde ich mich auch noch erinnern, wenn ich einmal weit von hier entfernt bin.

Die meisten Stunden des Tages ist es am Ufer ruhig, ein Leben fast ohne Bewegung. Da und dort unterhält man sich, schmust man miteinander. Manchmal zieht sich eine Frau auch aus und geht nackt ins Wasser, als befreie sie sich von Fesseln, die sie gefangen gehalten haben. Aber abgesehen von solchen kurzen Ausbrüchen verlaufen alle Bewegungen vorsichtig, verhalten. Die Menschen liegen auf dem Rücken und genießen die Sonne.

In Ruhe, wie nebenbei, streckt eine Frau die Hand nach der Taille eines jungen Mannes aus, der neben ihr liegt, und es sieht aus, als wäre es gar keine menschliche Hand, sondern ein wellenförmiges Geschöpf.

Am Nachmittag wird es am Ufer belebter. Die ungefähr dreißigjährige Frau, die man P. nennt, immer eine der Ersten am Fluss, sitzt da und lacht mit heiserer Stimme. Vorgestern hatte sie sich verliebt und benahm sich ganz schamlos. Heute ist sie ohne Liebe und verlassen. Sie lacht demonstrativ und ohne Pause. Und dabei zählt sie die Eigenschaften ihres Liebhabers auf: Er ist zwar kräftig und gutaussehend, aber nicht treu. Oft verschwindet er. Vermutlich hat er eine Bäuerin in den Bergen.

Sie erzählt und lacht, als handle es sich nicht um sie, sondern um eine andere, die sich in einer Affäre verstrickt hat, ohne etwas dafür zu können. So sind sie, die Männer, fasst sie zusammen, immer verantwortungslos, keine anständigen Menschen. Sie kennen keine Treue.

Ein paar Männer sind aufgestanden. Aus irgendeinem Grund sehen sie aus, als würde das der Liegenden gelten, und einen Moment lang scheint mir, als würden sie eine Warnung oder eine Rüge aussprechen. Ich irre mich: Die Stehenden haben keine besonderen Absichten. Nach ein paar Minuten legen sie sich wieder hin.

Als P. mich bemerkt, ruft sie mich beim Namen und bittet mich, zu ihr zu kommen. Meine Eltern erlauben es mir nicht. P. nimmt es ihnen nicht übel und redet sie an, als wären sie alte Bekannte.

Ihr Gesichtsausdruck ändert sich immer wieder. Jetzt sitzt sie neben einer alten Frau und hört ihr zu, sie lacht weiter, aber ihr Lachen ist lautlos. P. gibt sich Mühe, die Worte der alten Frau zu verstehen, und immer mal wieder stellt sie eine Frage. Die alte Frau antwortet Einzelheiten, offensichtlich keine erfreulichen, doch P., um ihren Kummer zu erleichtern, sagt: «Nicht alles ist schwarz, manchmal verdüstern wir uns unsere Tage, wenn es gar nicht nötig ist.»

P. kommt jeden Tag sehr früh an den Fluss. Sie hat ihr eigenes Fleckchen. Nicht alle halten sich von ihr fern. Es gibt Leute, die anders sind als meine Eltern, die sich zu ihr gesellen, mit vorsichtiger Aufmerksamkeit, als hätte ihr Lachen etwas aus unserem Leben offengelegt. Aber mein Vater hat strikt entschieden: «Zeichen von Gestörten gelten nicht.» Manche also bleiben neben ihr stehen, fragen, wie es ihr geht. P. stößt dann immer wieder ihr wildes Lachen aus. Sonst ist sie eine angenehme Frau, doch ihr Lachen, das muss man zugeben, verbreitet Unruhe. Ich würde gern zu ihr gehen und sie aus der Nähe sehen, aber meine Eltern erlauben es mir nicht. P.s Liebhaber, der noch vor ein paar Tagen an ihr hing, ist am Fluss wieder einmal nicht zu sehen. Er ist verschwunden, so einfach ist das. Wenn sie ihn erwähnt, und das tut sie oft, lacht sie.

Manchmal versinkt sie in sich selbst. Dann beherrscht sie der Kummer, dann trinkt sie aus der Flasche, doch das Bier besänftigt den Kummer nicht. Ihr Gesicht verdüstert sich von Minute zu Minute.

Schließlich wendet sich ein Feriengast an sie, der einbeinige Mann, und gibt ihr einen Rat gegen jeden Kummer. Sie hört ihm zu und stellt Fragen, und der Mann ohne Bein spricht mit ihr in einem gemessenen, väterlichen Ton. Ich höre jedes Wort, aber den Rat begreife ich nicht ganz. Ich verstehe nur, dass P. ihm verspricht, sich ab jetzt nichts mehr zu Herzen zu nehmen und sich nicht mehr ihren traurigen Gefühlen hinzugeben.

Ihr väterlicher Freund zeigt sich zufrieden mit ihrer Entscheidung und sagt: «Ein Liebhaber kommt, ein Liebhaber geht, und das Leben geht weiter.»

14

P. hat hier Brüder und Schwestern im Geiste. Sie lachen nicht wie sie, aber sie hängen an der Flasche und schlucken ihre Traurigkeit hinunter.

Ich kann sie leicht erkennen: Die Flasche stets in den Händen, sind sie große Schweiger, bringen kaum ein Wort heraus. Sie sitzen meist nur da und starren vor sich hin. Manchmal erscheint plötzlich ein Lächeln auf ihrem Gesicht, als würden sie etwas sehen, was ihnen vorher verborgen war, doch die meiste Zeit ist ihre Miene ausdruckslos. Sie trinken und dösen.

«Warum sind die hierhergekommen?», fragt jemand.

«Hier können sie trinken, ohne dass man sie stört», antwortet ein anderer.

Die meisten Trinker sind nach innen gekehrte Menschen, ihre Trunkenheit lässt sich vor allem an ihrem Gang erkennen. Schon am Morgen ist er nicht mehr aufrecht, das Starren nimmt im Lauf des Tages zu, und am Abend schleppen sie sich mühsam zu ihren Hütten.

Die meisten von ihnen halten sich den anderen Leuten fern und widmen sich der Liebe zur Flasche. Doch einige werden zuweilen zornig und brechen in Schreckensrufe aus. Vor diesen Rufen habe ich Angst, sie bedrängen mich im Schlaf.

Meine Mutter sagt, man müsse diese Ausbrüche als Hilferufe betrachten. Doch keiner wagt es hinzugehen. Nur Doktor Zajger, der jeden von ihnen kennt, gesellt sich von Zeit zu Zeit zu ihnen. Dann beruhigen sich ihre Ausbrüche, und sie schauen ihn an wie Kinder, die ausgeschimpft wurden.

Der einbeinige Mann ist ebenfalls meist in sich versunken, und außer zu P., mit der ihn, wie bereits gesagt, eine besondere Beziehung verbindet, zeigt er keine Neigung zu offenherzigen Geständnissen, zum Streit um schattige Stellen am Ufer oder zu denjenigen, die ständig eine Flasche in der Hand halten.

Immer wenn P. ihn aufsucht, neigt er sich zu ihr, lauscht und sagt etwas.

Ich höre ihn sagen: «Vergiss ihn, reiß ihn dir aus dem Herzen.»

Sie reagiert auf seinen Rat. «Ich bin auf dem Weg, das zu tun. Ich brauche etwas Zeit. Es war eine schöne Liebe, von Körper zu Körper, von Herz zu Herz, aber irgendetwas ist schiefgelaufen. Mag sein, dass auch ich meinen Teil dazu beigetragen habe. Eine Liebe erlischt nicht von allein.»

«Hör auf, darin herumzuwühlen. Jeder Mensch hat irgendein Wespennest in sich. Lass es in Ruhe, füttere es nicht mit Schuldgefühlen.»

Seltsam, wie genau mir solche Dialoge im Gedächtnis geblieben sind. Mein Vater und meine Mutter sprachen nie so. Mein Vater verachtete Menschen, die sich nicht beherrschen konnten.

«Warum kommen wir hierher?», fragte ein guter Bekannter meinen Vater.

«Ich weiß es nicht», sagte mein Vater. «Da müssten wir unseren Herrn Freud fragen. Er würde diese Frage bestimmt lösen.»

Ich weiß noch, dass diese Antwort meines Vaters seinen Bekannten amüsierte.

Mein Vater und meine Mutter schwimmen, und ich betrachte die Menschen am Ufer. Der Anblick ist nicht immer herzerfreuend. Ich werde Zeuge von Wutausbrüchen, Vorwürfen, Zank und Streit. Doch meist ist es ruhig. Man isst belegte Brote, trinkt Limonade und Kaffee und spielt Karten.

Poker ist ein tückisches Spiel. Jeder verbirgt seine Absichten. Manche verdienen mit diesem Spiel ihren Lebensunterhalt und kehren mit einem Bündel Geldscheinen nach Hause zurück. Natürlich auf Kosten derer, die verlieren, immer verlieren, schon seit Jahren, doch das hält sie nicht davon ab, immer wieder ihr Glück zu versuchen. Mein Vater sagt, diese Leute hätten keine Wahl mehr, sie wären süchtig.

Meine Mutter sagt, man müsse ihnen die Hand reichen und sie aus der Sucht befreien, in die sie geraten seien. Mein Vater glaubt nicht, dass man ihnen helfen könne.

«Auch sie sind Menschen», sagt meine Mutter.

«Das stimmt, aber sie haben ihr menschliches Antlitz verloren.»

Meine Mutter gibt nicht nach. «Auch Menschen, die eine schwere Verletzung erlitten haben, möchten rehabilitiert werden.»

Als Vater das Wort «rehabilitiert» hört, kneift er die Augen zu, ein Zeichen dafür, dass er ganz und gar nicht einverstanden ist.

Doch abgesehen von den Menschen, die sich am Ufer drängen, gibt es den Pruth, der zu unseren Füßen dahinfließt. Seine Kraft zeigt er auch im Sommer. Er bringt Bäume mit sich, halbe Boote und Zäune. Einmal sehe ich einen Hund mit den Wellen kämpfen, und ein Mann, ein ganz normaler Kerl, sieht die Not des Hundes, springt ins Wasser und rettet ihn. Das erfreut uns alle, und der Retter wird gefeiert.

Einmal am Tag kommt von irgendwoher ein großes Floß aus Balken und führt uns die Kraft der Strömung vor. Das vom Strom rasch dahingetragene Floß verschwindet schon bald vor unseren Blicken.

Im Jahr zuvor habe ich so ein Floß gesehen, das mit Kühen und Kälbern beladen war. Sie haben ganz ruhig dagelegen. Der

Floßschiffer, ein Mann mit einer abgetragenen Schirmmütze, hielt eine Holzstange in den Händen, die er in den Grund stieß und damit das Floß lenkte. Als das beladene Floß vorüber war, hörte ich einen der Feriengäste sagen: «Man bringt sie zum Schlachten.»

15

Mein Vater und meine Mutter kämpften um meine Seele, unabsichtlich. Man könnte natürlich sagen, dass ich mit mir selbst kämpfte, nämlich darum, was ich von ihnen annehmen wollte und was nicht. Ich liebte meinen Vater und seine Ironie, eingehüllt in Tabakrauch, der aus seiner Pfeife aufstieg. Oft erkannte ich in mir seine Stimme.

Er konnte die Schwächen eines Menschen bloßlegen: Dieser ist kleinlich und jener rechthaberisch, dieser überheblich, jener süchtig nach Geld oder nach Bier und Cognac, der eine tut sich durch lautes Lachen hervor, der andere durch auffällige Kleidung. Dieser kämpft gegen seinen Speck und jener gegen seine Magerkeit. Im Alltag neigt die Schwäche dazu, sich einzuhüllen, zu verstecken. Doch an Plätzen wie diesem hier, wenn Frauen und Männer ihre ordentliche Kleidung ablegen und Badeanzüge anziehen, zeigen sich die Schwächen ganz offen. Für einen ironischen Menschen ist das ein verlockendes Feld, das ihn geradezu einlädt, seinen Blick und sein Urteil zu schärfen. Tatsächlich entdeckte mein Vater in den Bewegungen und Haltungen der Feriengäste am Wasser oft ihr mangelndes Feingefühl, ihre Empfindlichkeit und Herzlosigkeit.

In den Ferientagen am Ufer schärfte mein Vater seine Ironie. Auch naive Menschen, sogar Gequälte und Leidende kamen bei ihm nicht ungeschoren davon. Seine These war: Die Menschen sind unfähig, der Wahrheit Auge in Auge gegenüberzustehen. Die Wahrheit bringt sie um den Verstand. Zu dieser grundsätzlichen These kamen noch weitere: Die Menschen sind unlogisch, ihr Verhalten ist unerklärlich. Launen und Stimmungen stürzen sie in Verwirrung und bringen sie dazu, Dinge zu tun, die man eigentlich nicht tut.

Meist teilte mein Vater seine Eindrücke mit meiner Mutter. Sie hörte dann zu und sah ihn erstaunt an, als wollte sie sagen: Interessant, ich teile diese Weltanschauung nicht. Ich mag den Spott nicht. Jeder Mensch empfindet Schmerzen und Unruhe, warum soll man ihm nicht entgegenkommen, auch wenn er sich unerfreulich verhält.

Oft habe ich später versucht, den Ansichten meines Vaters zu folgen. Doch was sollte ich tun, dieser Weg passte nicht zu meinem Wesen. Es ist nicht meine Natur, einen Menschen ändern oder korrigieren zu wollen.

Oft habe ich mich gefragt, warum mein Vater sich weigerte, die Schwächen seiner Mitmenschen zu akzeptieren. Warum machte er sich lustig über sie, warum gab er ihnen Spottnamen? Die Wahrheit ist, dass mein Vater auch vor sich selbst nicht haltmachte. Oft sprach er über seine eigenen Schwächen: Er hatte sein Studium an der Universität nicht beendet. Sein finanzieller Erfolg war eher mittelmäßig, er war längst nicht so ehrgeizig wie sein eigener Vater, der sich ganz und gar seiner Arbeit in der Fabrik hingegeben hatte.

Wegen seiner Ironie und seines Spottes hielten seine Cousins Distanz, die sich in der Geschäftswelt alle gut auskannten und erfolgreich waren. Er weigerte sich, ihre Ratschläge anzunehmen, und sagte immer wieder, er könne ihre Gegenwart kaum ertragen. Er ziehe es vor zu verlieren, statt seine gierigen Verwandten in Anspruch nehmen zu müssen. Meine Mutter pflegte zu sagen: «Lass deine Cousins doch sein, wie sie sind, du wirst sie nicht ändern.» Dem konnte mein Vater nicht zustimmen. «Ihre Gerissenheit zeigt sich in allem. Ich will ihnen keine Minute lang zuhören müssen.»

Mein Vater mochte seine Mitmenschen im Allgemeinen nicht. Aber Einzelne, Auserwählte, meist sensible Menschen, liebte er aufrichtig. Sie neigten, wie er selbst, zur Unruhe, manche zu giftiger Ironie. Auch dieser Verbindungen wegen kam er hierher.

Die meisten Freundinnen meiner Mutter kannte sie noch aus der Grundschule und dem Gymnasium. Es waren nicht viele, aber sie hielten sich die Treue. Sie kamen zu uns nach Hause und unterhielten sich mit meiner Mutter. Ich liebte es, bei ihnen zu sitzen und ihre Stimmen zu hören.

Meine Mutter sagte immer zu mir: «Jeder Mensch hat etwas Erstaunliches.»

«Was zum Beispiel?»

«Augen, die dich um Nähe bitten.»

«Und was noch?»

«Ein Lächeln, das dein Herz rührt.»

«Warum erschreckt mich dann der einbeinige Mann?»

«Er ist ein Mensch mit Schmerzen. Solche Menschen haben ein hartes Gesicht. Man muss sich an sie gewöhnen.»

Meine Mutter – das verstehe ich erst viel später – hat eine religiöse Beziehung zum Leben. Sie geht nicht in die Synagoge und betet nicht, aber ihre Beziehung zu Menschen, Tieren und Gegenständen ist voller Andacht. Ihr Betrachten von Blumen, Obst und alten Haushaltsgegenständen ist stille Bewunderung. Schmerzen, plötzliche Ausbrüche, Weinen oder übertriebenes Lachen erschüttern sie, werden aber nicht zu einem Problem.

Sie kennt die Menschen am Ufer. Sie steht nicht allen nahe, aber vielen gegenüber verhält sie sich wie guten Bekannten.

Mein Vater ist wählerisch. «Die eigensinnigen Juden sind unerträglich, sie benehmen sich grob und ohne Anmut. Es stimmt, es gibt ein paar Auserwählte, das sind Rosen unter den Dornen, die mag ich, zu ihnen fühle ich mich hingezogen.»

Eigenheiten wie typische Bewegungen, hibbeliges Stehen oder Sitzen, plötzliche Angst, schmerzhaftes Starren, Verwunderung und dergleichen, solche Charakteristika interessieren meinen Vater nicht; die großen gesellschaftlichen und politischen Probleme stehen ihm näher. Nicht von ungefähr umgibt er sich mit Zeitungen und Journalen in den verschiedenen Sprachen, die er liest. In die Ferien nimmt er Zeitschriften und historische Bücher mit. Meine Mutter packt für sich Romane von Flaubert und Proust ein.

Ohne den Fluss, nach dem mein Vater und meine Mutter sich sehnen, würden wir, so ist anzunehmen, die meiste Zeit in der Hütte zubringen. Mein Vater liebt den Fluss, aber nicht die Menschen, die sich an seinem Ufer rekeln, und schon gar nicht die Dinge, die sie um sich herumliegen haben.

16

Am Ufer vergeht kein Tag ohne einen kleinen Skandal, und diesmal ist es kein eingebildeter Skandal, sondern ein wirklicher: Eine Frau ist mit ihrem Liebhaber verschwunden, vermutlich mitten in der Nacht. Als ihr Mann morgens aufwachte und sie nicht im Bett vorfand, zog er los, um sie zu suchen.

Alle wussten, was geschehen war, doch der Mann behauptete mit törichter Hartnäckigkeit, dass seine Mizzi früh aufgestanden sei, um den Sonnenaufgang zu betrachten. Sie stehe immer früh auf, wegen des Sonnenaufgangs, an fremde Männer denke sie nicht. Seine Naivität und seine Dummheit weckten Mitleid, aber auch Spott.

Mittags, als die Sache nicht mehr zu leugnen war, kam der einbeinige Mann zu dem betrogenen Ehemann und sagte: «Diese Sucherei ist sinnlos, sie ist Ihnen weggelaufen, alle Anzeichen deuten darauf hin, dass sie weggelaufen ist.»

«Ich glaube es nicht.»

«Sie müssen sich damit abfinden.»

«Ich weigere mich. Wir sind schon über zwanzig Jahre verheiratet. Ich habe sie verwöhnt und alles für sie getan. Es gab nichts, was ich ihr nicht gegeben habe, wenn sie es wollte.»

«Ich bin sicher, dass Sie sie gut behandelt und sich immer anständig verhalten haben. Aber sie wollte vermutlich etwas anderes. Frauen haben immer die seltsamsten Gedanken, man kann ihr Verhalten nicht vorhersehen.»

Der Mann hob den Kopf. «Mit wem ist sie weggelaufen?»

«Mit dem Moritz.»

Erst jetzt kapierte er langsam, was er doch bereits gehört hatte. Er saß noch immer zusammengesunken da, steckte sich eine Zigarette an, als gestünde er sich jetzt selber ein: Mizzi ist weggelaufen. Was habe ich ihr Böses getan? Nie hat sie etwas gesagt, nie hat sie sich beschwert.

Der einbeinige Mann sagte mit verändertem Ton: «Es ist sinnlos, die Sache zu bedauern, es gibt Schlimmeres im Leben als eine untreue Frau. Schlagen Sie sie sich aus dem Kopf.»

«Wie denn?», fragte der Mann erschrocken.

«Ganz einfach. Packen Sie sie, werfen Sie sie weg. Genau das, was sie mit Ihnen getan hat.»

«Ich weiß nicht, wie man das macht.»

«Versuchen Sie es, wie ich es Ihnen gesagt habe. Das ist alles. Und Sie werden sich gleich wohler fühlen.»

Der einbeinige Mann gab öfter Ratschläge, und in ihnen lag eine gewisse Kraft. Einmal hörte ich, wie er zu einer Frau sagte: «Fahren Sie nach Hause zurück. Dieser Ort ist nicht gut für Sie. Sie werden hier keine Erholung finden.»

Die Frau hob den Kopf, sah ihn erstaunt an und sagte: «Warum bin ich denn hergekommen?»

«Das ist nicht wichtig. Jeder macht seine eigenen Fehler und Dummheiten.»

«Das ganze Jahr habe ich davon geträumt hierherzufahren. Ich bin eine alleinstehende Frau, ich war mir sicher, dass die Gesellschaft der Feriengäste gut zu mir passt. Und außerdem habe ich meine Wohnung für einen Monat vermietet, wohin soll ich denn, ich bin weder hier noch bei mir zu Hause.»

«Es lohnt sich nicht, über verschüttete Milch zu klagen. Mieten Sie sich daheim ein Zimmer in einer Pension. Die Häuser in der Kastanienallee sind alle anständig und nicht teuer. Es ist besser, wenn Sie für sich sind, als mit Menschen, die Sie verwirren.»

Die Frau blieb starr, und plötzlich schien sie zu erwachen und sagte: «Wer hat mir gesagt, ich solle hierherkommen? Der Pruth ist gefährlich, und ich trau mich nicht ins Wasser. Die Leute verspotten mich. Warum spotten sie?»

«Das bilden Sie sich ein.»

«Sie sagen, ich soll nach Hause zurückkehren?»

«Ja.»

«Wer soll mich denn heimbringen?»

«Nikolai.»

«Ich kenne ihn nicht.»

«Alle kennen ihn. Er wohnt im Eckhaus, hundert Meter von

hier. Er wird Sie gern nach Hause bringen. Keine Angst, er ist ein anständiger Bauer, man kann sich auf ihn verlassen.»

«Danke», sagte die Frau leise und ging.

So ist er, der einbeinige Mann. Mir macht er Angst. Manchmal fürchte ich, er würde mich von meinen Eltern wegreißen, mich beschimpfen und irgendwo einsperren. Ich verstehe gar nicht, was er hier macht. Er sitzt die ganze Zeit unter der Akazie und raucht. Manchmal macht es den Eindruck, als sei er ganz bei sich, als interessierten ihn die Menschen um ihn herum nicht. Das stimmt aber nicht. Er bekommt alles mit, was hier passiert. Mein Vater mag ihn nicht. Er ignoriert ihn. Er rät den Menschen, nicht auf seine Ratschläge zu hören. Einmal hörte ich meinen Vater sagen: «Er ist ein Teufel, kein Mensch.» Meine Mutter erschrak darüber und sagte kein Wort.

17

Rosa Klein liest aus der Hand, und die Frauen kommen zu ihr unter den Baum, unter dem sie sitzt, um zu erfahren, was sie in Zukunft erwartet. Sie freut sich über jede hingestreckte Hand und verkündet voller Freude: «Eine solche Hand habe ich noch nie gesehen. Lassen Sie mich sie betrachten, sie ist voller Zeichen.»

P. war bei ihr. Rosa Klein schimpfte. «Sie passen nicht auf sich auf. Sie essen nicht rechtzeitig. Sie legen die Flasche nicht aus der Hand. Kein Wunder, dass Ihre Gesundheitslinie so dünn und schwach ist. Lassen Sie sie nicht so schwach werden!»

P. versprach, ihre Gewohnheiten zu ändern, doch weil sie es

nicht tat, scheut sie sich davor, erneut zu ihr zu gehen, erwähnt sie allerdings oft und sagt: «Ich habe Angst davor. Wer weiß, was sie sonst noch zu sagen hat.»

Die anderen Frauen haben keine Angst. Die große Frau kommt mit ihrem dünnen Ehemann, und Rosa stößt sofort aus: «Sie können sich nicht erlauben, wie ein Nilpferd zu sein.» Die große Frau erschrickt nicht, sie sagt: «Meine Mutter war noch dicker als ich, sie hat ihr Leben genossen und ist mit neunzig gestorben. Nicht für jeden Dicken ist das Schicksal schon besiegelt.»

«Machen Sie, was Sie wollen, aber kommen Sie nicht zu mir. Ich werde von Ihrem Geld nicht reich.»

Mein Vater ignoriert sie. «Sie ist der reinste Betrug», behauptet er. «Die Zigeunerinnen sind besser als sie. Bei ihnen vererbt man die Kunst des Handlesens von einer Generation zur nächsten. Sie sagen manchmal kluge Worte, die sie von ihren Vorfahren ererbt haben. Rosa Klein hat das Täuschen von den Zigeunerinnen nur abgeschaut und schwindelt.»

Und ich höre ihn noch hinzufügen: «Die jüdische Bourgeoisie, die sonst eigentlich extrem praktisch ist, lässt sich leicht auf jeden Aberglauben ein. Rosa Klein nützt die Ängstlichkeit der Frauen aus und erzählt ihnen, was sie hören wollen.»

«Aber P. und der großen Frau hat sie nicht gesagt, was sie hören wollten», bemerkt meine Mutter.

Mein Vater lässt nicht locker. «Auch das ist kalkuliert.»

Meine Mutter erlaubt mir nicht, mich Rosas Liegeplatz zu nähern. Ich beobachte sie von weitem. Zuerst betrachtet sie prüfend die Handfläche ihrer Kundin, ohne sie zu berühren, dann deutet sie auf die Lebenslinie, und ihre Miene wird hell. «Keine Sorge», sagt sie, «Sie werden lange leben, Sie werden Enkel und vielleicht sogar Urenkel sehen.»

«Das glaube ich nicht», sagt die Frau.

«Was Ihre Handlinien sagen, hat nichts mit Gefühl und Glauben zu tun. Die Linien sagen die reine Wahrheit – der Rest sind Vermutungen. In den Linien verrät Ihnen Ihr Körper, was in ihm steckt, aber das ist kein unabänderliches Schicksal. Mit den richtigen Mitteln lässt es sich abändern – ehrlich gesagt, nicht viel, aber trotzdem ist es möglich.»

«Aber meine beiden Töchter – ihre Jugend ist vorbei, und sie sind noch unverheiratet. Wo soll ich Enkelkinder herbekommen?»

«Ich sage Ihnen, was ich in Ihrer Hand sehe. Ihr Schicksal kann ich nicht verändern. Ich bin nichts anderes als eine Vermittlerin.»

«Und was sagen Sie mir voraus?»

«Dass Sie lange leben und Enkel haben werden, vielleicht sogar Urenkel.»

«Das steht im Widerspruch zur Biologie.»

«Ich beschäftige mich nicht mit Biologie. Ich beschäftige mich mit den großen, den kleinen und den winzigen Linien, die in Ihre Hand gegraben sind. Abgesehen davon verstehe ich nichts. Ehrlich gesagt, ich bin in allen Bereichen der Wissenschaft ein Banause. Beim Abitur bin ich in Mathematik durchgefallen, zweimal habe ich die Prüfung wiederholt. Am Schluss habe ich ein äußerst mittelmäßiges Zeugnis bekommen.»

Mein Vater behauptet, auch diese Bekenntnisse seien Augenwischerei, alles in allem sei sie eine Betrügerin. Sie ist nicht ehrlich, trotzdem fühle ich mich zu ihr hingezogen. Ich höre ihr von weitem zu, und es kommt mir vor, als nehme sie ihre ganze Kraft zusammen, um eine Angelegenheit in ihren Tiefen zu ergründen.

Einmal habe ich gehört, wie Rosa zu einer ihrer Kundinnen sagte: «Machen Sie, was Sie wollen.» Als sie diese Worte hörte, brach die Frau in Weinen aus. Beim Anblick ihrer Tränen änderte Rosa den Ton und sagte: «Ich rate Ihnen, keinesfalls in eine Depression zu verfallen. Denken Sie daran, was wir gesagt haben, und kommen Sie in ein, zwei Tagen wieder zu mir. Ich bin hier.»

«Mein Sohn verlangt meine Zustimmung auf der Stelle.»

«Wenn es denn so ist, dass er sich taufen lässt und die Christin in der Kirche heiratet, dann sollten Sie sich damit abfinden und ihm Ihre Zustimmung geben.»

«Ich kann mich nicht damit abfinden.»

«Ich lese in Ihrer Hand, dass sich Ihr Sohn von Ihnen lösen will. Das ist nichts Neues. Das ist schon seit vielen Jahren in Ihr Fleisch geritzt. Wenn Sie diese Trennung akzeptieren, wird alles wieder gut.»

«Was ist schlimm an einem Übertritt? Das frage ich mich oft.»

«Ein Übertritt ist eine harte Entscheidung. Aber manchmal bringt er dem Menschen Ruhe. Was für den einen gut ist, ist nicht immer gut für einen anderen», sagte Rosa verständnisvoll.

«Er will kein Jude sein. All seine Freundinnen waren keine Jüdinnen.»

«Ich möchte mich nicht übermäßig einmischen, doch eines sage ich Ihnen: In unserer Zeit ist es nicht besonders ehrenhaft, Jude zu sein.»

«Ich weiß nicht, was ich tun soll.»

«Kommen Sie in zwei Tagen wieder, dann reden wir weiter», sagte Rosa und lässt alles offen.

Rosa Klein gehört untrennbar zu den Feriengästen am Fluss. Die Frauen und auch gar nicht so wenige Männer halten ihr die Hand hin, damit sie ihnen voraussagt, was das Schicksal für sie entschieden hat. Es fehlt nicht an Zweifeln bei diesen heimlichen Treffen, doch die Neugier ist größer als das Zaudern, und nicht selten bildet sich eine Warteschlange vor ihr.

Eine ihrer Prophezeiungen hat sich bewahrheitet. Das können viele bezeugen. Vor drei Jahren kam eine Frau und hielt ihr die Hand hin. Rosa Klein betrachtete sie und warnte: «Sie sind in Lebensgefahr, gehen Sie sofort zu Doktor Zajger.» Die Frau, eine Zweiflerin, glaubte ihr nicht und kehrte in ihre Hütte zurück.

Noch in derselben Nacht erlitt sie einen Schlaganfall und starb.

Nach jenem Unglück gewann Rosa Klein nicht wenige Anhänger.

18

Als wir zum letzten Mal am Ufer des Pruth waren, war ich zehn Jahre und sieben Monate alt, doch die Bilder, die ich dort sah, verblassten im Lauf der Jahre nicht. Im Gegenteil, sie wurden klarer und gewannen an Bedeutung.

Ich staune über den Reichtum der Erinnerungen. Die Bilder, die Geräusche und Gerüche sind stark, und ich möchte nichts davon verlieren. Dabei vergesse ich manchmal: Eine genaue Beschreibung ist meistens schwer und unnötig bedrückend.

Wir neigen dazu, uns in ein Wort oder einen Satz zu verlieben, auch in eine Idee, die uns beim Schreiben gekommen ist, und hören nicht auf den immer wiederkehrenden inneren Befehl: nur das Notwendige. Das Notwendige ist nicht immer strahlend. Meist ist es ein einfaches Wort oder ein schlichter Satz.

Von meiner Mutter habe ich vermutlich die Neigung zum Schreiben geerbt, die Offenheit, das Staunen, ihre Fähigkeit, die Realität ohne Murren zu akzeptieren, zu geben, ohne zu fragen, warum. Das sind Gaben, besser noch Geschenke, die ich in mir mit sieben Schlössern bewahre.

Der Vater in mir erlaubt mir keine vollständige Hingabe, er betrachtet, wägt ab, analysiert. Früher dachte ich, mein Vater sei mein großes Hindernis, das mich davon abhält, die Flügel auszubreiten. Jetzt weiß ich, dass ich mich ohne ihn aufgelöst hätte, dass ich schrankenlos und ungenau geworden wäre. Um zu schreiben, braucht es ein starkes Gefühl, begeisterte Phantasie und Hingabe, aber ohne Überlegung und genaues Auswählen wird daraus nur eine Art formloser Brei.

Ich sitze Tag für Tag am Schreibtisch und rufe Bilder auf. Das Schreiben bedeutet nicht, der Erinnerung zu folgen. Eine abgeschlossene Erinnerung ist kein gutes Material für den schöpferischen Prozess. Eine abgeschlossene Erinnerung wird im Namen von Personen und Orten verkörpert. Mit anderen Worten, in Ereignissen, die die Zeit bearbeitet und geformt hat.

Im Gegensatz zur abgeschlossenen Erinnerung schöpft der Prozess des Erinnerns aus dem Reservoir von Bildern, die sich in dir angesammelt haben. Du schöpfst langsam, so wie man einen Eimer Wasser aus einem dunklen Brunnen zieht.

Der Prozess des Erinnerns ist eine Anstrengung, die mit vielen Emotionen verbunden ist. Du erkennst zwischen den Scherben der Bilder den nördlichen Winkel des Ufers. Von hier aus siehst du nicht nur P. und den einbeinigen Mann, sondern auch den Fluss in seiner ganzen Breite und die langen Boote, die wie scharfe Messer durch das Wasser stoßen.

An jenem Ufer des Pruth gab es Ärzte, Rechtsanwälte, gebildete Menschen, die ihre Gedanken ordentlich und präzise formulieren konnten, doch die Augen des Knaben hingen ausgerechnet an denen, deren Fähigkeit, sich mit Worten auszudrücken, begrenzt war, unklar und stotternd, oder zu ausufernd, wegen ihres Ärgers oder ihrer Hilflosigkeit. Wie zum Beispiel P., die sich mehr mit ihrem Körper beschäftigte als mit Gedanken.

Wenn ich diese Bilder aus der Vergessenheit rufe, entdecke ich in ihnen menschliche Vollkommenheit. Im Lauf der Zeit habe ich gelernt: Körperliche Mängel und charakterliche Schwächen gehören schon immer zur Kunst. Die Beschränkung ist es, die das Menschliche einer Person befreit.

P. beschäftigt sich zwanghaft mit ihren Beinen. Sie streckt sie einmal in der Stunde aus, reibt sie mit duftenden Cremes ein und erfüllt ihre Umgebung mit diesem Duft. Alle kennen ihre Cremes. Sie gibt ihnen Kosenamen und witzige Bezeichnungen. Ein paar Tuben sind von bekannten Marken, aber sie hat auch billige, unbekannte.

P. begnügt sich nicht mit dem Eincremen. Sie spricht mit ihren Beinen und behandelt sie wie Geschöpfe, die ein eigenständiges Leben führen. Immer liegt in ihrer Stimme ein gewisser Vorwurf wegen des Unverständnisses, das sie seit ihrer Kindheit begleitet.

«Ich bestehe nicht nur aus Beinen», klagt sie. «Meine Beine sind nur ein kleiner Teil meines Daseins.»

«Warum pflegst du sie dann den ganzen Tag und sprichst dauernd mit ihnen und über sie? Sie sind hier zu einem Ausstellungsstück geworden», schimpft der einbeinige Mann.

«Was soll ich tun, soll ich sie etwa vernachlässigen?»

Der einbeinige Mann lässt nicht locker. «Du legst übertriebenen Wert auf deine Beine. Du ziehst sie allen anderen Körperteilen vor, da ist es kein Wunder, dass die Männer wie Fliegen um dich herumschwirren.»

P. gibt nicht so leicht auf. «Was soll ich machen, soll ich sie verstecken? Ein langes Kleid tragen? Ich bin jung, nicht mehr sehr jung, in einem Monat werde ich dreißig. Wenn ich mich nicht pflege, wer wird dann auf mich achten? Eine Frau kann ohne Beachtung nicht leben.»

«Du bist unverbesserlich», antwortet der einbeinige Mann. Seine Stimme klingt entschieden. So hat er vermutlich auch die Amputation hingenommen, mit zusammengepressten Lippen und ohne Selbstmitleid.

Seit der Operation erträgt er keine Schwäche, kein zimperliches Verhalten, keine feigen Menschen. «Nimm dein Schicksal in die eigene Hand und steh nicht da wie ein Golem», hörte ich ihn einmal zu einem Feriengast sagen. Er fürchtet sich vor keinem. Was er zu sagen hat, sagt er. Oft genug hebt er eine seiner Krücken und droht. Die moderaten Menschen meiden ihn. Und trotzdem ist seine Beziehung zu P. anders, er hört ihr zu, entdeckt dabei jeden Tag eine neue Schwäche an ihr. Er macht keinen Hehl daraus. «Du hast so viele Schwächen wie ein Granatapfel Kerne. Bald kannst du dich vor lauter Schwächen nicht von der Stelle rühren.»

Sie senkt den Kopf. «Was soll ich denn tun?»

«Nicht schimpfen», antwortet er, ohne zu zögern.

«Es tut mir aber was weh», sagt sie.

«Mir tut auch was weh. Jedem tut etwas weh.»

«Entschuldige», sagt P. mit unterdrückter Stimme.

Doch es gibt Tage oder besser Situationen, an denen der harte Mann mit seinem einen Bein weich wird und er einer Frau, die in Not geraten ist, einen oder mehrere Geldscheine gibt. Dann ändert sich sein Gesicht, er ist nicht mehr der entschiedene Richter, sondern ein barmherziger Vater.

19

«Ich habe Angst», sagt P. einmal und hebt den Kopf, als wache sie aus einem Albtraum auf.

«Vor wem?», fragt der einbeinige Mann, ohne sie anzuschauen.

«Ich weiß es nicht. Die Leute hier sind so unruhig.»

«Überall, wo Menschen sind, gibt es auch Unruhe. Ruhe findet der Mensch in seiner Hütte.»

«Die Hütte erstickt mich, ich gerate dann ganz durcheinander.»

«Da kann man nichts machen: entweder Ufer oder Hütte.»

Seine kühle Stimme, in der auch Ironie liegt, offenbart ganz unabsichtlich P.s Schwäche. P. fühlt sich vermutlich bloßgestellt und fängt an zu weinen.

Der einbeinige Mann hat keine Lust, sie zu beschwichtigen. Erst als sie aufhört, wendet er sich zu ihr und sagt: «Unser Leben besteht aus Höhen und Tiefen. Gestern hast du geliebt und warst hochgestimmt, und heute sieht die Welt für dich eng und düster aus. Lass das Rad sich drehen. Alle Tiefen gehen vorüber. Nach jedem Tal kommt eine Höhe.»

«Danke», sagt P. und wischt sich über das Gesicht.

«Warum bedankst du dich? Ich habe nichts getan.»

«Du hast mich getröstet.»

Als er diese Worte hört, erscheint ein Lächeln auf seinen Lippen, als wäre es ihm gelungen, sie zu überlisten.

P. schüttet ihm weiter ihr Herz aus. «Heute Nacht habe ich geträumt, dass die Bauern in meine Hütte eingedrungen sind, ich wollte schreien, aber ich war gefesselt und geknebelt. Ich konnte keinen Finger rühren. Als ich aufwachte, wollte ich das Licht anmachen, aber ich hatte Angst. Ich lag im Bett und zitterte. Wenn jemand allein in einer Hütte wohnt, bekommt er solche Träume. Als ich mit Franz zusammen war, ist er aufgestanden und hat meine Träume vertrieben. Seit er weg ist, bedroht mich der Schlaf von allen Seiten. Hast du auch solche Träume?»

«Nein», antwortet der einbeinige Mann gelassen.

«Nur zu mir kommen solche Träume?»

«Du lädst sie zu dir ein. Du bist die ganze Zeit unzufrieden, du stellst dir schreckliche Menschen vor. Wann lernst du es endlich, das Leben zu akzeptieren und nicht immer unzufrieden zu sein?»

«Hören die schlechten Träume dann auf?»

«Ich nehme es an. Ein Mensch, der mit dem zufrieden ist, was er hat, der nicht die ganze Zeit darauf wartet, dass man ihm Schokolade in den Mund schiebt, wird nicht von bösen Träumen geplagt.»

«Ich weiß nicht, was ich machen soll.»

«Ich habe es dir ja gesagt, ich mag es nicht, alles zu wiederholen. Ich sehe, dass dir Franz noch im Kopf steckt. Es ist unmöglich, gleichzeitig zu lieben und zu hassen. Entscheide dich, entweder liebst oder hasst du.»

«Er ist schon ein Teil von mir. Ich kann ihn mir nicht aus dem Herzen reißen.»

«Dazu kann man nichts sagen. Dann verlasse das Ufer und kehr zu ihm zurück. Es lohnt sich nicht, sich zu kasteien.»

«Ich habe Angst davor, zu ihm zu fahren. Er wird mich anschreien.»

«Es gibt nichts, was ich dir noch sagen könnte», sagt der einbeinige Mann und dreht ihr den Rücken zu.

Bagatellen, wird jemand sagen. Was haben sie für eine Bedeutung, warum soll man sich mit ihnen beschäftigen? Doch nimm solche Kleinigkeiten, in unserem Fall das Geplapper, die echten und die eingebildeten Nöte von P., gepaart mit ihrem kindischen Verhalten und Dummheit – und schon hast du das Bild des reinen Lebens.

Wegen ihrer offensichtlichen Beschränktheit ist P. ein leichtes Opfer. Immer wird sich der eine oder andere Franz finden, der ihre Schwäche ausnützt, der sie einen Monat lang liebt und dann verlässt. Sie ist unglücklich. Sie wird immer unglücklich sein.

Viele Menschen blicken auf sie hinab, treten sie mit Füßen und scheuen sich nicht zu sagen: «Wieder diese P., schon wieder jammert sie.»

20

Zum Kreis der Leute am Fluss gehörte ein gewisser Karl König, ein Mann mittlerer Größe, im weißen Sommeranzug und mit Strohhut. Er war mir schon aufgefallen, er bewegte sich schnell, mit gesenktem Kopf.

«Er ist ein Schriftsteller», sagte meine Mutter.

«Worüber schreibt er?»

«Ich weiß es nicht», sagte sie.

Mein Vater sprach oft mit ihm, und einmal schlug er ihm vor, zusammen mit ihm den Fluss zu durchqueren.

Karl König lächelte und sagte: «Danke für das freundliche Angebot, ich kann zwar schwimmen, aber ich brüste mich nicht, ein guter Schwimmer zu sein. Ich begnüge mich mit den ufernahen Stellen.»

Während die meisten Feriengäste sich am Ufer rekeln und sich von der Sonne bräunen lassen, im Wasser planschen oder schwimmen, hält sich Karl König in seiner Hütte auf und schreibt. Wenn er gegen Abend herauskommt, ist ihm seine Abgeschiedenheit anzumerken. Zuweilen wendet sich der einbeinige Mann ihm zu und bietet ihm eine Zigarette an, sagt seine Meinung zu irgendeinem Thema. König hört ihm zu, antwortet höflich und geht dann seiner Wege.

«Worüber schreiben Sie?», fragte ihn eine Frau.

«Über die Juden. Ist das nicht ein vielversprechendes Thema?»

Bei dieser Antwort zeigte sich gekünstelte Neugier auf dem Gesicht der Frau, und sie sagte: «Was lässt sich über die Juden denn schreiben?»

«Sie sind auch Menschen, oder irre ich mich?»

«Es gibt bei ihnen keine Helden, keine beeindruckenden Religionsführer und keine Staatsmänner.»

«Aber, meine Dame, es gibt unter ihnen Menschen, die genau hinschauen, die offenen Auges durch die Welt gehen, die Schmerzen empfinden, und welche, die ihre Hand ausstrecken, wenn jemand in Not ist. Reicht das nicht?»

«Erlauben Sie mir, mein Herr, mich davon zu distanzieren. Die Juden sind ein Volk von Nichtstuern. Die ukrainischen Bauern, die sind echt. Ein ukrainischer Bauer ist mit dem Boden verbunden, er pflügt, sät, pflanzt. Er wurzelt tief in der Erde. Die Juden sind heute da und morgen anderswo: Pflanzen ohne Wurzeln, Parasiten, die im Schatten leben. Bringt man sie ans Tageslicht, verwelken sie.»

König staunte über diesen Wortschwall, eine solche Flut an Meinung hatte er von dieser kleinen Frau nicht erwartet, die sich unter den anderen Ufergästen befand und sich nicht von ihnen unterschied.

Wenn Karl König sich wundert, hebt er den Kopf und schaut die Menschen an. König ist kein Mann großer Worte. Oft hat man schon versucht, ihn in Diskussionen zu verwickeln. «Ohne mich», antwortet er. Wegen dieser Weigerung halten die Leute ihn für stolz und eingebildet.

Diesmal wandte er sich direkt an die Frau und sagte: «Ich interessiere mich für die Juden, weil sie mich schon in meiner Kindheit beschäftigt haben. Die Wahrheit ist, sie ärgern mich manchmal, aber die meiste Zeit erstaunen sie mich.»

«Womit erstaunen sie Sie?», erkundigte sich die Frau.

«Unter anderem durch ihre Fähigkeit, das Leiden auszuhalten. Das Leben schlägt sie immer wieder, und sie müssen sich beugen und schweigen. Die Bosheit der Menschen ist oft schwerer zu ertragen als die Schläge der Natur. Doch oh Wunder, sie richten sich wieder auf, sammeln ein, was geblieben ist, und machen sich auf den Weg. Was sie nicht schaffen, schaffen ihre Kinder.»

«Und darin entdecken Sie Schönheit?»

«Manchmal lehnen sie sich gegen diese Tyrannei auf.»

«Sie sagen, dass die Juden sich auflehnen? Ich habe nie im Leben einen Juden gesehen, der sich auflehnt.»

«Manchmal reicht ein Blick voller Spott oder ein Schulterzucken, das ihre Abscheu ausdrückt. Was kann ein Mensch gegen Krankheit unternehmen, gegen Überschwemmungen im Herbst oder gegen schlechte Geschäfte, ganz zu schweigen von der Bosheit der Menschen. Alles überfordert seine Kräfte, übersteigt sein Begreifen. Wenn er nicht mehr weiterkann, spottet er über sie. Dieser Spott ändert nichts, bewahrt aber seine Haltung und seine Ehre. Ist Spott denn keine ehrenhafte Reaktion?»

«So sind, dachte ich, alle Menschen. Die Juden bilden da keine Ausnahme.»

«Sie haben recht. Die Juden sind wie alle anderen Menschen. Aber sie leiden unter Entfremdung und Feindseligkeit, sie sind leicht zu erschrecken, auch ohne offensichtlichen Anlass.»

«Macht sie das nicht hässlich?»

«Manchmal. Aber obwohl sie mehr leiden als der Rest der Bevölkerung, haben sie einen besonderen Ausdruck, besondere Reaktionen, oft Bestrebungen, die größer sind als die Sorge um sich selbst. Sie können großzügig sein. Sie interessieren mich. Sie haben mich immer interessiert.»

«Das hier ist dann also Ihr Labor?», fragte die Frau ironisch und blickt über den Strand.

«Nein, ich mache keine Experimente. Ich betrachte, und dabei lerne ich etwas über mich und die Menschen um mich herum. Ich lerne auch, mich mit den anderen zu identifizieren.»

«Sie lernen etwas, indem Sie sich mit den Leuten identifizieren, die hier am Ufer herumliegen? Mit P.? Mit dem einbeinigen Mann? Mit dem Mann, dem die Frau weggelaufen ist? Mit der großen Frau, die ihr Mann mit Essen und Getränken versorgt? Was ist schön an denen? Warum sollte man sich mit ihnen identifizieren?»

«Sie haben gute Beispiele angeführt. Jeder Einzelne verdient es, beachtet zu werden, sowohl als Mensch wie als Jude. Menschen sind nicht vollkommen. Auch die Juden sind weit davon entfernt. Ich sage nur eines: Das Leiden des einbeinigen Mannes ist anders als P.s. Das Leid eines Mannes, dem man das Bein abgenommen hat, ist offenkundig. P.s Leiden ist ungezielt, ihr Leben ist Zerstreuung, sie kann nichts mit sich anfangen. Mal versucht sie, andere zu beeindrucken, und führt ihre Beine vor, ein andermal sitzt sie da und weint. Mit anderen Worten: All die Jahre sucht sie Liebe. Jetzt sage ich

Ihnen etwas, was Sie vielleicht überrascht: Wir sind ihr sehr ähnlich.»

«Ich möchte ihr nicht ähnlich sein», sagte die Frau schnell.

«Sie müssen ihr nicht ähnlich sein, aber sie ist ein Modell des Menschen. Ich, erlauben Sie mir, das zu sagen, achte sie. Sie ist eine Frau, die aber ein Mädchen geblieben ist, das sich die ganze Zeit um Beachtung bemüht. Sie weiß nicht, wie sie sich schützen kann, deshalb fallen alle möglichen Schmarotzer über sie her, versprechen ihr das Blaue vom Himmel und verlassen sie am Schluss.»

«Und wo ist das Ideal, für das es sich zu leben lohnt?»

«Ich, meine Dame, beschäftige mich nicht mit Idealen, ich beschäftige mich mit Menschen. Das schmerzende Bein eines Menschen ist mir wichtiger als ein Ideal. Irren Sie sich nicht, ich bin kein Gerechter. Ich bin nicht besser als Franz, der P. verlassen hat. Doch eines kann man mir zugutehalten: Ich verkünde keine Moral. Ich versuche mit meinen geringen Kräften, die Menschen zu ermutigen. Sie verdienen Verständnis und Mitgefühl. Und die Juden sind wegen ihres Charakters und wegen ihres Schicksals offener, sie sind nicht immer erfreulich, aber was lässt sich machen, sie sind ein Teil von uns.»

«Deshalb sind Sie hergekommen?»

«Ja. Ich bin hergekommen, weil ich Jude bin. Meine Eltern und meine Umgebung waren jüdisch. Ich fühle mich hier wohler als anderswo. Der Mensch ist sich selbst am nächsten, sagt man. Ich verstehe die Juden besser. Es fällt mir leicht, über sie zu schreiben. Ihre Verrücktheiten sind auch die meinen. Zu dieser Einsicht bin ich nicht leicht gekommen, doch seit mir das gelungen ist, bin ich im Einklang mit mir selbst.»

Meine Mutter und ich standen daneben und hörten zu. Zum ersten Mal sah ich Karl König aus der Nähe. Er hieß König, aber sein Äußeres hatte nichts Königliches. Er war mittelgroß, hatte immer eine Zigarette im Mund. Doch er hatte eine klare Aussprache. Deshalb verstand auch ich einiges. Und bei dem, was ich nicht verstand, half mir meine Mutter.

Einen Moment lang hatte ich den Eindruck, dass die Frau, die mit ihm sprach, nun weggehen würde. Aber ich irrte mich, sie blieb. Mit einer nicht besonders angenehmen Stimme führte sie das Gespräch fort:

«Ich muss zugeben, ich finde mich mit meinem Jüdischsein nicht ab. Es ist etwas Überflüssiges in mir, und ich weiß nicht, was es bedeuten soll. Ich würde es gern loswerden. Immer wenn ich hier bin, ärgere ich mich über mich selbst.»

«Ich verstehe Sie sehr gut, meine Dame, heutzutage hat jeder Jude solche Gedanken. Es sind sehr jüdische Gedanken. Doch was soll man machen, es ist schwer, den Charakter und das Schicksal zu ändern.»

«Ich verachte mich selbst, weil es mir nicht gelingt, mich ein für alle Mal von diesem seltsamen Schicksal zu trennen. Ich sage mir: Ich empfinde keine seelische Nähe zu den Juden. Ich bin ein selbständiger Mensch mit Verantwortung für mich selbst.»

«Ich achte Ihre Gefühle, meine Dame», sagte König und senkte den Kopf. «Doch ich kann es nicht ändern, ich empfinde großes Interesse an diesen wurzellosen Geschöpfen; sie haben, wie gesagt, mein Interesse schon geweckt, als ich jung war. Man kann nicht sagen, dass sie makellos sind, ihre Mängel sind offensichtlich. Aber sie haben etwas, denke ich, was andere nicht haben.»

«Was meinen Sie? Welcher Natur ist dieses Etwas? Edelmut?»

«Ich hätte es nicht Edelmut genannt, sondern Menschlichkeit.»

«Ich weiß nicht, was ich dazu sagen soll», sagte die Frau. «Ich wünsche Ihnen einen schönen Tag und schöpferische Gedanken. Ich gehe jetzt.» Sie wandte sich ab.

Mein Vater hatte einige von Königs Geschichten in «Die Literatur» gelesen, der örtlichen Monatszeitschrift, und er war nicht besonders beeindruckt. In einer Geschichte beschrieb der Schriftsteller eine junge Frau, eine nervöse Jüdin, die weder zu Hause noch bei der Arbeit Ruhe findet. Am Schluss verlässt sie ihren Mann, flieht aufs Land und heiratet einen jungen Ukrainer. «Nervöse Frauen haben mich nie interessiert», fügte mein Vater hinzu. «Ich zweifle, ob der Ukrainer ihre Nervosität heilen kann.»

21

Schon 1938 vermuteten viele, dass ein großer Krieg bevorstehe, der sich gegen die Juden richten würde. Doch niemand konnte sich das Ausmaß vorstellen.

Die Menschen, die dort am Ufer saßen, sagten Sätze, die sich ein bisschen entschuldigend und ein bisschen beruhigend anhörten: Die hohe deutsche Kultur wird sich nicht von einem Diktator beherrschen lassen. Die Barbarei gehört zum Osten. Die westliche Kultur ist geleitet von Selbstbeherrschung. Diese gemäßigten Worte und noch viele weitere beriefen sich auf Zeitungen und Aufsätze in Büchern und wurden mit einer gewissen Sicherheit vorgetragen.

Wenn jemand Zweifel an diesen Feststellungen anmeldete, erntete er Widerspruch, ihm als dem jüdischen Geist fehle das Verständnis. Der Logik nach, meinten sie wieder und wieder, müsse die Kultur eines Volkes in all seine Söhne einsickern. Die hochstehende deutsche Kultur habe moralische Maßstäbe.

Meine Mutter war verlegen, wenn sie solche Sätze hörte. Diese Sprache war ihr fremd. Ihre Worte kamen aus dem Alltag. Sie nahm die Anklänge und Schwingungen solcher Worte wahr, und wenn jemand sich bei der Aussprache eines Namens oder beim Rechnen irrte, sagte sie: «Wir machen alle mal Fehler. Irren ist menschlich.» Meinen Vater machte dieser Satz verrückt, er behauptete immer wieder: «Irren und sich wieder irren ist Dummheit.»

Im Vergleich zu den vernünftigen Menschen ist P., die Frau, deren Lachen und Husten heiser ist und ihren Körper erzittern lässt, verloren, sie jammert die ganze Zeit: «Ich habe Angst. Ich bin von bösen Menschen umgeben. Wohin kann ich fliehen? Man wird mich ohnehin schnappen wie ein Blatt im Sturm.»

Unter anderem hat sie vor den ukrainischen Bauern Angst, die am Fluss vorbeikommen, morgens auf dem Weg zur Arbeit und abends auf dem Weg nach Hause. Ihre Blicke drücken keine Feindschaft aus, doch P. fürchtet, diese schwer arbeitenden Menschen könnten plötzlich unter ihren Jacken Messer hervorziehen und sich wütend auf die Feriengäste stürzen. P. und einige ihrer Freunde können ihre Ängste nicht verbergen. P. bricht oft in bitteres Weinen aus, eine Mischung aus Angst und Selbstmitleid. «Warum habe ich Angst? Warum kann ich nicht schlafen? Warum kommt mir die Welt wie eine Falle vor?»

Nicht deshalb wurde sie von den anständigen Menschen gehasst und ausgelacht. Sie hassten ihre Verlorenheit, und sie hassten die Bitterkeit des einbeinigen Mannes. Sie widersprachen entschieden allen, die die Zukunft aus der Vergangenheit herleiteten und sagten: Was gewesen ist, wird wiederkommen. Wir dürfen uns von unseren Ängsten nicht beherrschen lassen.

Aber es lässt sich nicht ändern, die Verlorenen empfinden manchmal nicht nur Schmerz – sie erraten auch die Zukunft. Nicht ihr Verstand sagt ihnen das, sondern ihre verletzten Glieder.

«Ohne P. und den einbeinigen Mann würden die Ferien hier anders sein. Warum, zum Teufel, kommen sie hierher und stecken uns mit ihrer Bitterkeit an? Jeder sollte seinen Platz kennen.» Das sagte einer der vernünftigen Feriengäste zähneknirschend.

22

Der einbeinige Mann beschloss eines Tages, ganz gegen seine Art, die Hilfe Rosa Kleins in Anspruch zu nehmen. Er ging zu ihrem Liegeplatz. Normalerweise gab er den anderen Ratschläge und brauchte seinerseits keine, doch diesmal, nach einigen schlaflosen Nächten, nach Müdigkeit und Verwirrung, entschied er, sich an Rosa Klein zu wenden.

Rosa Klein wusste, was er von ihr hielt, aber sie hatte nicht vor, einen Menschen zurückzuweisen, der sie um Hilfe bat, deshalb empfing sie ihn mit sachlicher Miene.

«Entschuldigung», sagte er.

«Warum bitten Sie um Entschuldigung?»

«Es ist bekannt, was ich über Sie denke. Ich bin fast gegen meinen Willen gekommen, um Ihren Rat zu hören», bekannte er offen.

«Es interessiert mich nicht, was jemand von mir hält. Ich lese einem Menschen aus der Hand und sage ihm, was mir seine Linien offenbaren. Handlinien sind schließlich objektiv, sie unterliegen keinen Stimmungen.»

«Lassen wir das mit der Objektivität. Ich frage Sie, was soll ich mit dem Besitz anfangen, den ich im Lauf meines Lebens angesammelt habe? Das ist mir nicht leichtgefallen. Ich habe nicht getan, was ein Mensch, der etwas besitzt, sonst tut: Ich habe mein Eigentum nicht aufgeteilt, sondern alle Eier in einen Korb gelegt. Meine Eltern waren der Meinung, man müsse sein Geld in Immobilien anlegen. Ich folgte ihnen; wenn ich das nicht getan hätte, wäre meine Situation anders. Jetzt steht uns ein Krieg bevor, und wer weiß, was noch passieren wird.»

«Geben Sie mir bitte Ihre Hand», sagte Rosa Klein, ohne ihn anzuschauen. Nachdem sie prüfend seine Handfläche betrachtet hatte, hob sie den Kopf und sagte: «Ihre Linien schreien nicht zum Himmel, ich sehe keine großen Verluste. Ihre Gesundheit allerdings ist angegriffen, dabei aber stabil.»

«Wird man mir nicht das zweite Bein amputieren?»

«Nicht in nächster Zeit, wenn überhaupt.»

«Ich danke Ihnen. Das ist es, was ich wissen wollte. Entschuldigen Sie meinen Unglauben.»

«Sie sind nicht der Einzige. Jeder, der zu mir kommt, zweifelt ein wenig an meiner Fähigkeit, die Zukunft vorauszusehen. Ich ärgere mich nicht darüber. Mein Beruf, falls man das Beruf nennen kann, hat mich gelehrt, die Menschen so zu nehmen, wie sie sind.»

«Das ist schön von Ihnen», sagte der einbeinige Mann, stand auf und stützte sich auf seine Krücken.

«Ich bin keine Gerechte, und ich besitze keine übernatürlichen Kräfte, ich lese aus der Hand und versuche, ihre Geheimnisse zu deuten.»

«Übrigens, wo haben Sie diesen Beruf gelernt?»

«Von den Zigeunern, besser gesagt, von den Zigeunerinnen. Seit meiner frühen Kindheit hing ich an ihnen. Meine Eltern wollten mich von ihnen fernhalten, aber ich hörte nicht auf sie. Ich rannte ihnen hinterher und streckte meine Hand aus.»

«Und haben sie richtig gelesen?»

«Sie sind große Seherinnen.»

Er staunte, dann fragte er: «Lesen Sie sich selbst aus der Hand?»

Rosa lächelte. «Nein. Man sagt, der Gefesselte befreit sich nicht selbst aus dem Gefängnis.»

«Ein hübsches Sprichwort», sagte er und hielt ihr die Hand zum Abschied hin.

23

In jenen Ferien bekam meine Mutter Besuch von ihrer alten Jugendfreundin Gusta. Sie war eine gut aussehende, strahlende Frau von zweiunddreißig Jahren, so alt wie meine Mutter. Sie kam nachmittags zu unserer Hütte, und dann saßen die beiden Frauen in Korbstühlen im Hof und unterhielten sich. Gusta hatte, anders als meine Mutter, ihr Studium an der Universität abgeschlossen, und ihr war eine Stelle im selben Institut angeboten worden.

Sie sprach wenig und ruhig, man merkte ihr an, dass sie gern zuhörte. Mein Vater hatte sich in die Hütte zurückgezogen, zu seiner Pfeife und dem Buch, das er gerade las. Meine Mutter und Gusta redeten, als hätten sie sich schon lange nicht mehr gesehen. Ich mochte die Melodie ihres Gesprächs, es war, als gäbe eine der anderen ein Stück ihres Inneren preis. Manchmal ging es um Dinge, die weit zurücklagen, in ihrer Gymnasialzeit, und das brachte sie zum Lächeln.

Plötzlich hielten sie inne und versanken in Schweigen.

«Ich habe solche Angst», hörte ich Gusta sagen. «Manchmal habe ich das Gefühl, dass die Erde unter unseren Füßen bebt und unser Leben nicht mehr so sein wird, wie es war.» Nach einer kleinen Pause fügte sie hinzu: «Ich täusche mich bestimmt.»

«Auch ich bin beunruhigt, aber ich sage mir: Gerüchte kommen und gehen. Vielleicht gibt es ja bald auch wieder gute Nachrichten.»

«Vor einigen Tagen habe ich im Traum meine Mutter gesehen. Sie bat mich, vorsichtig zu sein, ich solle abends nicht auf die Straße gehen und nicht zu spät nach Hause kommen. So hat sie nie im Leben mit mir gesprochen, auch früher nicht, als ich noch ein kleines Mädchen war», sagte Gusta und lächelte.

Mein Vater nahm an diesen Gesprächen nie teil, vermutlich spürte er, dass sich hier zwei Herzen nahe waren, ohne Verstellung und ohne Berechnung.

Als sie sich verabschiedeten, sagte Gusta: «Wie wunderbar ist es, sich zu treffen.»

Darauf meine Mutter: «Wir sind so wenige, die übrig sind. Alle hat es in alle Winde verschlagen.»

Ich erschrak von der Stimme meiner Mutter, es war, als spräche sie nicht über ehemalige Klassenkameraden, sondern über Menschen, die verlorengegangen waren und von denen man nicht wusste, was aus ihnen geworden war.

Als Gusta unsere Hütte verlassen hatte, breitete sich eine andere Art Schweigen aus. Es fühlte sich an, als wäre ein Teil von ihr bei uns zurückgeblieben. Nach einiger Zeit fragte meine

Mutter: «Was soll ich zum Abendessen vorbereiten?» Die Frage hing eine Weile in der Luft, dann sagte mein Vater von seinem Platz aus: «Eine Wassermelone.»

«Eine gute Idee», sagte meine Mutter.

Sie zerteilte die Wassermelone mit einem großen Messer, konzentriert und aufmerksam, und legte die Scheiben auf Teller.

Als wir vor der Hütte saßen und die rote, süße Frucht aßen, schmeckte es anders als sonst, als hätte meine Mutter die Opfergabe vorher Gott dargebracht und es sei uns erst jetzt erlaubt, sie zu essen.

24

Vor vielen Jahren hatte der Prinz von Thadden Gusta umworben, voller Eifer und mit schmerzhafter Hartnäckigkeit. Er schickte ihr teure Geschenke und Blumen, und manchmal wartete er vor der Tür ihres Elternhauses, um sie zu sehen, wenn sie herauskam. Diesem gutaussehenden Mann, höflich und wohlhabend, gelang es nicht, das Herz des jungen Mädchens zu erobern. Man sagt, sein Misserfolg habe Spuren hinterlassen, seither habe es ihn immer öfter in die Casinos gezogen.

Als ich davon hörte, stellte ich mir den Prinzen in seiner ganzen Pracht vor: ein großgewachsener Mann mit einem höflichen Lächeln im Gesicht. Ich nahm an, dass er in seiner Jugend eine Armee befehligt hatte, doch als er vor Gustas Haus auf sie wartete, musste er ausgesehen haben wie ein Soldat, der Wache stand. Irgendwann hat sich der Prinz das Leben genommen. Manche Menschen dachten, er habe es wegen seiner Wetten und seiner Verluste getan, doch andere sagten, die Enttäuschung über seine verschmähte Liebe habe ihn dazu gebracht, es zu tun.

Ich fragte meine Mutter, ob es stimme, dass der Prinz sich umgebracht hatte.

«Wer hat dir das erzählt?», fragte sie erschrocken.

«Ich habe es gehört», bekannte ich.

«Guter Gott, der Junge hat Dinge gehört, die er nicht hören durfte», sagte sie erschüttert.

Aus Gesprächsfetzen und dem einen oder anderen Wort zeichne ich mir ein Bild. Wenn mein Vater sagt, man solle sich vor Panik hüten, spüre ich, dass er meine Mutter für schuldig hält, ohne dass sie wirklich schuldig ist. Das Wort Panik bedeutet bei meinem Vater: Vulgarität und ungeordnete Gedanken. Manchmal kommt es mir vor, als verspotte er das ganze Ufer.

Am Nachmittag warte ich auf Gustas Besuch. Ich höre ihre Schritte schon von weitem, und als sie erscheint, atme ich erleichtert auf. Meine Mutter freut sich nicht weniger als ich. Sie verkündet sofort: «Ich habe einen Käsekuchen mit Waldbeeren gebacken, nach einem Rezept von meiner Mutter. Ich koche und backe genau wie sie, ohne groß nachzudenken, ich mache einfach alles wie sie.»

«Ich habe leider das Talent meiner Mutter fürs Kochen nicht geerbt», bekennt Gusta.

«Ohne sie wüsste ich nicht, wie ich eine Mahlzeit zuzubereiten hätte.»

«Du hast es nicht nur bekommen, du hast eine Begabung dafür», sagt Gusta lächelnd.

Dann bringt meine Mutter den kleinen Tisch, und sie setzen sich, trinken Kaffee und essen Kuchen.

Mein Vater beteiligt sich nicht an diesem Imbiss, er liest ein Buch, eine Zeitschrift, manchmal macht er einen Ausflug. Ich sitze auf dem Boden und spiele mit fünf Würfeln. Plötzlich steht Gusta vom Hocker auf, setzt sich mit untergeschlagenen Beinen neben mich und sagt: «Früher habe ich mit fünf Steinen spielen können, mal sehen, ob ich es vergessen habe.»

Gusta hat es nicht vergessen, ihre schmalen Finger werfen die Steine flink hoch und fangen sie geschickt wieder auf. Auch meine Mutter macht bei unserem Spiel mit, und zu dritt versuchen wir, schneller als die anderen zu sein. Ich genieße diesen Wettbewerb so sehr, dass ich die Hand meiner Mutter ergreife und küsse.

25

Damals war ich plötzlich traurig. Mir kam es vor, als mache sich Großvater Meir Josef Sorgen um unser Leben, das sich so weit vom Glauben entfernt hatte. Meinem Vater gegenüber berührte er dieses schmerzliche Thema nicht, doch mit mir sprach er darüber, zeigte mir die Buchstaben im Gebetbuch und wiederholte sie mit mir – Abraham, Isaak und Jakob. Ich hielt das für ein verzweifeltes Bemühen.

Die Besuche bei Großvater waren kurz, und er bemühte sich, mich so schnell wie möglich fürs Leben zu wappnen. Ich wollte mit meiner Mutter darüber sprechen, doch ich fand nicht die richtigen Worte und vergaß die Sache.

Doch vor einem anderen Schrecken rettete sie mich. Als ich einmal dastand und die Leute am Ufer betrachtete, warf mir der einbeinige Mann einen Blick zu und sagte: «Erwin, man darf die Leute nicht anstarren. Das ist kränkend, falls du das nicht weißt.»

Meine Mutter kam mir zu Hilfe und sagte: «Warum den Jungen erschrecken? Er hat niemandem etwas Böses getan.»

«Aber seine Blicke kränken. Man soll nicht ins Innere der Menschen dringen.»

«Er ist ein Kind», beharrte meine Mutter.

«Die Blicke eines Kindes sind nicht weniger scharf.»

In der Hütte schaute ich weniger hin, da konzentrierte ich mich mehr aufs Hören. Ich saß auf dem Boden und lauschte den Gesprächen zwischen meiner Mutter und Gusta, und auch wenn ich den Kopf nicht hob, sah ich sie deutlich vor mir.

Gusta trug bei einem ihrer Besuche ein schwarzes Kleid und sah aus wie eine junge Witwe.

Einmal hörte ich sie sagen: «Ich war sehr jung, gerade mal mit der Schule fertig, da machten mir die Werbungen des Prinzen Angst. Ich habe nicht verstanden, was er an mir fand. Er hat sich auf eine Höflichkeit verstanden, die ich nicht kannte, und auch das hat mir Angst gemacht.»

«Hast du mit ihm gesprochen?», fragte meine Mutter flüsternd.

«Zwei-, dreimal. Auch diese zufälligen Zusammentreffen wurden durch meine Schuld abgebrochen. Ich wusste nicht, was ich sagen oder antworten sollte. Er hat mir viele Komplimente gemacht und mich eingeladen, ihn in seinem Schloss zu besuchen. Ich war verlegen, ich sagte, ich hätte viel zu tun, und ging davon.»

Meine Mutter war überzeugt, dass ich nicht verstand, worum es ging. Vermutlich verstand ich auch nur wenig, aber dieses Wenige hielt mich nicht davon ab, mir ein Bild zu machen.

Jedes Mal, wenn Gusta meine Mutter besuchte, wurde der Prinz in meinen Augen klarer und größer. Er bewegte sich gemessen, und seine hohe Gestalt sagte: Ohne Liebe sind wir unwürdige Geschöpfe. Ich weiß nicht, wer mir diesen Satz eingeflüstert hat. Vermutlich hatte ihn jemand am Fluss gesprochen, und ich hatte ihn aus irgendwelchen Gründen mit dem Prinzen in Verbindung gebracht. Ich verwechsle immer Vergangenheit und Gegenwart, ich vergesse immer, wer was gesagt hat.

An einem der Abende, als sich Gusta von meiner Mutter verabschiedete, kam sie mir vor wie eine Frau, die auf ihren Besitz verzichtete und in ein Kloster eintrat. Kein Wunder, dass ich mich im Traum durch lange Klostergänge laufen sah und verzweifelt versuchte, eine Eisentür zu öffnen.

Voller Panik wachte ich auf, doch ich brachte kein Wort heraus. Ich erinnere mich an die zitternde Hand meiner Mutter, die die Taschenlampe in der Hand hielt und sagte: «Das ist nichts Wirkliches, es ist nichts», und als sie sah, dass ich mich nicht beruhigte, legte sie sich neben mich und nahm mich in den Arm.

Einmal hörte ich Gusta zu meiner Mutter sagen: «Ich bin nicht sicher, ob ich mich dem Prinzen gegenüber richtig verhalten habe. Gott weiß, dass ich damals nicht anders konnte. Meine Mutter war sehr krank, und ich pflegte sie. Für etwas anderes war kein Platz in meinem Herzen. Ich fürchtete mich davor, mit ihm zu sprechen und es ihm zu erklären. Ich war verwirrt und genierte mich in seiner Gegenwart. Die Hartnäckigkeit, mit der er vor unserem Haus wartete, verwirrte mich ebenfalls, und die vielen Geschenke machten mich verlegen. Ich hatte ein Gefühl, als wolle er sich zwischen mich und meine Mutter drängen. Heute denke ich, dass ich ihm das fälschlich unterstellt habe, und trotzdem frage ich mich, was er eigentlich an mir fand. Ich spürte nie im Leben das Verlangen, in einem Schloss zu wohnen.

Damals hing ich sehr an meiner Mutter und weigerte mich, an ihren baldigen Tod zu denken. Sie erzählte mir ausführlich und in allen Details von ihrer Kindheit in den Karpaten. Ihr Vater, mein Großvater, den ich nicht mehr kennengelernt habe, war ein Gutsbesitzer, und meine Mutter wuchs zwischen Eichen, Feldern und Pflanzungen auf. Als ich ein Kind war, hatte sie mir nie davon erzählt, aber im Krankenbett sprach sie immer wieder klar und erstaunlich wohlgeordnet von ihrer Kindheit. Tag für Tag erzählte sie mir von den Gebäuden des Gutshofs, beschrieb jedes einzelne und seinen Zweck, den Kuhstall und die anderen Stallungen. Besonders viel sprach sie über die Familiensynagoge auf dem Hof, die im Laufe der Zeit auch zur Synagoge der Durchreisenden wurde, und vor allem erzählte sie von Menschen, von Juden und Nichtjuden. Ich liebte ihre Stimme, es war, als vergesse sie ihre Krankheit und versenke sich ganz und gar in ihrer Kindheit.

Einmal sagte sie zu mir: ‹Ich bin sicher, dass der Prinz dein Jüdischsein achtet. Er ist ein sensibler Mann.›

‹Wie kommst du darauf, Mutter?›

‹Mein Herz sagt es mir.›»

26

Jeden Tag vor Sonnenuntergang kommt Karl König aus seiner Hütte. Ich liebe es, ihn zu beobachten, seinen Gang, seine Art. Er ist den Leuten am Ufer ähnlich, und trotzdem unterscheidet er sich von ihnen. Es sieht aus, als würde er hinken, aber ein Hinken, das nicht ins Auge sticht. Es macht seine Haltung aufrecht und verleiht ihm Anmut.

«Ich habe Sie heute noch nicht schwimmen gesehen», sagte eine Frau, als er an ihr vorbeiging.

«Ich wollte ein Kapitel fertig schreiben. Aber am Schluss habe ich es nicht fertig gebracht und bin auch nicht schwimmen gegangen.»

«Wie kommen Sie mit dem Buch voran?», fragte sie, ohne zu bedenken, dass eine solche Frage unangenehm sein könnte.

«Es geht mal besser, mal schlechter», sagte Karl, ohne besonders auf die Frau zu achten.

«Ich wünsche Ihnen viel Erfolg. Während wir uns am Ufer vergnügen, sitzen Sie da und schreiben hingebungsvoll. Die Lasten sind nicht gerecht verteilt.»

«Jeder tut, was er kann», sagte Karl König und ging seiner Wege.

Mein Vater erlaubte nicht, dass ich ihm solche persönlichen Fragen stellte. Er schob sie zur Seite. Einmal ging eine Frau zu ihm und fragte, ob die Kartonfabrik P. Rosenfeld GmbH ihm gehöre.

Mein Vater sagte, ohne den Kopf zu heben: «Ich verstehe nicht, wovon Sie sprechen.»

«Ich habe mich nach der Kartonfabrik P. Rosenfeld GmbH erkundigt, ich wohne nicht weit davon.»

«Da liegt ein Irrtum vor.»

«Entschuldigung.»

Mein Vater fügte hinzu: «Die Arbeit eines Mannes und sein Besitz sind nichts, das man öffentlich diskutieren sollte.»

«Entschuldigung», sagte die Frau und wich den Blicken meines Vaters aus.

Karl König wurde öfter belästigt: Alle wollten wissen, welche Fortschritte sein Schreiben machte. Einige waren sicher, dass er über die Urlauber am Ufer schrieb und sie sich eines Tages in seinem Buch wiederfinden würden.

«Ich schreibe die Realität nicht ab», wehrte er sich.

«Alle Schriftsteller schreiben über die Realität, die sie kennen», sagte eine Frau.

«Wenn Sie damit meinen, dass Schriftsteller über ihre innere Realität schreiben, stimme ich Ihnen zu. Es stimmt, früher gab es Schriftsteller, die die Realität kopiert und uns zahllose Details geliefert haben. Auch die Maler haben das getan. Gott sei Dank haben wir uns aus dieser Sklaverei befreit.»

Die Frau ließ nicht locker. «Wir werden uns also nicht in Ihren Büchern wiederfinden?»

«Sie werden in meinen Büchern Karl König finden, und nicht den Karl König, der jetzt neben Ihnen steht, sondern sein Inneres. Mit anderen Worten, seine Träume und auch ein paar seiner Ängste.»

«Ich würde gern fragen, wie Sie das machen, aber ich tue es nicht.»

«Vielen Dank, dass Sie diese Frage nicht stellen.»

Karl König wunderte sich oft über die Sachkenntnis der Leute am Ufer, was Schriftsteller und Literatur betraf. Aber schließlich lasen sie Zeitungen, Zeitschriften und Bücher. Ihre

Neugier bezüglich seiner Person war grenzenlos. Sie begegneten ihm mit großer Ehrfurcht und wandten sich immer wieder mit allen möglichen Fragen an ihn.

Karl König beantwortete diese Fragen. Manche wunderten sich darüber, dass er sich so wenig dagegen verwehrte.

«Wie viele Bücher haben Sie schon geschrieben?», fragte ihn einer der älteren Männer.

«Viele, und nicht alle sind gut.»

«Was sind für Sie die Zeichen der Qualität eines Romans? Gibt es die überhaupt?»

«Ja, aber es ist schwer, darüber zu sprechen.»

«Welches Ihrer Bücher würden Sie mir empfehlen?»

«Ich empfehle meine Bücher nicht. Es gibt bessere Schriftsteller als mich», sagte er und versuchte, sich von diesem Mann zu befreien.

Doch der Frager gab nicht nach. Zum Glück mischte sich eine Frau ein und sagte zu ihm: «Der Schriftsteller will einen Spaziergang machen. Diese freie Zeit braucht er auch. Man darf ihn nicht mit Dingen ablenken, die ihn nicht interessieren.»

«Ich verehre ihn», sagte der ältere Mann mit einer herzergreifenden Stimme.

«Man kann verehren, ohne zu belästigen.»

«Karl König ist kein fremder Schriftsteller, er ist einer von uns. An wen können wir uns wenden, wenn nicht an ihn?»

«Er ist mit seinem Schreiben beschäftigt. Sehen Sie nicht, dass er Zeit für sich braucht?»

«Ich verlange nicht viel. Nur eine Minute von seiner Zeit, oder weniger. Seine Gegenwart wirkt belebend auf mich.»

«Was für Sie eine Minute ist, bedeutet für einen solchen Schriftsteller die Unterbrechung seines Gedankenflusses, eine Unterbrechung seines Schreibens.»

«Aber er ist einer von uns», wiederholte der ältere Mann.

«Lassen Sie ihn in Ruhe, mein Lieber, Sie hindern ihn am Spazierengehen, spazieren zu gehen bedeutet für ihn nachzudenken. Wenn wir ihn zu sehr stören, wird er vielleicht abreisen, und wir werden ohne ihn auskommen müssen.»

«Wenn Sie es mir so sehr raten, werde ich mit meinen Fragen aufhören.»

«Ich danke Ihnen, mein Herr. Karl König arbeitet schwer, da müssen wir auf ihn aufpassen. Dass wir in seiner Nähe sein dürfen, ist ein großes Geschenk.»

27

In jenem Sommer nahm ich am Ufer so etwas wie verzweifelte Fröhlichkeit wahr. Ich hörte das wilde Lachen von Menschen, die ihre Welt verlieren, sah billige Cognacflaschen, die leer zwischen die Steine geworfen wurden. Große, schöne und stolze junge Mädchen gingen am Ufer entlang, versunken in sich selbst, und plötzlich traten sie ans Wasser und sprangen in die Fluten des Pruth.

Das erschreckte mich, und ich beobachtete mit neugierigen Augen, wie sie schwammen. Wenn sie aus dem Wasser kamen, umspielte ein leichtes Lächeln ihre Lippen, als wollten sie sagen: Warum müssen wir das wunderbare Wasser verlassen? Wo kann man so schwimmen wie hier?

Mein Vater sagte, die jungen Mädchen gehörten nicht an diesen verlassenen Ort. Frauen wüssten nicht, was sie mit sich anfangen sollten, Männer seien nervös, und statt Ruhe zu bewahren, sich anzustrengen und zu schwimmen, liefen sie herum. Das sei alles andere als anmutig. Ihre Muskeln seien schlaff, ihre Gespräche hastig und durcheinander. Für diese hübschen jungen Mädchen wäre es besser, in die Stadt zurückzukehren.

«Es sind Jüdinnen», sagte meine Mutter mit einem Ton, als hätte mein Vater gesagt, er wolle die Mädchen in die Fremde schicken.

«Was ist denn jüdisch daran, im Wasser zu planschen, ein belegtes Brot nach dem anderen zu essen, Limonade zu trinken, einander näherzukommen, dick zu werden? Wenn das bedeutet, jüdisch zu sein, wäre es besser für diese hübschen Mädchen, sie träten einem anständigen Sportclub bei statt diesem Stamm hier. Er hat nichts Schönes und Prächtiges an sich.»

Mein Vater beharrte diesmal besonders hartnäckig auf seiner Meinung. Ich verstand die Facetten seiner Ironie immer ein wenig besser, vor allem wenn er über den «Stamm» sprach. Mir fiel es schwer, die Feriengäste am Ufer als Stamm anzusehen. Sie tanzten nicht, sie trugen keine bunte Kleidung. Vermutlich gab es Geheimnisse, die mir verborgen blieben, die mir keiner verriet. Mein Vater wiederholte das Wort «Stamm» und betonte es spöttisch. Meine Mutter, nahm ich an, war nicht seiner Meinung. Aber sie sagte nur selten, was sie dachte.

Manchmal schien mir, dass sie sich nur einig waren, wenn sie gemeinsam schwammen. Sie schwammen gut, rhythmisch, und es tat mir leid, dass ich noch immer nicht schwimmen konnte. Die Bauernkinder machten von Tag zu Tag Fortschritte bei ihren Sprüngen. Sie ließen sich von der Strömung tragen, leicht und sicher, ohne überflüssige Bewegungen. Nur mir fiel es schwer, schwimmen zu lernen.

28

Viele Dinge zeigten sich mir in diesen Ferien am Fluss. Heute kommen mir die verschiedenen Feriensommer wie eine einzige lange Periode vor, und es tut mir weh, dass es in den letzten Ferien zu einigen bitteren Auseinandersetzungen zwischen meinem Vater und meiner Mutter kam. Jetzt weiß ich: Bei diesen Auseinandersetzungen ging es nicht um schicksalhafte Fragen, sondern nur um Nebensächlichkeiten.

Wegen der Traurigkeit, die mich oft ergriff, und wegen meiner nächtlichen Albträume gerieten einige der Wunderbilder in Vergessenheit, und ich war sicher, dass ich sie nicht mehr sehen würde. Ich habe mich geirrt. Sie steigen ganz klar aus den weißen Blättern auf und fragen mich, warum ich gezögert habe, sie aus der Vergessenheit zu holen.

Manchmal hat es mir leidgetan, dass mir meine Erinnerung nur Ausschnitte bot, nur Bruchstücke. Auch darin habe ich mich wohl geirrt. Die Bilder, die mir von den großen Ferien blieben, sind in mir gewachsen und vollkommen geworden. Manchmal vollkommener, als sie mir zunächst schienen. In den Jahren, in denen sie in mir verborgen waren, hat sich das Überflüssige aufgelöst, und das unveränderliche Wesen ist geblieben.

P. behauptet, ohne den Pruth wäre ihr Leben zu früh zu Ende gegangen. «Der Pruth belebt mich.»

«Du schwimmst nicht und machst keine Übungen, wie belebt dich dann der Pruth? Das übersteigt mein Verständnis», sagt der einbeinige Mann.

«Ich liebe den Pruth aus ganzem Herzen», verkündet sie.

«Auch das verstehe ich nicht. Wie kann man einen Fluss lieben, wenn man nicht darin badet? Vom Schwimmen ganz zu schweigen.»

«Der Pruth ist wie Musik», sagt P. überraschenderweise. «Man kann an seinem Ufer sitzen und einfach zuhören. Nach einer Weile ist man ganz erfüllt von Melodien.»

«Ich habe noch nie gesehen, dass du längere Zeit still dasitzt.»

«Stimmt. Ich bin nicht immer konzentriert, aber ich höre diesen wunderbaren Fluss ständig. Er nährt mich im Geheimen. Und was der Pruth nicht tut, tut die Flasche. Die Flasche vervollkommnet die Melodie, und zusammen ergeben sie eine Sinfonie.»

«Eine Sinfonie?» Der einbeinige Mann verzieht das Gesicht.

«Ja. Franz hat mein Leben durcheinandergebracht und mich allem entfremdet, was mir lieb und teuer ist. Aber meine Liebe zum Pruth hat er mir nicht genommen. Der Pruth ist mein großer Trost. Solange ich lebe, werde ich hierherkommen.»

«Manchmal scheint es mir, als würdest du die Flasche mehr lieben als den Pruth.»

«Das stimmt nicht. Die Flasche vervollkommnet den Pruth nur.»

«Zuweilen fällt es mir schwer, dich zu begreifen. Frauen sehen die Dinge offenbar grundsätzlich anders als Männer.»

«Was ist daran schwer zu verstehen», sagt sie und lässt nicht locker. «Der Pruth zu meinen Füßen und die Flasche in meiner Hand. Ich betrachte den geliebten Strom, und dabei trinke ich einen Schluck. Ich habe nichts Besseres gefunden, und leider geht auch das zu Ende.»

Der einbeinige Mann betrachtet sie einen Moment, schließlich wendet er den Blick zu den langen Booten, die stolz gegen den Strom steuern. Seinem Lächeln ist anzumerken, dass ihn der Anblick erfreut.

29

Die bescheidene Hütte, der Fluss und die Menschen, die uns umgaben, standen mir klar vor Augen, als ich meine Bücher «Badenheim», «Zeit der Wunder», «Feuerboden» und andere zu schreiben begann. Aus ihnen schöpfte ich Bilder und Empfindungen. Es war kein leichtes Erinnern, und auch das Schreiben war nicht leicht. Bilder aus der Kindheit aufzurufen, ist immer schmerzlich, besonders was die Menschen von damals betrifft, und umso mehr, als meine Eltern und die, die ihnen nahestanden, nicht wussten, was sie erwartete.

Sie waren Juden, maßen ihrem Jüdischsein allerdings keine besondere Bedeutung bei. Mein Vater sagte: «Ich leugne nicht, dass ich Jude bin, aber ich rühme mich dessen auch nicht. Was die Leute über mich reden, interessiert mich nicht. Ich versuche, anständig zu sein und mir die Achtung der anderen zu verdienen.»

Aber die ortsansässigen Bauern, junge und alte, betrachteten uns beim Vorübergehen misstrauisch und feindselig. Sie vermieteten uns zwar die Hütten und versorgten uns mit Lebensmitteln, aber gutwillig taten sie das nicht. Ihre Stimmen bekamen einen besonderen Klang, wenn sie mit uns sprachen, hochmütig und eingebildet, und wenn sie sonntags in die Kirche gingen, konnten sie sich nicht beherrschen und riefen laut herüber: «Der Messias erträgt keine Juden. Der Tag wird kommen, da wird er sie richten.»

«Was haben die Juden Schlimmes getan?», fragte ich meine Mutter.

«Die Juden sind nicht anders als die anderen Menschen.»

«Warum hasst man sie?»

«Es gibt böse Leute, die einen Unterschied zwischen dem einen Menschen und dem anderen machen, zwischen einem Volk und dem anderen, die dieses Volk für böse halten. Sie sehen nicht das Gute in den Menschen, sie sehen nur die Ausnahmen und das Schlechte. Wir müssen laut sagen: Es gibt keinen Unterschied zwischen den Menschen. Alle wurden nach dem Bild Gottes erschaffen.» Das sprach meine Mutter erregt.

So redete meine Mutter am Tag, aber abends, bevor ich schlafen ging, war ihre Stimme weicher. Abends benutzte sie keine harten Wörter. Sie erzählte mir von ihrer Kindheit in den Karpaten und vom ruhigen Leben meines Großvaters. Ich denke, sie wollte mir die Felder und Beete nahebringen, die das Holzhaus meines Großvaters umgaben, die kleine Synagoge und das Gebet.

An einem dieser Abende überraschte sie mich, indem sie das «Höre Israel» sprach und sofort hinzufügte: «Das ist ein Gebet, das den Tag beschließt. Jedes Gebet hat eine besondere Melodie, die zur Tageszeit passt. Wenn man das ‹Höre Israel› spricht, sieht man die weichen Farben der Nacht.»

«Warum hast du die Karpaten verlassen und bist in die Stadt gezogen?», fragte ich sie.

«Ich bin deinem Vater gefolgt, er liebt die Stadt, die Straßen und die Kaffeehäuser, die Theater und die Kinos.»

«Warum fällt es ihm so schwer zu beten?»

«Er hat sich vom Glauben seiner Väter gelöst.»

30

Seit ich Karl König wahrgenommen habe, hat er meine Aufmerksamkeit. Ich habe das Gefühl, dass auch mein Vater ihn mag. Tagsüber sieht man ihn fast nie. Gegen Abend kommt er aus seiner Hütte und geht spazieren. Neulich hat er mich überrascht, er kam zu mir und fragte, wie ich heiße. Ich sagte es ihm. Er betrachtete mich und wollte wissen, in welche Klasse ich gehe und was ich läse.

«Jules Verne», gab ich zu.

«In deinem Alter habe ich auch Jules Verne gelesen. Willst du vielleicht mal Schriftsteller werden?»

«Das stimmt», bestätigte ich.

Er schaute mich direkt an und fragte: «Bist du sicher?»

Ich nickte. «Ich glaube, ja.»

«Dann wird es so sein», sagte er und machte sich auf den Weg.

Es stellte sich heraus, dass er zu Rosa Klein ging. Rosa bemerkte ihn, lachelte ihm entgegen und fragte: «Was führt Sie heute zu mir?»

«Ich möchte wissen, wie es Ihnen geht.»

«Ich bin müde.» Rosa seufzte. «Jeden Tag achtzehn Frauen, jede mit ihrem Schicksal, jede mit ihrem Problem. Und ich gerate in Bedrängnis: Was soll ich ihnen sagen und was nicht? Ich habe versprochen, nicht zu lügen, doch man darf auch die ganze Wahrheit nicht offenbaren. Ein gewisses Maß an Wahrheit und ein gewisses Maß an Hoffnung – ich bewege mich auf einem schmalen Grat. Das ist nicht einfach. Dazu braucht es viel Energie. Um diese Uhrzeit bin ich erschöpft. Ich möchte meinen Kopf aufs Kissen legen und schlafen.»

«Und ausgerechnet jetzt bin ich gekommen und störe Sie», sagte er entschuldigend.

«Wir sind ja Kollegen. Sie sind eine Erholung von der ermüdenden Arbeit.»

«Die Menschen, müssen Sie wissen, mögen Sie sehr. Oft habe ich schon gehört: Warst du schon bei Rosa? Warum gehst du nicht zu Rosa?»

«Nicht alle mögen mich. Sie kommen zu mir und beklagen sich, ich hätte nicht die richtige Diagnose gestellt, hätte nicht recht gehabt, hätte sie nicht rechtzeitig gewarnt. Und wenn ich eine kleine Änderung in ihrer Lebensweise fordere, flüchten sie auf der Stelle. Sie möchten nur angenehme Dinge hören: von einer strahlenden Zukunft oder wer weiß was. Vor der Wahrheit haben sie Angst wie vor dem Krankenhaus. Ich sage ihnen immer wieder: Ich bin nicht hier, um euch das Leben zu verschönern. Ich betrachte eure Handlinien und teile mit, was diese Linien mir sagen. Das Schicksal der Menschen kann ich nicht ändern. Ich kann sie nur warnen, vorsichtig zu sein. Das Schicksal ist, wie es ist, aber wenn man sich anstrengt, kann man seinen Lauf ein wenig zurechtbiegen.»

«Ich bin sicher, dass es Frauen gibt, die das verstehen.»

«Die meisten nicht. Die meisten suchen billigen Trost, und wenn ich ihnen rate, sich anzustrengen, dann wollen sie Rabatt. Wenn ich einer Frau zum Beispiel sage: Ändere dich, iss weniger und geh schwimmen, deshalb bist du doch hergekommen, dann fängt sie an zu weinen, oder sie bittet mich, ihr zu erlauben, vor dem Schlafengehen ein Stück Schokolade zu essen. Sie kapiert nicht, dass es um sie geht, dass sie am Abgrund steht. Jetzt verstehen Sie, warum ich am Ende des Tages so müde bin. Es ist eine anstrengende Arbeit, die letztlich nur kleine Erfolge erzielt. Aber ich rede zu viel. Wie geht es Ihnen? Mir scheint, Sie arbeiten ebenfalls morgens, mittags und abends. Sie sind auch ein Sklave der unaufhörlichen Bemühungen.»

«Ich schreibe und radiere wieder aus. Es gibt Tage, da schreibe ich mehr, als ich ausradiere. Und es gibt welche, da bin ich nur am Radieren. Ich klage nicht, es gibt schlimmere Schicksale. Schließlich sehe ich abends eine volle Seite, oder eine halbe, die es mehr oder weniger wert ist, gelesen zu werden.»

«Und wie kommen Sie mit dem Buch voran?»

«Ich befasse mich fürs Erste mit einem Kapitel. Ein Kapitel, in dem es ein Gleichgewicht zwischen Gedanken und Gefühlen gibt. Ich stelle Wörter zusammen, die akzeptabel sind, was Klarheit und den richtigen Rhythmus betrifft, das ist schon ein kleiner Sieg.»

«Sie arbeiten ebenfalls schwer. Aber Sie führen die Kämpfe, wenn es mir erlaubt ist, das zu sagen, mit sich selbst aus. Am Ende sind auch Sie vom Urteil der Leute abhängig, aber mich beurteilen sie Tag für Tag, Stunde um Stunde.»

«Auch mit dem eigenen Urteil ist es nicht leicht. Manchmal stört mich ein gestrichener Absatz und raubt mir den Schlaf. Ich bin ein Pedant, was das Notwendige und das Überflüssige betrifft. Die Pedanterie ist ein Störfaktor. Ich habe sie von meinem seligen Vater geerbt. Ich kann es nicht ändern, so ist mein Schicksal, ich beklage mich nicht. Wenn kein Krieg kommt, hoffe ich, das Buch bis zum Ende des Winters fertig zu haben, und das ist keine Kleinigkeit.»

«Das freut mich», sagte Rosa mütterlich.

«Aber damit ist erst der halbe Weg geschafft. Die zweite Hälfte ist nicht weniger schwer: die Verleger. Sie prüfen alle Manuskripte aufs genaueste und fragen sich, wie viele Exemplare verkauft werden können.»

«Sie verdienen große Anerkennung, wenn ich das sagen darf. Sie geben sich Ihrer Arbeit aus ganzer Seele hin. Eine solche Treue ist heutzutage selten. Und das ist nicht alles, Sie lieben die Figuren in Ihren Büchern. Alle hassen die Juden. Manche hassen sie, weil sie ihren Gott getötet haben, andere aus Neid, und sogar Juden finden an Juden Fehler. Sie, das muss man zu Ihren Gunsten sagen, verurteilen die Juden nicht.»

«Es reicht, ich fliehe jetzt. Heute habe ich zu viele Komplimente bekommen. Das könnte mich eitel machen. Ein bisschen Bescheidenheit steht dem Menschen wohl an, mir auch.»

«Vergessen Sie nicht, mich wieder zu besuchen.»

«Ich werde kommen», sagte er, hob grüßend die Hand und machte sich auf.

31

Unser letzter Aufenthalt am Ufer des Pruth war voller Anspannung in Erwartung des Kommenden. P., die lachende Frau, hörte vor Angst nicht auf zu jammern, und der Mann, der täglich am Ufer auf und ab spazierte, klagte über Schmerzen in der Brust. Alle waren sicher, dass er diese Schmerzen nur erfand. Der einbeinige Mann behauptete, er habe in seinen Geldanlagen große Fehler gemacht. Statt sein Vermögen in Goldmünzen anzulegen, habe er es in Immobilien gesteckt. «Mein Herz hat mir geraten, die Häuser zu veräußern und Gold zu kaufen, doch ich habe auf andere, fremde Stimmen gehört und bin nicht meinem Gefühl gefolgt. Was sind Häuser in Kriegszeiten schon wert – gar nichts. Goldmünzen näht man sich ins

Futter. Häuser kann man nicht auf dem Rücken wegtragen. Jeder Mensch macht Fehler, ich habe um die Kasse gewettet und alles verloren.»

P. betrachtete ihn bewundernd, sie wollte seine Sorgen verstehen und ihm etwas Freundliches sagen, doch sie brachte kein Wort heraus.

Die Menschen ahnten, was ihnen bei ihrer Rückkehr nach Hause bevorstand: Manche tranken noch mehr und spielten Poker bis spät in die Nacht, mein Vater und meine Mutter spürten wohl, was kommen würde, aber sie beherrschten sich. Sie beobachteten, jeder auf seine Art, was um sie herum geschah.

Die meiste Zeit des Vormittags verbrachten sie mit Schwimmen und bemühten sich, es auch mir beizubringen. Ich hatte zu Beginn der Ferien gute Fortschritte gemacht und konnte schon tauchen, doch nun griff die Unruhe auf mich über. Meine Mutter versuchte, mich zum Schwimmen zu ermuntern, machte mir die Bewegungen vor und sagte immer wieder, ich könne ganz ruhig sein. Doch ihre sanften Worte führten dazu, dass ich mich verkrampfte.

Mein Herz hing gegen Ende des Sommers an den großen Mädchen: Einige von ihnen waren Studentinnen, andere Lehrlinge in bekannten Modehäusern. Ihr Gang hatte etwas Ruhiges, Edles an sich. Nicht umsonst sagte mein Vater oft: «Sie gehören nicht hierher. Schade, dass sie ihre Ferien an einem so langweiligen Ort verbringen. Sie sollten sich in Gärten, an Seen, in den Wäldern und Bergen aufhalten und nicht an den banalen Gesprächen teilhaben, die hier geführt werden.»

Mir fiel auf, dass mein Vater seinen ironischen Ton verlor, wenn er über sie sprach, er hörte sich stattdessen besorgt an.

Die Worte meines Vaters hielten mich nicht davon ab, ihnen nachzuschauen und ihren Gesprächen zu lauschen. Sie unterhielten sich stundenlang. Wenn sie schwammen, war es rhythmisch und elegant, und wenn sie aus dem Wasser stiegen, liefen ihnen Wassertropfen über die Gesichter, die noch strahlender aussahen.

Eine fragte mich nach meinem Namen.

Ich sagte ihn ihr.

«Und in welche Klasse gehst du?»

«In die sechste», log ich.

Ich war, wie gesagt, zehn Jahre und sieben Monate alt und aus ganzem Herzen in sie verliebt. Ich wusste nicht, wie ich meine Liebe ausdrücken könnte, und war steif wie ein Klotz.

In einem meiner Träume stand ich am Ufer, und vor lauter Lust, in der Nähe der jungen Mädchen zu sein, sprang ich ins Wasser. Erst kam es mir vor, als könnte ich sie erreichen und mit ihnen schwimmen, doch eine hohe Welle packte mich und zog mich tief unter Wasser. Mit großer Mühe gelang es mir, aufzutauchen und weiterzuschwimmen, und einen Moment lang hatte ich das Gefühl, gerettet zu sein, doch das war ein Irrtum. Das Wasser zog mich mit aller Gewalt in die Tiefe. Ich hoffte, eines der Mädchen würde mich sehen, oder mein Vater oder meine Mutter würden vom Ufer aus meine Notlage erkennen, aber niemand bemerkte mich, und ich versank. Großer Gott, stieß ich mit letzter Kraft aus. Der Aufschrei war vermutlich laut und verzweifelt, und ich wachte auf.

32

Die Tage vergingen klar und mild und ohne Regen. Meine Nächte waren nicht angenehm. Die Bilder des Tages wehten durch meine Träume und erschreckten mich. In früheren Ferientagen, das weiß ich noch, hat es nachts geregnet, und das hat meinem Schlaf gutgetan. Meine Mutter kam und versprach mir, dass wir bald nach Hause führen, da würde ich wieder besser schlafen.

Während ich noch überlegte, wann wir wohl zurückkehren, sah ich auf dem Hügel eine Prozession von Bauern. Sie trugen bunte Fahnen und sangen mit lauten, tiefen Stimmen. Je näher sie kamen, umso lauter wurde ihr Gesang.

Schon bald war uns klar, dass es sich um ein Gebet um Regen handelte. Meine Mutter packte mich am Arm und zog mich hinter ein Gebüsch.

Während sie dahinschritten und sangen, fielen manche über die Feriengäste her und fluchten und verprügelten sie. Die Feriengäste retteten sich erschrocken ins Wasser. P. und die große Frau bekamen schlimme Schläge ab, den anderen erging es etwas besser.

Es herrschte große Aufregung. Doktor Zajger kümmerte sich um die beiden Verletzten, und der Sanitäter Slobo, ein großer Jude, der im Ersten Weltkrieg im militärischen Sanitätsdienst der österreichischen Armee gedient hatte, versorgte beide, dabei murmelte er: «Machen Sie keine Affäre daraus. Ich habe in meinem Leben schon schlimmere Wunden gesehen. In ein, zwei Tagen haben Sie das vergessen.»

P. war im Gesicht und an den Beinen verletzt. Sie jammerte mit unterdrückter Stimme: «Wer wird mich jetzt noch anschauen? Ich bin ja keine Frau mehr, ich bin ein Ungeheuer. Warum bin ich hierhergekommen, was habe ich hier gesucht? Ohne Franz hätten meine Füße dieses verfluchte Ufer nicht betreten. Alles ist nur wegen ihm.»

Auch die große Frau stöhnte vor Schmerzen, aber sie klagte nicht. Sie krümmte sich und bat Doktor Zajger um leichte Spritzen. Ihre Stimme klang wie die eines Mädchens. Doktor Zajger versprach ihr, dass die Schmerzen bald aufhören würden. Ihr kleiner Mann wich nicht von der Stelle. Er betrachtete sie bewundernd, weil sie nicht die Fassung verlor und ihre Schmerzen hinnahm. «Meine Frau ist eine Heldin», sagte er und wollte es von Doktor Zajger bestätigt haben.

Dank meiner Mutter, die die Nähe von Menschen suchte, war ich Zeuge vieler Bilder und sah die beiden Verletzten und Doktor Zajger, der sich zu ihnen neigte und mit sanften, beruhigenden Worten auf sie einredete.

Und durch meine Mutter sah ich auch die Prozession, die Angriffe der Menge, die hoch erhobenen Stöcke und die Menschen, die dalagen und um Hilfe baten oder sich ins Wasser gerettet hatten. Auch Slobo, der riesige Sanitäter, ist mir unvergesslich. Sein Verbandskasten war voller Binden, Salben und Schienen, mit denen man Arme und Beine fixieren konnte.

Jemand nennt den Namen Slobo, und sofort sehe ich seine Gestalt mit dem Verbandskasten vor mir. Unser Doktor Zajger ist ein beliebter Mann. Er kümmert sich um die Kranken, stellt Fragen, spricht ihnen Mut zu, verteilt Tabletten. Slobo betrachtet die Wunde und verbindet sie ohne große Worte. Die Art, wie er vorgeht, ist von beeindruckender Stärke.

Einmal fragte er mich nach meinem Namen, und als ich ihn

nannte, fragte er weiter: «Was willst du werden, wenn du groß bist?»

«Sanitäter», sagte ich, ohne nachzudenken.

Er lachte. Auch sein Lachen war groß. Er sagte: «Sanitäter lernt man bei der Armee. Willst du Soldat werden?»

«Ich möchte Offizier werden», sagte ich und sah Gustas Prinzen vor mir.

So vermischten sich in mir oft Realität und Phantasie. Meine Mutter vermischte sich nicht mit meinen Phantasievorstellungen, doch manchmal gesellte sie sich zu ihnen. Meine Vorstellungen passten zu ihr. Sie achtete immer auf kleine Gesten, die einem nicht ins Auge stachen. Mein Vater schätzte solche feinen Beobachtungen nicht genug. Er suchte nach Ideen und Ideologien, und diese enttäuschten ihn immer wieder.

Meine Mutter war letztlich glücklicher als er. Es gelang ihr immer, ein Ding oder eine Blume zu entdecken und zu bewundern. Mein Vater schätzte ihre Art, aber ich bezweifle, dass er sie bewunderte.

Ich traf Nikolai. Er erkannte mich sofort, fragte, wie es mir gehe, und wollte wissen, ob ich schon von der Brücke springen könne.

Ich erschrak. «Noch nicht.»

«Du bist ein starker Junge, du darfst keine Angst haben. Dein Vater ist ein ausgezeichneter Schwimmer, und auch deine Mutter ist nicht zu unterschätzen.»

«Nächstes Jahr werde ich von der Brücke springen», sagte ich, damit er mich in Ruhe ließ.

«Du musst dir selbst sagen: Ich habe keine Angst. Es ist eine Schande, Angst zu haben.»

«Das werde ich tun.»

Damit gab sich Nikolai vermutlich zufrieden, er ließ mich in Ruhe.

Dieses Zusammentreffen mit Nikolai beunruhigte mich. Ich hatte das Gefühl, er würde mich beim nächsten Mal, wenn wir uns sahen, zur Brücke ziehen. Ich lief zur Hütte und erzählte meiner Mutter von Nikolai und dem, was er gesagt hatte. Meine Mutter hörte sich alles an und sagte: «Achte nicht auf ihn, Bauern mögen es, einen herauszufordern, zu scherzen und Angst zu machen. So wie sie es gestern getan haben.»

33

Der Sturm hatte sich gelegt, und man hatte das Gefühl, dass die Leute in ein, zwei Stunden ihre Koffer packen und den Ort, an dem man sie beschämt und gequält hatte, verlassen würden.

«Der Mensch ist anpassungsfähig», sagte jemand, und in diesem Fall hatte er recht. Die Menschen hatten zwar Schläge und Kratzer abbekommen, waren aber nicht lebensgefährlich verletzt. Eine Stunde später hatte Doktor Zajger schon nichts mehr zu tun. Da und dort waren noch einzelne Seufzer zu hören, aber kein Jammern mehr. Slobo, der Sanitäter, schaute sich zufrieden um: Wer Hilfe brauchte, hatte sie bekommen.

Der einbeinige Mann saß neben seiner alten Freundin P. und murmelte: «Ich habe schon schlimmere Pogrome durchgestanden als dieses. Das war letztlich nur ein winziges Pogrom.» Er war zufrieden damit, dass er das richtige Wort gefunden hatte.

«Mir tun die Beine immer noch weh. Auch das Gesicht. Doktor Zajger hat mir versprochen, ich würde keine Narbe behalten. Ich hoffe, dass er recht hat.»

«Darüber brauchst du dir keine Sorgen zu machen. Doktor Zajger ist ein guter Arzt.»

«Worüber soll ich mir denn Sorgen machen?»

«Über den Krieg, meine Liebe. Der Krieg kommt immer näher. Auch wenn man das Galoppieren der Pferde noch nicht hört.»

«Eine Frau ohne ein hübsches Gesicht und wohlgeformte Beine ist nichts wert. Wer schaut so eine denn an?»

«Du bist ganz in Ordnung. Du kannst zufrieden sein.»

«Und ich werde keine Narben behalten?»

«Keine einzige», sagte der einbeinige Mann und kicherte.

Der Mann der großen Frau fütterte sie mit Schokolade und beruhigenden Worten. Seine ergebene und aufmerksame Haltung hatte nichts Lächerliches an sich. Er betrachtete seine Frau bewundernd, als habe sie gerade eine schwere Prüfung zu bestehen.

Die Frau klagte nicht. Sie bat um Schokolade, und er brach ihr ein Viertel von der Tafel ab. Ihr geschwollenes, blau verfärbtes Gesicht ließ sie aussehen wie einen Menschen nach einer Operation, der seine Ängste überwunden und akzeptiert hat, was ihm auferlegt wird. Sie lächelte, als würde sie sagen: Heute ist es mir erlaubt, so viel Schokolade zu essen, wie ich Lust habe. Das habe ich mir wegen meiner Schmerzen verdient. Niemand darf mir meine Schokolade, die ich so gern esse, verbieten. Sie beruhigt mein Leid und hebt meine Stimmung.

«Tut es dir weh?», fragte ihr Mann besorgt.

«Es tut weh, aber es lässt sich aushalten.»

«Gott sei Dank», sagte er, ohne den Blick von ihr zu wenden.

Die meisten Menschen gingen nicht in ihre Hütten zurück, sie blieben am Ufer. Man unterhielt sich zwar, aber nicht sehr laut. Als würden alle darin übereinstimmen, dass es sich um einen plötzlichen Sturm gehandelt habe, der zwar ein paar Leute getroffen habe, letztlich aber doch auszuhalten gewesen sei.

«Das sind fanatische Bauern», sagte eine Frau mit klarer Stimme. Sie war mir schon früher aufgefallen. Sie saß immer am Rand. Bevor sie hierherkam, hatte sie sich einer Operation unterzogen, man hatte ein bösartiges Geschwulst entfernt. Die Operation war gelungen, das Geschwulst war entfernt, man hatte keine Metastasen gefunden. Der Chirurg hatte ihr empfohlen, in einen Erholungsurlaub zu fahren und sich zu freuen, dass sie vor einem schweren Schicksal bewahrt worden war.

«Gott sei Dank», sagte die Frau, die neben ihr saß und etwa im gleichen Alter war wie sie.

«Heute dankt man nicht Gott, sondern der Wissenschaft.»

«So könnte man es auch sagen.»

«Die Wissenschaft schreitet fort. Ohne die Wissenschaft und den Professor, der mich behandelt hat, wäre ich schon tief unter der Erde.»

«Ich würde ja gern Gott sei Dank sagen, aber weil du das nicht willst, tu ich es nicht.»

«Danke», sagte die Frau und fuhr fort: «Die Operation ist gelungen. Alle Chirurgen, die mich vorher untersuchten, haben gesagt, da wäre nichts zu machen, es wäre schade um die Operation und schade um das Leiden, das ich dabei ertragen müsste. Bis ich zu Professor Grünewald kam. Er untersuchte mich und riet: Operation. Ich glaubte ihm. Er ist ein vertrauenswürdiger Arzt. Er hat mir versprochen, dass das Geschwulst nicht zurückkommen würde. Ich weiß, dass es Leute gibt, die an den Versprechungen von Ärzten zweifeln. Nicht jeder Operateur ist ein Professor Grünewald. Er ist einzigartig.»

«Und du verspürst nicht den Wunsch, Gott zu danken?», fragte die Frau neben ihr verwundert.

«Nein», sagte die Angesprochene und schüttelte den Kopf, ohne die Fragende anzuschauen.

Das winzige Pogrom, wie es genannt wurde, war vorübergegangen und hatte keine schlimmen Folgen hinterlassen. Die Menschen sprachen darüber wie über ein unvermeidliches Unwetter. Die Bauern schienen wie zur Natur zu gehören, und es war nicht zu erwarten, dass die Natur sich vernünftig verhielt. Es gab auch noch andere Erklärungen, die ich aber nicht verstand.

Seit diesem Ausbruch hielt meine Mutter die Augen offen. Als wolle sie nicht nur das für alle Offensichtliche sehen, sondern auch die kleinen Regungen, die anderen in ihrer Hektik verborgen blieben. Nie hatte meine Mutter laut und mit wohlgewählten Worten gesprochen, auch jetzt nicht. Es war, als würde sie sagen: Lass die Bilder in dich eindringen und aufgehen. Irgendwann wirst du sie wiederfinden.

Abends, vor dem Einschlafen, sagte ich zu ihr: «Ich glaube, ich will Schriftsteller werden.»

«Wann ist dir das eingefallen?»

«Vor ein paar Tagen habe ich geträumt, dass ein kleiner Mann zu mir kommt und sagt: Bereite dich vor, Junge, du wirst Schriftsteller werden.»

«Wo war das?», fragte meine Mutter erstaunt.

«Am Ufer, an dem Teil, wo keine Feriengäste sind.»

«Was hast du zu ihm gesagt?»

«Ich wusste nicht, was ich sagen sollte.»

«Und was hat er noch gesagt?»

«Er hat weitergesprochen, aber das meiste habe ich nicht verstanden. Er war so groß wie ich, vielleicht sogar ein bisschen kleiner, und trotzdem hat er mir Angst gemacht.»

«Und du hast nichts zu ihm gesagt?»

«Ich wusste nicht, was.»

«Mach dir keine Sorgen. Du musst erst mal das Gymnasium beenden und studieren, dann sehen wir weiter.»

«Warum hat er mir Angst gemacht?»

«Wir sind an so kleine Menschen nicht gewöhnt», sagte meine Mutter, und wir lachten beide.

34

Den Anblick der Verfolger habe ich nicht vergessen, auch nicht das Lied, das sie gesungen haben. Das Lied hörte nicht auf, auch nicht, als die Feriengäste schrien. Jetzt kommt es mir irgendwie vor, als habe das Lied das Pogrom verursacht. Als hätte es die rohen Männer auf seinen Wellen getragen und sie trunken gemacht.

Nur dank meiner Mutter entging ich den Schlägen. Sie war letztlich praktischer als mein Vater. Mein Vater hat durch seine Prinzipientreue viel Geld in seinem Leben verloren. Meine Mutter mischte sich in seine Geschäfte nicht ein, doch es tat ihr leid, dass er so unzufrieden und oft böse auf sich selbst war.

«Mama, warum ist Papa böse?»

«Rücksichtsloses Verhalten macht ihn zornig. Er erwartet, dass man sich menschlich verhält.»

Mir tat es leid, dass die Menschen meinen Vater auf Schritt und Tritt so zornig machten. Nur wenn er seine Pfeife stopfte und anzündete, entspannte sich sein Gesicht, und er war ganz bei sich selbst.

Manchmal wandte er sich an mich und sagte: «Erwin, ich sehe, dass du träumst. Wo bist du, wenn ich fragen darf?»

«Am Ufer», gab ich zu.

«Und was ist dort?»

«Ich habe an die Frau gedacht, die mit sich selbst spricht.»

«Sie ist, entschuldige, ein bisschen gestört.»

Meine Mutter mischte sich ein. «Lass ihn doch träumen. Wer weiß, wie viel Zeit ihm noch zum Träumen bleibt.»

Mein Vater senkte den Kopf. Die Worte meiner Mutter hatten ihn überrascht, doch er reagierte nicht darauf.

Gegen Abend besuchte uns Doktor Zajger, der unter anderem auch P.s Verletzungen behandelt hatte. Er machte sich immer lustig über ihr Verhalten, nannte sie kindisch und selbstverliebt. «Sie hat mich angefleht, ihr zu versprechen, dass sie weder im Gesicht noch an den Beinen Narben zurückbehält. Als ich sagte, ein Arzt sei nicht der liebe Gott und könne keine Wunder wirken, hat sie angefangen zu weinen. Sie hat sich erst beruhigt, als ich sagte: ‹Die Wunden sind nur äußerlich, höchstwahrscheinlich heilen sie in einer Woche ab, und es bleibt nichts zurück.›

‹Und ich werde keine Narben behalten?›, hat sie gefragt.

Ich wollte einen Witz machen: ‹Sie werden wieder bei denen sein, die Sie nicht lieben.›

‹Bei wem denn?›, hat sie gefragt.

Ich wollte ihr eine Freude machen und sagte: ‹Franz.›

Da fing sie wieder an zu jammern: ‹Er hat mich geliebt und liebt mich weiter. Es ist nur eine Unterbrechung. Er wird bald zu mir zurückkommen.›

Wie soll man so jemanden umkrempeln? Ich kenne Franz, er ist ein verantwortungsloser Schürzenjäger, aber die Frauen liegen ihm zu Füßen, auch wenn sie wissen, was für ein Filou er ist. Er erobert sie und stürzt sie ins Unglück, eine nach der anderen. Ich verstehe die Frauen nicht.»

Doktor Zajger war ein treuer Freund meines Vaters. Auch

Doktor Zajger nannte bestimmte Menschen «unlogisch» oder «gestört», doch er behandelte sie anders, als mein Vater es vielleicht getan hätte. Und wenn sie nachts nach ihm verlangten, stand er auf und ging zu ihnen. Ein Arzt kann es nicht ignorieren, wenn ein Patient ihn ruft. Was das betraf, waren er und mein Vater ganz unterschiedlicher Meinung. Mein Vater meinte, dass der Notruf eines Gestörten kein Grund sei, nachts aufzustehen. Einen Arzt solle man schonen, der sei schließlich kein Soldat.

Doktor Zajger hörte es und lächelte: «Ich werde mich nicht mehr ändern.»

In dem Moment, als es schien, dass der Ansturm der Bauern vergessen sei und alles wieder so war wie vorher, kam einer der Bauern herüber, wohl betrunken, zog ein langes Messer heraus und rief laut: «Jesus hasst die Juden, sie haben ihm das Leben schwergemacht und ihn am Schluss gekreuzigt. Die Schmerzen Jesu tun mir jeden Tag weh. Man muss sich an den Juden rächen, Rache bringt Erlösung.»

Es sah aus, als würde er sich gleich auf uns stürzen, da erhob sich Slobo, ging zu ihm, nahm ihm das Messer aus der Hand, hob ihn hoch wie ein Heubündel und warf ihn zu Boden. Der Bauer erschrak, er hatte eine solche Reaktion wohl nicht erwartet und verstummte. Als er sich wieder gefasst hatte, schrie er: «Was hast du mit mir gemacht? Schämst du dich nicht? Geht man so mit einem Menschen um?»

«Das wagst gerade du zu sagen?»

«Ich habe keine Angst vor Juden.»

Slobo antwortete nicht, er trat nach ihm.

Der andere krümmte sich und rief: «Man tritt nicht nach einem Menschen. Das darf man nicht.»

Slobo schaute ihn an, als wäre er kein Mensch, sondern irgendein minderwertiges Geschöpf.

Der andere verstand, dass Worte ihm nichts nützten, und versuchte vergeblich aufzustehen.

Die Leute am Ufer, die Zeugen wurden, schauten verblüfft zu. Slobo hob seinen großen Kopf und sagte: «So ein Benehmen ist verboten. Ein Mensch, der andere mit dem Messer bedroht, hört auf, ein Mensch zu sein. Auf eine solche Bedrohung muss man sofort mit aller Strenge reagieren. Schwäche fordert Grausamkeit heraus.»

Der Bauer sagte: «Lass mich.»

«Ich lasse dich erst, wenn du mir schwörst, dass du kein Messer mehr ziehst.»

«Ich bin Christ, ich verletze keine Menschen.»

«Du gehst hier erst weg, wenn du es geschworen hast.»

Inzwischen hatten sich ein paar weitere Bauern eingefunden. Gegen Slobo sahen sie klein aus.

«Er hat mich hingeworfen, er hat mich getreten», beschwerte sich der Bauer.

«Du beklagst dich auch noch? Du bist mit einem Messer angekommen, um unschuldige Menschen zu verletzen, und beklagst dich auch noch?»

Der Mann wandte sich an die anderen Bauern. «Sagt ihm, er soll mich lassen.»

«Solange er nicht schwört, lasse ich ihn nicht», sagte Slobo. «Menschen mit einem Messer zu bedrohen, ist ein Verbrechen.»

«Schwöre», sagte einer der Bauern.

«Ich schwöre», sagte er und kicherte.

«Das ist kein Schwur. Sage laut: Ich schwöre bei Gott, dass ich keine Juden verletzen werde.»

«Ich schwöre bei Gott, dass ich keine Juden verletzen werde», sagte der Bauer nun und erhob sich. Er streckte Slobo die Hand hin und sagte: «Ohne dich, der du ein Soldat bist, hätte ich es nicht geschworen.»

«Das gefällt mir nicht», sagte Slobo ernst. «Du hast es Gott geschworen, nicht mir.»

«Stimmt, du hast recht. Jetzt gib mir das Messer zurück.»

«Nicht jetzt. Du hast noch eine Probezeit. In zehn Tagen, zum Ende der Saison, kannst du zu mir kommen, wenn du Mut hast.»

35

Mein Vater liebte das Schachspiel seit seiner frühen Jugend, und es hat Zeiten gegeben, da war er regelrecht süchtig danach, er nahm an Wettkämpfen teil und stieg auf, doch aus irgendeinem Grund, der mir nie klar wurde, endete auch diese Karriere. Ich hörte ihn ein paarmal sagen: «Nicht jedes Talent ist vollkommen. Man muss auch Fleiß und Ausdauer mitbringen.» Anfangs kam mir das wie eine allgemeine Aussage vor, erst später begriff ich, dass er sich selbst gemeint hatte.

Meine Mutter schätzt den logischen Verstand meines Vaters und bedauert, dass er nicht Naturwissenschaften studiert hatte. Auf diesem Feld wäre er, das sei anzunehmen, sehr erfolgreich gewesen.

Doktor Zajger ist ein ausgezeichneter Arzt. Hätte er sich nicht in der Provinz niedergelassen, hätte er sich wohl auch in der Hauptstadt einen Namen gemacht. Die meisten seiner Patienten sind Juden, und nicht wenige davon arm. Von ihnen nimmt er keinen Pfennig.

Er ist Junggeselle, dem man sein Junggesellendasein anmerkt. Seine Patienten sind für ihn seine Familie. Er besucht sie, bevor sie ins Krankenhaus kommen, während sie im Krankenhaus liegen und auch danach. Die Hälfte des Tages verbringt er in Krankenhäusern, und nachts wird er von Patienten geweckt.

Doktor Zajger beklagt sich nie über sein Schicksal: Humor und ein leichter Sarkasmus schützen ihn nicht nur vor Müdigkeit, sondern auch vor Depressionen. Die Frauen machen ihm Vergnügen. Er und mein Vater imitieren die Stimmen verwöhnter Frauen um die Wette, und man muss zugeben, dass Doktor Zajger darin besser ist als mein Vater.

Inzwischen haben sie die Figuren auf dem Brett aufgestellt, und das Spiel beginnt. Zwischen den Zügen erzählt Doktor Zajger, wie unter Schachspielern üblich, Überlegungen und Episoden und fordert seinen Partner heraus.

Mein Vater ist listig. Er ist, wie Doktor Zajger zugeben muss, ein begnadeter Spieler. Er kommt nicht gegen ihn an. Anders als mein Vater schafft er es nicht, vier oder fünf Züge vorauszusehen.

«Schade, dass du nicht in der Hauptstadt lebst. In der Hauptstadt gibt es ernsthafte Wettkämpfe. Da schärft der Mensch seinen Verstand und erreicht schließlich den Gipfel.»

«Ich habe den Zeitpunkt verpasst», antwortet mein Vater.

«Ein Mann mit zweiunddreißig ist noch jung.»

«Beim Schach, wie bei jeder Kunst, fängt man in der Jugend an zu üben und macht beharrlich weiter. Beharrlichkeit ist der Schlüssel zum Erfolg.»

Bei uns in der Familie benutzte man das Wort Beharrlichkeit nicht. Heute weiß ich, dass es zu schmerzlich war. Mein Vater hat Jura studiert, das Studium aber im dritten Jahr abgebrochen. Da half auch das Drängen seiner Eltern nichts. Er hatte das Gefühl, dass seine Ergebnisse zu bescheiden waren und er sich nie auszeichnen würde. Einmal hörte ich meine Mutter sagen: «Fredi hasst Mittelmäßigkeit, sie macht ihn ganz verrückt. Im Gymnasium gehörte er zu den Besten, und sein Ruf eilte ihm voraus, doch er gibt schnell auf.»

Inzwischen wiederholt Doktor Zajger wie immer: Seine Brüder, die Juden, seien ängstlich und nervös, sie seien Stimmungen unterworfen und sähen in jedem Schatten einen drohenden Feind. Sie führen zwar jedes Jahr in die Ferien, könnten sich aber nie entspannen. Sie nähmen ihre Ängste mit, und jeder Ferienaufenthalt führte zu einer Panikattacke.

Und wenn sie nach Hause zurückkämen, würden sie zu den Ärzten rennen, damit die das Unmögliche vollbringen sollten. Aber ihre Ängste seien nicht zu heilen, sie seien die Ursache für all ihre Krankheiten, die echten und die eingebildeten.

«Und das wird immer bleiben, Doktor Zajger?», fragt mein Vater, der noch mehr hören möchte.

«Bei den Juden gehörte früher zur Angst auch der Glaube, dass Gott sie liebt. Die Angst und der Glaube gingen über Generationen Hand in Hand, aber in letzter Zeit verlor sich der Glaube, und nur die Angst ist geblieben.»

«Kann das Volk denn verlorengehen?», fragt mein Vater mit einem verhaltenen Lächeln.

«Schwer zu sagen. Aber es ist alles eine Frage der Zeit.»

Meine Mutter hört zu und mischt sich nicht ein. Aber ihr ist anzusehen, dass dieses Gespräch sie bedrückt.

36

Auch hier hat Doktor Zajger keine Ruhe. Auch hier wird er nachts gerufen. Ich höre meinen Vater sagen: «An Ihrer Stelle wäre ich nicht gerade hierhergekommen. Auch ein Arzt braucht seine Ruhe und ein bisschen Ferien.»

«Ich wache meistens schon vorher auf, eine halbe Stunde bevor ich gerufen werde. Einmal in der Nacht aufzustehen, ist für mich ganz normal. Ein zweites Mal, dann gegen Morgen, das ist etwas anderes. Zu meinem Glück werde ich meist um Mitternacht gerufen, die späten Rufe, die schweren, sind selten.»

«Ich hätte mich gegen das nächtliche Wecken gewehrt, es ist grausam. Ich weiß noch gut, wie man mich bei der Armee geweckt hat, da war mir dann den ganzen Tag schwindlig, und ich musste mich erbrechen.»

«Ich habe mich schon daran gewöhnt. Oft werde ich umsonst geweckt. Dennoch ist es häufiger als ein-, zweimal passiert, dass ich jemanden vor dem sicheren Tod gerettet habe, und seither sage ich: Es ist trotzdem nicht alles umsonst.»

Mein Vater überrascht Doktor Zajger mit einer Ankündigung: «In Zukunft werde ich nicht mehr herkommen.»

«Was ist los?» Doktor Zajger lächelt freundlich.

«Ich finde die Gesellschaft hier schwer zu ertragen.»

«Ich diene den Menschen schon seit fast zwanzig Jahren als Arzt. Es gibt solche Patienten und solche. Es gibt schüchterne und sensible, die nie im Leben nachts einen Arzt rufen würden, die kommen am Morgen und entschuldigen sich dann auch noch, doch es gibt andere, die sich nicht beherrschen können, die rufen mich bei Regen und Kälte. Nie weiß man, wie ernst die Situation ist, deshalb steht man auf und macht sich auf den Weg.»

«Sie haben ein schweres Leben, Doktor Zajger.»

«Ich habe es mir nicht ausgesucht. Das Leben hat die Entscheidung für mich getroffen.»

«Würden Sie nicht lieber in einer vornehmen Gegend praktizieren? Dort, scheint mir, werden Ärzte eher geschätzt.»

«Sie irren sich, mein Freund, wer mehr bezahlt, fordert auch mehr, ein armer Patient kommt nicht mit Forderungen.»

«Sie bedrängen Sie trotzdem.»

«Ich kann die Welt nicht ändern. Aber ich kann einige wenige Menschen heilen.»

«Ich verstehe Sie nicht, Doktor Zajger. Sie haben sich, wie man so sagt, zu einem Kranken ins Bett gelegt.»

«Ich fühle mich nicht benachteiligt. Ich hätte mir kein anderes Schicksal gewünscht. Ich tue, was ich kann, und manchmal weniger als das. An den meisten Tagen bin ich bei meinen Patienten. Ich liebe sie, und sie mögen mich, was soll ich mir sonst noch wünschen?»

«Und was ist mit ein bisschen Privatsphäre?», sagt mein Vater erstaunt.

«Auf die verzichtet man, wenn man sich für den Arztberuf entscheidet. Privatsphäre ist Luxus.»

«Nicht einmal hier haben Sie Ihre Ruhe.»

«Die Ruhe, die ich habe, reicht mir vollkommen. Hier werde ich nicht jede Nacht gerufen. Oft schlafe ich sechs Stunden am Stück.»

«Sind Sie zufrieden mit den Feriengästen hier am Fluss?»

«Sie sind Menschen aus Fleisch und Blut, nicht anders als wir, und jeder hat sein Schicksal.»

«Ich finde sie ein bisschen lächerlich.»

«Das stimmt, wir sind alle ein bisschen lächerlich. Sorgen, Krankheiten, Ängste und Unruhe, all das macht uns, ohne dass wir es wissen, ein bisschen lächerlich.»

Mein Vater lässt nicht locker: «Die Leute können sich nicht beherrschen. Sie mischen sich immer in alles ein. Immer beichten sie, immer verletzen sie Ihre Privatsphäre.»

«So ist der Mensch, das kann man nicht ändern.»

«Sie geben ihnen auch noch recht?»

«Ich versuche, es ihnen leichter zu machen.»

«Das übersteigt mein Fassungsvermögen, Doktor Zajger, vermutlich muss ich noch einiges dazulernen.»

37

Inzwischen hat sich das Leben am Ufer wieder normalisiert. Das winzige Pogrom ist nicht vergessen. Die Menschen zeigen sich gegenseitig ihre blauen Flecken. Einige beklagen sich, dass sie nachts nicht schlafen können, aber die aufgeregte Stimmung hat sich gelegt.

P. sitzt neben dem einbeinigen Mann und erzählt immer wieder, dass Doktor Zajger ihr versprochen habe, es würden keine Narben bleiben.

«Du kannst ihm vertrauen.»

«Doktor Zajger ist ein anständiger Arzt, auf den ich mich in jeder Hinsicht verlasse. Aber warum sagt er: ‹Ich bin nur Arzt und nicht der liebe Gott›?»

«Glaub mir, alle Ärzte außer ihm sind hinter dem Geld her.»

«Doktor Zajger hat die Verletzten versorgt und keinen Pfennig dafür genommen.»

«Er ist die Ausnahme, die die Regel bestätigt.»

P. hält die Luft an und sagt: «Heute bin ich optimistischer als du.» Sie kichert.

Die schlanken jungen Mädchen tauchen auf und kommen zum Ufer. Sie stellen sich ans Wasser und springen hinein. Ihre Sprünge haben etwas erstaunlich Schönes an sich. Ich beobachte jede ihrer Bewegungen ganz genau und sage mir, irgendwann einmal, wenn ich groß bin, werde ich ihnen meine Liebe zeigen können. Ich weiß, dass ich nicht alle lieben kann. Aber was soll ich machen, wenn alle fünf mich lieben und ich auf keine Einzige verzichten kann? Es ärgert mich, dass meine Schwimmkünste trotz aller Bemühungen meiner Mutter immer noch bescheiden sind. Wenn ich besser schwimmen könnte, hätte ich mich den jungen Mädchen angeschlossen, hätte mein Zögern überwunden und wäre zudem ständig besser geworden.

«Was machen diese Nymphen hier?», sagt der Einbeinige und reckt unter seiner Militärmütze den Hals. «Sie gehören nicht zu dieser seltsamen Gesellschaft. Es wird Zeit, dass sie sich beim Sportclub Spartakus einschreiben. Dort ist ihr Platz, nicht hier.»

«Sie sind Jüdinnen, vergessen Sie das nicht», ist eine unbekannte Stimme zu hören.

«Das sieht man ihnen nicht an», sagt der einbeinige Mann, und sein Hals versinkt wieder in dem weiten Hemd.

Von Zeit zu Zeit erinnert mich mein Vater daran, dass ich meine Hefte nicht angerührt habe; ich habe tatsächlich keine Mathematikaufgaben gelöst und keine Aufsätze über Bücher geschrieben. Die Tage gehen vorüber und werden kürzer, in zehn Tagen würden wir nach Hause fahren.

Seine Ermahnungen machen mich traurig. Ich bin ein guter Schüler und habe immer meine Hausaufgaben gemacht, doch in den Ferien fällt es mir schwer, meine Hefte und Lehrbücher aufzuschlagen. Ich verschlinge Jules Verne, auch Karl May findet mein Interesse. Beim Lesen vergesse ich die Schule, die erschreckende Erscheinung des stellvertretenden Direktors, die Sekretärin, die am Tor steht und jede Verspätung notiert.

«In zehn Tagen kehren wir nach Hause zurück, und es ist zu bezweifeln, dass wir uns noch einmal sehen», hörte ich eine heisere Stimme sagen. Diese leicht dahingesagten Sätze, deren Ursprung nicht festzustellen war, sind mir im Kopf geblieben, und von Zeit zu Zeit erinnere ich mich an sie.

An einem Abend hörte ich, wie Rosa Klein sich beschwerte. «Warum hat mich Doktor Zajger nie besucht? Alle besuchen mich, wenn nicht hier, dann bei mir zu Hause, auch Ärzte. Nur Doktor Zajger ignoriert mich.»

«Er ist mit seinen Patienten beschäftigt», sagte eine ihrer Anhängerinnen.

«Das ist keine richtige Antwort», erwiderte Rosa. «Er glaubt vermutlich, dass mein Handlesen nichts taugt, aber was soll ich machen, das ist es, was ich kann, mehr nicht.»

«Warum ist es Ihnen so wichtig, dass er Sie besucht?»

«Wir sind eine Familie. Außerdem habe ich hier Brüder und Schwestern im Geiste. Ich liebe sie, und sie lieben mich. Nun gut, es gibt auch Leute, die meine Arbeit ablehnen, aber alle stehen in irgendeiner Beziehung zu mir. Nur die Ignoranz ist schwer zu ertragen. Es ist beschämender als die Distanzierung. Ich betrachte Doktor Zajger als Familienmitglied, ich möchte mich mit ihm versöhnen und weiß nicht, wie.»

«Machen Sie sich keine Sorgen, eines Tages wird er zu Ihnen kommen», sagte die Frau.

«Und wenn ich vorher sterbe?»

«Gott behüte. Ich sag's noch mal: Er wird schon zu Ihnen kommen.»

«Die Jahre fliegen vorbei, und jedes Mal sage ich mir: Dieses Jahr kommt er. Doch die Saison ist schnell vergangen, und Doktor Zajger hat mich wieder ignoriert.»

«Dann sagen Sie sich doch, wie Sie es sonst so oft tun, dass das keine Rolle spielt.»

«Das fällt mir schwer. Es tut mir weh. Vergessen Sie nicht, ich kenne Doktor Zajger noch vom Gymnasium. Er war eine Klasse über mir. Schon damals war er bekannt, ein Genie, sagte man. Die Mädchen sind ihm nachgelaufen. Aber er war wohl wählerisch und hat seine Chance verpasst. Einmal wäre ich fast zu ihm hingegangen, aber ich habe es nicht gewagt. Was mich selbst betrifft, bin ich ja recht zögerlich und unsicher. Es fällt mir viel leichter, anderen Ratschläge zu erteilen.»

«Sie lieben ihn noch immer?»

«Vermutlich ja. Manchmal habe ich das Gefühl, wir hätten etwas gemeinsam, aber er sieht das vermutlich anders. Seit unserer Gymnasialzeit sind viele Jahre vergangen. Er hat Medizin studiert und ist weit gekommen, und ich habe die Jahre mit Handlesen vergeudet. Es stimmt ja, ich habe den Menschen ein wenig geholfen, aber nicht wie Doktor Zajger. Oft genug habe ich mir gesagt, ich muss zu ihm gehen, ich muss ihm in die Augen schauen und ihn fragen: Warum ignorierst du mich? Haben wir damals im Gymnasium nicht gemeinsam gelernt? Ja, ich war keine gute Schülerin in den naturwissenschaftlichen Fächern, aber in Geschichte habe ich geglänzt.»

«Sie müssen zu ihm gehen», riet ihre Anhängerin.

«Das widerspricht meiner Natur», antwortete Rosa.

«Manchmal muss man seine Natur überwinden.»

«Ich werde mich nicht mehr ändern», sagte Rosa und beendete das Gespräch.

38

Nikolai brachte uns die Pferde, sauber gestriegelt und aufgezäumt. Diesmal verspätete er sich nicht. Meine Mutter hatte die Thermoskanne, belegte Brote, Gemüse und Obst eingepackt. Ich freute mich über das Fohlen mit dem hübschen Sattel. Ich streichelte es, und es senkte den Kopf. Wir beeilten uns, loszureiten, bevor es am Ufer zu voll wurde.

«Endlich», sagte mein Vater.

«Alles zu seiner Zeit», antwortete meine Mutter.

Mein Vater und meine Mutter redeten oft mit wenigen Worten und in abgehackten Sätzen miteinander, für sie war das offenbar verständlich, während ich das Gefühl hatte, dass sie etwas vor mir verbargen.

«Der Mensch muss sich nicht an einen Ort drängen, an den er nicht gehört», sagte mein Vater. Ich verstand nicht, was er damit meinte.

Meine Mutter antwortete nicht, es war schwer zu sagen, ob sie mit ihm einverstanden war oder nicht.

Es kam häufig zu seltsamen Unstimmigkeiten zwischen meinen Eltern, immer wieder von neuem. Nur der Pruth einte sie, sie schwammen mit ähnlichen Bewegungen und mit gleicher Kraft, und wenn sie aus dem Wasser kamen, sahen sie wie Sportler aus, die sich auf einen Wettkampf vorbereiteten.

Einmal hatte ich gehört, wie P. sich zu meiner Mutter wandte und sagte: «Sie beide sehen so völlig gesund und glücklich aus.»

«Nichts im Leben ist hundertprozentig. Man muss sich mit achtzig Prozent begnügen.»

«Dann bin ich zwanzig Prozent», sagte P. und lachte.

«Sie unterschätzen sich, meine Liebe.»

Ich wunderte mich über die Formulierung «meine Liebe», die meine Mutter diesmal benutzt hatte.

Es war ein klarer Morgen, und im Gras glänzten noch die Regentropfen. Wir ritten in leichtem Trab bergauf.

Mein Vater war den Fluss und die anderen Feriengäste leid. Am Abend, bevor wir losgeritten waren, hatte er die Berge gelobt und gesagt, in ihrer Einsamkeit sei der Mensch noch ganz bei sich. Das dichte Zusammenleben anderswo nehme einem die Luft zum Atmen, vor lauter Gewimmel könne man nichts sehen.

In den letzten zwei Tagen hatten wir uns ein einsames Uferstück gesucht und uns von den anderen Feriengästen zurückgezogen. Mein Vater und meine Mutter schwammen, und ich bemühte mich, darin besser zu werden. Das zeigte bereits Erfolg, und meine Eltern waren zufrieden.

Wir ritten nun langsam bergauf, und je höher wir kamen, umso ruhiger wurde es, und wunderbare Dinge offenbarten sich uns: Da war ein Baum voller roter Äpfel mitten im schattigen Wald. Wir betrachteten ihn, und während wir noch da standen, tauchte ein junges Reh zwischen den Bäumen auf, schmal und gespannt. Einen Moment lang schaute es uns an, erschrak und verschwand.

Wir trabten weiter, ohne uns zu beeilen. Ich spürte, wie der Lärm des Ufers von uns abfiel, bald würden wir nur noch die Ruhe vernehmen.

«Wir sollten nicht nur einmal in der Woche nach hier oben kommen, sondern mindestens zweimal. Das Geplapper unten am Fluss dröhnt in den Ohren, und das Gewimmel macht einen blind. Dort zieht einen alles in die Tiefe», sagte mein Vater, und er sprach aus vollem Herzen.

«Nehmen wir doch unsere guten Freunde mit hier herauf», schlug meine Mutter halbherzig vor.

«Doktor Zajger ist seinen Patienten doch regelrecht hörig. Auch in den Bergen würden ihm die anderen von eingebildeten Beschwerden vorjammern. Sie halten nichts von Privatsphäre.»

«Man muss dankbar sein, Doktor Zajger akzeptiert seine Versklavung gern und nimmt es sogar mit Humor», sagte meine Mutter.

«Es ist, wie ich sagte: Sie haben ihn versklavt.»

«Er wird mitkommen, das verspreche ich dir. Auch Karl König macht mit. Wir werden eine eigene Gesellschaft gründen und uns ‹Bergjuden› nennen», scherzte meine Mutter, um meinen Vater zu erheitern.

39

Diesmal wollten wir Sergejs Kloster besuchen. Mein Vater mag Sergej und sein Kloster und war oft genug allein dort. Wenn mein Vater über Sergej spricht, glänzen seine Augen. Das wundert mich. Wenn meine Mutter über den Glauben ihrer Väter spricht, zuckt mein Vater mit den Schultern. Nicht selten fällt dann das Wort «Anachronismus». Es ist mir wegen seiner Seltsamkeit im Gedächtnis geblieben.

Doch über den Glauben des Mönchs Sergej spricht mein Vater ehrfürchtig und mit einem Lächeln auf den Lippen. Einmal hatte er gesagt: «Der Glaube von Sergej ist ästhetisch. Daran ist nichts Überflüssiges. Er steht für sich. Bei ihm gibt es weder Minderwertigkeitskomplexe noch Angeberei.»

«Auch meine Eltern sind stille Gläubige, nie haben sie anderen Moralpredigten gehalten», sagte meine Mutter.

«Sie sind die Ausnahmen, die die Regel bestätigen.»

«Es gibt auch noch andere Juden wie sie.»

«Ich kenne keine von denen.»

Die Meinungsverschiedenheiten meines Vaters und meiner Mutter verblüfften mich stets aufs Neue. Ich konnte nicht entscheiden, wem ich glauben sollte. Meist neigte ich eher zu meiner Mutter, aber es gab auch Tage, an denen mich die Worte meines Vaters gefangen nahmen.

Nach zwei Stunden ruhigen Reitens zügelten wir die Pferde, und die Landschaft breitete sich vor unseren Augen mit voller Pracht aus: wellige Hügel in Grün und Gelb, da und dort eine Kuh und ein Kalb, Obstgärten, die jedem Sturm standhielten, und kleine, graue Häuserwürfe.

Wenn meine Mutter staunt, fließt ihr Mund über, sie beschreibt nicht nur, was sie sieht, sondern erzählt auch ihre Erinnerungen. Mein Vater schweigt dann. Das habe ich schon gelernt: Ein Wortschwall bringt meinen Vater zum Schweigen. Am Schluss wird auch meine Mutter still.

Ich fragte meine Mutter, ob hier in den Bergen auch Juden lebten.

«Sehr wenige. Es ist schwer, einsam zu sein. Die Juden wohnen meistens in Städten oder Kleinstädten.»

«Ist es ihnen dort nicht zu eng?», fragte ich.

«Man kann sich immer zurückziehen, wenn man allein sein will. Am besten ist es, mit Menschen zu leben, die man liebt. Der Mensch will von Natur aus lieben und geliebt werden.»

Meine Mutter breitete eine Decke aus. Sie holte aus ihrem

Rucksack die Thermosflasche, die belegten Brote, das Gemüse und das Obst. Diese kleinen Mahlzeiten zwischen den hohen Bäumen verliefen ruhig und weckten Appetit. Die in Pergamentpapier gewickelten Brote sahen appetitlich aus. Ich aß eines nach dem anderen, und hätte ich nicht an das Wort «Vielfraß» gedacht, mit dem mein Vater oft die Feriengäste am Ufer bezeichnete, hätte ich noch ein oder zwei Brote mehr gegessen.

Mein Vater nahm seine Pfeife aus dem Futteral, hüllte sich in Tabakrauch und erzählte Geschichten aus seiner Gymnasialzeit, von Schülern, die hinausgezogen waren und sich in der Geschäftswelt oder den Wissenschaften einen Namen gemacht hatten. Und auch von jenen, die ihre Ausbildung mittendrin abgebrochen hatten, wie Alfred.

«Jeder hat sein eigenes Schicksal», schloss er. Meine Mutter nahm das Wort Schicksal nicht in den Mund.

Zwischen den hohen Bäumen nahmen die Meinungsverschiedenheiten zwischen meinem Vater und meiner Mutter ab, und mir kam es vor, als hätten die gemeinsamen Jahre die Differenzen verwischt und sie würden es genießen, zusammen zu sein.

Mein Vater erzählte uns weiter aus jener Zeit, von sommerlichen Ausflügen in die Berge, ausgedehnten Touren voller Abenteuer und Vergnügen. Und abends hatten sie ihre Zelte aufgestellt, sich in Decken gewickelt und geschlafen.

«An diesen Ausflügen haben nur fünf, sechs Schüler aus dem Gymnasium teilgenommen, nicht mehr. Wir erkundeten die Gegend, die alten Festungen und Klöster. Die Karpaten haben mich seit frühester Jugend begeistert, aber erst bei den sommerlichen Ausflügen habe ich sie richtig kennengelernt. Ich habe damals davon geträumt, mich in einem der Klöster niederzulassen, tagsüber seine Geschichte zu erforschen und abends meine Eindrücke niederzuschreiben. Aber meine Eltern waren der Meinung, dass ich Jura studieren müsse. Ich empfand keine Neigung dafür, hatte aber auch nicht die Kraft, mich ihnen zu widersetzen.»

40

Das Leben meiner Eltern hat sich tief in mich gesenkt. Wenn ich älter bin, werde ich ebenfalls aufs Gymnasium gehen. Und wenn ich das Gymnasium beendet habe, werde ich mich an der Universität einschreiben. Doch ich werde das Studium nicht wie mein Vater mittendrin abbrechen. Ein abgebrochenes Studium ist eine offene Wunde. Meine Mutter versucht, diese Wunde meines Vater zu verbinden, doch sie will nicht heilen.

Ich sehe den Freund meines Vaters vor mir, Alfred, dem wir zufällig begegneten und der uns auswich. Auch er gehörte zu jenen, die das Studium abgebrochen und danach den Boden unter den Füßen verloren hatten.

Oft habe ich gehört, wie meine Mutter zu meinem Vater sagte: «Viele Menschen lieben und schätzen dich. Du weißt nicht weniger als die anderen, die fertig studiert haben. Du bist bloß empfindsamer als sie.»

Mein Vater hörte zu und sagte nichts. Manchmal kam es mir vor, als würden ihre Worte nur Salz in seine Wunde streuen. Einmal sagte er: «Versuch doch nicht, es mir leichter zu machen.»

Meine Mutter hatte sich an der Universität eingeschrieben, das Studium aber nie begonnen. Sie liebte das Haus ihrer Eltern in den Bergen. Der Gedanke, viele Jahre getrennt von ihnen zu verbringen, hielt sie davon ab. Einmal sagte sie: «Ich habe keinen akademischen Kopf.»

An jenem Tag hatten wir vorgehabt, noch vor der Mittagszeit Sergejs Kloster zu erreichen, aber diesmal verspäteten wir uns, und es lag an meiner Mutter. Unter wilden Kletterpflanzen entdeckte sie die Mauern einer Ruine, wollte absteigen und sie besichtigen. Mein Vater fand ihre Neugier unpassend.

Es stellte sich heraus, dass es sich bei dieser Ruine um eine verlassene Synagoge handelte. An den Wänden waren noch verblichene hebräische Buchstaben zu erkennen, sonst war alles zerfallen.

Die Vorstellung, dass in diesem Gebäude einmal Juden gebetet hatten und es jetzt menschenleer und verlassen lag, bekümmerte meine Mutter. Sie stand eine ganze Weile nachdenklich da, und am Schluss sagte sie: «Warum haben die Menschen diesen heiligen Ort verlassen?»

«Das ist viele Jahren her», sagte mein Vater, um sie zu trösten.

Als wir weiter bergauf ritten, erzählte mein Vater weiter und mit großer Erregung, wie er sich seit seiner Jugend zu den Klöstern und zu den alten Bauten, die sich meist oben auf Hügeln befanden, hingezogen gefühlt hatte. Jedes Kloster besaß einen Brunnen mit Pumpe, mit der man das klare, süße Wasser nach oben holte. Die Mönche waren ruhig und freundlich. Sie waren bereit, mit jedem Jugendlichen über die Natur und ihren Glauben zu sprechen, auch über das Leben im Kloster. «Vor Jahren habe ich einen Mönch gefragt, ob er mit seinem Leben zufrieden sei.

Er sah mich an und sagte: ‹Wir beten zu Gott und dienen ihm. Gibt es etwas Größeres? Du bist Tag für Tag dem König aller Könige nahe, jede Stunde, angefangen mit dem Morgengebet und bis Mitternacht. Die Diener Gottes freuen sich über das Recht, ihm zu dienen und nahe zu sein.›

Da habe ich verstanden, dass meine Frage dumm war. Der alte Mönch spürte meine Verwirrung wohl und sagte: ‹Denke über meine Worte nach, aber sei nicht traurig. Traurigkeit ist eine böse Krankheit.›

Allmählich wurde mir klar, dass die Mönche, wenn man von ihrem Dienst an Gott absieht, an diesen abgelegenen Orten auch gegen Traurigkeit und Depression kämpften. Im Allgemeinen reden sie nicht über diesen Kampf, doch einmal bekannte ein Mönch mir gegenüber, dass die Traurigkeit einer der stärksten Feinde sei. Es gebe Mönche, denen es Mühe bereite, die Gebetszeiten einzuhalten, und andere, denen es im Winter schwerfalle, ein Kind zu taufen. Und wieder andere würden verrückt vor Lust.»

Meine Mutter hörte mit offenem Mund zu. Sie wusste, dass mein Vater sich von einem entbehrungsreichen Leben angezogen fühlte, doch jetzt erst verstand sie, wie stark diese Anziehung war. Fast schien es, als bedaure sie, ihn all die Jahre immer zum Ufer gebracht zu haben, ohne seinen Widerwillen zu berücksichtigen, und sie sagte entschuldigend: «Im nächsten Jahr werden wir uns eine Hütte in den Bergen mieten.»

Mein Vater lächelte, als wolle er sagen: Schade, dass dir dieser Gedanke erst jetzt in den Sinn kommt.

41

Inzwischen hatten wir das Kloster erreicht. Das Tor stand offen. Wir gingen langsam darauf zu, mein Vater voraus, meine Mutter und ich folgten ihm, seinem Gang angepasst. Uns empfing ein Platz, der von einstöckigen Gebäuden mit geschlossenen Türen umgeben war. Eine tiefe Stille ging von dem Platz und den niedrigen Gebäuden aus. Um das Kloster herum standen hohe Eichen.

Im Kloster herrschte Dämmerung, dünne Schatten zeichneten ein Gitter auf den Steinfußboden. Mir fiel auf: Alles war aus Stein, auch die Statuen an den Türen.

Mein Vater klopfte. «Herein», erklang es von innen. Mein Vater machte die Tür auf, und vor uns lag ein kleiner, dunkler Raum: ein schmaler Tisch, ein Bett und ein Bücherbrett. Sergej begrüßte meinen Vater mit Vornamen, erhob sich und umarmte ihn. Der Mönch sprach Deutsch, ich verstand jedes Wort. Meiner Mutter bot er einen Hocker an.

«Wir wollten früher kommen, aber wir wurden unterwegs aufgehalten», sagte mein Vater.

«Unterwegs wird man immer aufgehalten», antwortete Sergej, und beide lachten.

Wir wussten, es würde ein kurzer Besuch werden, denn um ein Uhr würde Sergej zum Mittagsgebet gehen. Mein Vater fragte, worin sich das Mittagsgebet denn von den anderen Gebeten unterschied, und Sergej antwortete: «Die Gebete ähneln einander, es gibt nur kleine Unterschiede. Das Wichtigste ist, die Gebetszeiten einzuhalten.»

Mein Vater hätte vermutlich noch weitergefragt, warum die Gebetszeiten so wichtig seien, aber da fragte meine Mutter: «Gibt es auch Nonnen im Kloster?»

«Früher gab es in der Nähe ein Nonnenkloster, aber aus einem Grund, den ich nicht kenne, sind die Nonnen umgezogen. Jetzt dient das Haus als Herberge für Mönche, die von weit her kommen und sich für eine Weile hier niederlassen.» Er lächelte. «Auch alte Mönche brauchen mal eine Luftveränderung.»

Mein Vater erzählte ihm, dass wir Feriengäste unten am Ufer des Pruth waren.

Sergej kniff die Augen zusammen. «Was tut man als Feriengast den ganzen Tag?»

«Man schwimmt und schwimmt, und nachmittags liest man.»

«Und es gibt keine Juden, die beten?», fragte Sergej erstaunt.

«Doch, die gibt es, aber nicht am Pruth», sagte mein Vater schnell.

«Seltsam», sagte Sergej.

«Was ist daran seltsam?», fragte mein Vater.

«Das Volk Gottes betet nicht.»

«Mit dem Volk Gottes meinst du die Juden?»

«Ich kenne keine bessere Bezeichnung.»

«Dann soll es so sein», sagte mein Vater.

Plötzlich wandte Sergej sich an mich und fragte nach meinem Namen.

«Erwin», sagte ich.

«Und wie alt bist du?»

Ich wollte genau sein und sagte: «Zehn Jahre und sieben Monate.»

Mein Vater sah mich an, als sei er zufrieden mit meiner Antwort.

Sergej streckte die Hand aus, nahm ein Buch aus dem Regal und zeigte es meinem Vater.

«Liest du Hebräisch?», fragte mein Vater erstaunt.

«Ich lerne es. Eine erstaunliche Sprache. Ich habe mit der Genesis angefangen, und jetzt bin ich beim Buch Exodus. Ich lerne jeden Tag.»

«Am Schluss wirst du ein jüdischer Mönch sein.»

«Bei den Juden gibt es doch keine Mönche.»

Sergej sprach begeistert über die hebräische Sprache und ihre Vorzüge. «Wer sich der Heiligen Schrift nähern will, muss Hebräisch lernen.»

«Als Kind habe ich es gelernt. Aber ich habe es vergessen», sagte mein Vater und wurde rot.

Mir fiel auf, dass meine Mutter das Gespräch gespannt verfolgte.

«Es ist unmöglich, sich Gott zu nähern, ohne die hebräische Sprache zu verstehen. Sie ist der Schlüssel zum Reich des Königs. Zu dieser Erkenntnis bin ich im letzten Jahr gekommen.»

«Du überraschst mich, Sergej.»

«Wir lesen das Alte Testament. Aber nicht in der Ursprungssprache.»

«Was geht bei einer Übersetzung verloren?», fragte mein Vater erstaunt.

«Der Klang, die Knappheit, die Sachlichkeit, die Direktheit. Vieles zeigt sich auch in der Übersetzung, aber nur das Offensichtliche. Das Wichtigste fehlt. Nimm zum Beispiel das Wort Elohim, das auf Hebräisch in der Mehrzahl steht. Das Alte Testament spricht über einen einzigen und einzigartigen Gott und nennt ihn zugleich in der Mehrzahl. Vermutlich gibt es Gründe dafür. Die Juden, die Hebräisch lesen, können dem geheimen Sinn der Worte nachgehen.»

«Das stimmt. Seinerzeit konnte jeder Jude Hebräisch und hat mehr oder weniger verstanden, was er da gelesen hat. Die Knaben haben ab drei Jahren Hebräisch zu lesen gelernt und haben den Wochenabschnitt gelesen. So war es viele Generationen lang.»

«Und heute?»

«Es gibt noch immer Juden, die den Tanach studieren, die Mischna und die Gemara. Aber die jungen Leute, das muss ich gestehen, entfernen sich von der Religion.»

«Wie schade.»

Sergej erhob sich und sagte: «Die Gebetszeit ist gekommen, entschuldigt mich. Ich würde mich freuen, wenn ihr mich noch zu unserer kleinen Kapelle begleitet. Dort beten wir das Mittagsgebet.»

Mein Vater war verwirrt – nicht nur, weil das Gespräch plötzlich zu Ende war, sondern von den Worten, die Sergej gesagt hatte. Im Grunde genommen hatte er ihn gezwungen, über das Erbe zu sprechen, das er vor vielen Jahren hinter sich gelassen hatte.

Wir gingen zur Kapelle, Sergej und mein Vater voraus, meine Mutter und ich folgten ihnen. Als wir uns der kleinen Kirche näherten, wandte Sergej sich an meinen Vater und sagte: «Zögert nicht. Kommt und besucht mich wieder, dann werden wir das Gespräch über den Glauben und das Gebet und vieles andere weiterführen.»

Er umarmte meinen Vater, uns gab er zum Abschied die Hand. Jetzt sah ich erst, wie groß er war, ich sah die Haare, die ihm auf die Schultern fielen, das feine Lächeln auf seinen Lippen. Es war ihm anzumerken, dass unser Besuch ihm angenehm war, doch das Gebet ging vor, die Zeit musste eingehalten werden.

Mein Vater blieb stumm, als wir das Klostergelände verließen. Meine Mutter wollte ihn besänftigen und sagte: «Sergej ist ein feiner Mensch.»

Die beiden Pferde und das Fohlen, die wir an Bäumen angebunden hatten, hatten von dem fetten Gras gefressen und begrüßten uns erfreut. Mein Vater wollte etwas sagen, aber es fehlten ihm die Worte. Er streichelte die Mähne des Pferdes, als hoffe er, durch das Streicheln die richtigen Worte zu finden. Am Schluss sagte er: «Sergej widmet sich aus ganzem Herzen seinem Glauben.»

«Aber warum weckt er Gefühle der Schuld und der Minderwertigkeit in uns?», fragte meine Mutter mit einer ihr fremden Stimme.

«Schuldgefühle? Minderwertigkeit?», fragte mein Vater erstaunt.

«Schuldgefühle, weil wir uns nicht so der Heiligen Schrift widmen, wie er es tut. Und Minderwertigkeitsgefühle deshalb, weil es in unserer Welt nichts gibt, dem wir uns voll und ganz hingeben.»

Mein Vater hatte diese Antwort offenbar nicht erwartet, er sagte: «Ich glaube, du übertreibst. Seine Gefühle Juden gegenüber sind freundschaftlich.»

«Gläubigen Juden gegenüber, nicht säkularen Juden.»

Wir stiegen auf die Pferde und machten uns auf den Weg. Wir ritten langsam, ohne zu reden. Ich wusste, dass meine Eltern keine Lust hatten, zum Fluss zurückzukehren. Um diese Tageszeit brodelte es dort wie in einem Kessel.

42

Nach einer Stunde langsamen Reitens sagte meine Mutter: «Gehen wir doch ins Gasthaus ‹Früchte des Waldes›. Es wird Zeit zu essen.»

«In Ordnung», sagte mein Vater, als wäre er in Gedanken versunken gewesen.

«Dort gibt es bestimmt eine gute Suppe, und eine gute Suppe erhebt das Herz», sagte meine Mutter, offenbar erfreut über ihre eigenen Worte.

Das Gesicht meines Vaters blieb verschlossen.

Wir ließen die Pferde traben, und eine halbe Stunde später erreichten wir das Gasthaus. Vor Jahren waren wir schon einmal hier gewesen. Damals war ich vielleicht sechs oder sieben. Ich erinnerte mich noch an den Besitzer, einen kleinen, stämmigen Mann, und an sein freundliches Lächeln. Meine Eltern hatten Suppe gegessen und ich ein Waffeleis.

Nun empfing uns der Gastwirt mit den Worten: «Wichtige Gäste, verehrte Gäste.»

Die große Stube, durch die er uns führte, war die Schänke. Biergeruch lag in der Luft, Zigarettendunst vernebelte den Blick. Auf den langen Holzbänken saßen ein paar Bauern mit Bierkrügen in den Händen, sie tranken und lachten laut.

Der Wirt bat uns in ein Nebenzimmer mit langen Fenstern, durch die viel Licht hereinfiel. Hier war die Luft rein, und auf den Tischen lagen weiße Decken.

Meine Mutter unterhielt sich mit dem Gastwirt in einer Sprache, von der ich nur die Hälfte verstand: Jiddisch. Er schlug uns Borschtsch mit Sauerrahm vor, und meine Mutter willigte sofort ein.

Das Gefühl der Bedrückung, das wir aus dem Kloster mitgenommen hatten, löste sich auf, und die Stirn meines Vaters glättete sich.

Der Borschtsch kam bald und schmeckte sehr gut.

In diesem hellen separaten Gastzimmer befanden sich Bücher und Kerzenständer auf den Tischen, ich entdeckte Gebetsmäntel und andere heilige Gegenstände, deren Zweck ich nicht kannte. Der Gastwirt erklärte uns, dass dieser Raum an Schabbat und anderen Feiertagen zu einem Bethaus wurde.

«Und wo leben die Juden?», fragte meine Mutter.

«Früher haben hier Juden gewohnt, aber sie haben sich verstreut. Es ist nicht leicht, an so einem abgelegenen Ort zu leben, wo es kein Gesetz und keinen Richter gibt. Hier herrschen Banden.»

«Wie schafft man es trotzdem?», fragte meine Mutter.

«Das Schmiergeld löst alle Probleme», antwortete er leise.

«War das schon immer so?»

«Schon seit jeher», sagte der Gastwirt und wandte sich zur Tür.

«Kommen manchmal Juden zu Ihnen?»

«Ja, manchmal. Nicht viele. Aber zum Glück gibt es am Schabbat einen Minjan.»

Nach dem Borschtsch servierte uns die Frau des Gastwirts auf Holzkohlen gebratenen Flussfisch mit Kartoffeln und Erbsen. Meine Mutter stellte Fragen zu den Speisen, und die Frau antwortete gern. Mein Vater sah in sich gekehrt aus, er beteiligte sich nicht am Gespräch. Ich nahm an, dass die Begegnung mit Sergej ihn traurig gestimmt hatte.

Ich betrachtete den Gastwirt. Er war ein kleiner, flinker Mann mit einem schütteren Bart, der aufmerksam und staunend zuhörte. Er sagte zu meiner Mutter, er habe fünf Kisten gepackt, wenn er plötzlich fortmüsse, sei er vorbereitet. Im letzten Krieg sei er noch jung gewesen und habe sich nicht darum gekümmert, rechtzeitig seine Sachen zu packen, deshalb habe er am Ende mit leeren Händen dagestanden. Der Krieg rücke näher, und es sei besser, bereit zu sein. Mein Vater hob den Kopf und betrachtete ihn, als wolle er sagen: Der Mann steht fest im Leben, er wird sich retten, egal, was kommt. Er bedient die Bauern in der Schänke, und seine Frau serviert uns eine schmackhafte Mahlzeit, aber die beiden sind darauf vorbereitet, das Land zu verlassen.

Wir selbst hatten bisher noch keine Vorkehrungen getroffen. Wir kämpften mit unseren Gedanken und Gefühlen, flohen vor den Feriengästen am Ufer, und wenn es nach meinem Vater gegangen wäre, wären wir schon nach Hause gefahren oder hätten uns eine Hütte in den Bergen gesucht.

In der Stille des Raums stand mir der Weg vor Augen, den wir seit dem Morgen zurückgelegt hatten. Der Besuch bei Sergej, dem Mönch, der unseren Blick erweitern sollte, hatte uns bedrückt. Meine Mutter sagte nicht wie sonst: Die guten Botschaften kommen nicht von außen. Mein Vater hatte einmal auf diesen Spruch geantwortet: «Das kollektive Innere ist leer.» Der Satz hatte meine Mutter verstummen lassen.

Während wir noch aßen, dachte ich, ich müsste das alles aufschreiben. Aber womit soll man anfangen, fragte ich mich, was wählt man aus dieser Fülle von Erlebnissen aus, was verschweigt man? Das übersteigt meine Kraft.

Immer wieder kam es zu Meinungsverschiedenheiten zwischen meinen Eltern, selbst wenn neue Eindrücke die Aufmerksamkeit auf sich zogen, so wie hier: ein heller Gastraum mit glänzenden Kerzenleuchtern, Gebetsmänteln, Silberschmuck und bunten Tefilinbeuteln.

Diese Kultgegenstände lagen für die Gläubigen bereit. Niemand benutzte sie an jenem Tag. Doch am Schabbat würden die Leute kommen, sich in die Gebetsmäntel hüllen, und Gott würde sich mit ihnen vereinen.

Einige Male hatte ich meine Mutter in ihrem Elternhaus gesehen, wie sie mit geschlossenen Augen die Gebete flüsterte. Mein Vater schaute dann weg, als wolle er sagen: So viele Jahre bin ich schon mit dieser Frau verheiratet, und in meiner Naivität habe ich geglaubt, wir hätten ähnliche Ansichten. Doch da habe ich mich geirrt. Sie ist noch tief in der alten Glaubenswelt verwurzelt, all meine Anstrengungen, sie aus ihr herauszulösen, waren ohne Erfolg.

Auch die Eltern meines Vaters hatten stets die Glaubensvorschriften beachtet, doch das Gymnasium und die Universität hatten ihn von ihrer Lebensweise entfernt. Ihre Besuche waren selten und kurz gewesen, schließlich waren sie in ihren Fünfzigern gestorben. Mein Vater sprach nie über sie.

Die Frau des Gastwirts brachte Tee und Apfelkuchen. «Liebe Gäste, ihr müsst meinen Kuchen probieren, ich habe ihn erst vor einer Stunde aus dem Ofen geholt», sagte sie. «Ich glaube, er ist mir gut gelungen. Ich verlasse mich auf euren Geschmack.» Ihre Stimme hatte einen vertrauten Klang, als wären wir nach vielen Jahren zu ihr zurückgekehrt, was einem Wunder gleichkomme.

Meine Mutter sagte: «Wie gut ist es doch, in ein Haus zurückzukehren, das man kennt, und heimisches Essen zu bekommen.»

«Juden verirren sich so selten in dieses Haus. Gäbe es nicht die wenigen, die sich am Schabbat und an den Feiertagen hier treffen, hätte uns die Fremde vernichtet.»

«Wir werden versuchen, öfter zu kommen», sagte meine Mutter.

«Ich werde auf Sie warten, meine Teuerste. Wie alt ist Ihr Sohn?»

«Zehn Jahre und sieben Monate», sagte meine Mutter und warf mir einen Blick zu.

«Ich wünsche Ihnen, dass er die Gebote achten und Gutes tun wird.» Die Gastwirtin hatte wohl vergessen, dass wir uns nicht nach den Glaubensvorschriften richteten.

«Er ist ein guter Junge», sagte meine Mutter, als müsse sie mich verteidigen.

Ich betrachtete die Frau und meine Mutter und sah, dass zwischen ihnen eine gewisse Nähe bestand. Die Frau sagte noch einmal: «Probiert meinen Kuchen. Schon seit Jahren backe ich ihn jeden Mittwoch.» Ich erwartete, dass meine Mutter fragen würde, warum ausgerechnet am Mittwoch, aber sie fragte nicht.

Meine Mutter verabschiedete sich freundlich von der Gastwirtin, umarmte sie und sagte: «Dieser Ort wirkt herzerfrischend, das Essen war gut und hat mich an zu Hause erinnert. Wir werden wiederkommen, so Gott will.»

«Gott weiß, was die Zukunft bringt. Beten wir, dass es diesmal weniger schmerzhaft wird als im letzten Krieg, dieses Land zu verlassen.»

Erst da begriff ich: Meine Eltern flohen vor dem, was bevorstand.

43

Wir bestiegen die Pferde und ritten los. Die Sonne stand niedrig und war angenehm warm, doch mein Vater und meine Mutter waren nicht fröhlich. Sie ritten, als müssten sie sich dazu zwingen.

Als wir uns dem Ufer näherten, sahen wir, dass die Feriengäste schon in ihre Hütten zurückkehrten. Mein Vater betrachtete sie beunruhigt und widerwillig.

Nikolai wartete bereits im Hof auf uns. Mein Vater stieg als Erster ab, begrüßte ihn und sagte: «Die Pferde waren treu und gut, sie haben uns zuverlässig von einem Ort zum anderen gebracht.» Er sprach mit leiser Stimme, doch seine Worte klangen gekünstelt.

«Solche Pferde gibt es sonst nicht mehr», sagte Nikolai gewichtig.

«Stimmt», sagte mein Vater gedankenlos.

«Ich werde sie wegbringen, um sie zu tränken und zu füttern», sagte Nikolai und machte sich auf den Weg.

Wir saßen müde und erschöpft im Hof. Mein Vater verhehlte uns nicht seine Zuneigung zu Sergej und dessen Lebensweise. Die Augen meiner Mutter schienen zu fragen: Führt Askese denn zur Reinigung der Seele?

Nach dem langen Ritt waren wir hungrig, und meine Mutter erntete Zwiebeln, Gurken, Tomaten und Frühlingszwiebeln von den Beeten. Als wir die Hütte betraten, überwand mein Vater seine Müdigkeit und seine Bedrückung und sagte: «Ich übernehme den Salat.»

Meine Mutter freute sich über seine Hilfe, sie sagte «Danke, mein Schatz» und legte sofort eine Tischdecke auf den Tisch, holte Käse, Sahne und Eier aus der Speisekammer und fragte: «Was brauchen wir noch?»

Meine Mutter briet Spiegeleier, und mein Vater stellte feierlich den Salat hin, den er zubereitet hatte. Der Kaffee duftete angenehm. Wir blieben lange am Tisch sitzen, ohne uns zu unterhalten. Mein Vater rauchte schweigsam seine Pfeife.

Ich war müde, wollte aber die Abenddämmerung – die Nachtgeräusche, das Quaken der Frösche und die Rufe der Nachtvögel – nicht stören. Die Gesichter meiner Eltern leuchteten im Licht der Luxlampe. Ich wusste tief im Herzen, dass ein solcher Abend nicht wiederkehren würde, und wollte jede Einzelheit aufsaugen.

Meine Mutter unterbrach das Schweigen und sagte: «Warum gehst du nicht schlafen, Junge? Es ist schon spät.»

«Bald», sagte ich und wusste, dass meine Mutter mich nicht zwingen würde, den Tisch zu verlassen.

Ich hörte sie sagen: «Wenn die Gerüchte nicht stimmen, was wir hoffen, möchte ich gern nach Prag fahren. Ich weiß gar nicht, warum wir noch nie nach Prag gefahren sind.»

«Gern», sagte mein Vater.

«Schon als Kind hat die Stadt meine Phantasie beflügelt: Die ‹Altneuschul›, Rabbi Judah Löw ben Bezalel, der alte Friedhof. Ich würde gern durch die Straßen gehen und der Vergangenheit nachspüren – bei uns gibt es so wenig jüdische Geschichte.»

«Gern», sagte mein Vater wieder.

«Ich habe immer geglaubt, dass diese Stadt unser Leben verändern könnte. Ich habe das starke Gefühl, dass wir sofort nach Prag fahren sollten.»

Mein Vater lächelte zustimmend. Ich hatte oft gesehen, wie

er sich von meiner Mutter mitreißen ließ. Und auch diesmal schaute er sie liebevoll an.

«Hoffen wir einfach, dass an den Gerüchten nichts dran ist», sagte meine Mutter noch einmal.

Die Nacht brach an. Von weitem war das Rauschen des Pruth zu hören. Heute Abend gab es keine Meinungsverschiedenheiten zwischen meinen Eltern, die Sehnsucht nach Prag verband sie. In diesem Sommer werden wir es nicht mehr schaffen, dachte ich, aber im nächsten Sommer fahren wir mit dem Expresszug nach Prag. Meine Eltern werden weiße Sommerkleider tragen, und auch ich werde meinen gestärkten weißen Anzug anziehen. Gemeinsam werden wir durch die engen, gewundenen Straßen gehen, mit den Stoffgeschäften, Tabakläden und Gewürzhandlungen, die eng nebeneinanderliegen, und aus den Kaffeehäusern wird der Duft nach Kaffee dringen.

Ich fragte meinen Vater, ob wir ein großes Schachspiel kaufen könnten.

«Das werden wir», sagte er und freute sich sichtlich, dass ich auf diesen Gedanken gekommen war.

«Und was kaufen wir für Mama?»

«Einen Strohhut mit breiter Krempe, Mama liebt doch Hüte.»

«Und wie lange bleiben wir in Prag?»

«Solange wir wollen», sagte mein Vater leichthin.

Darüber war ich so froh, dass es mir die Sprache verschlug.

44

Am nächsten Morgen standen wir früh auf. Zum Frühstück machte meine Mutter Kaffee und Marmeladenbrote. Sobald wir gegessen hatten, standen wir auf und gingen zum Fluss.

Das Ufer war noch leer, und wir beeilten uns, um den Menschen, die bald kommen würden, auszuweichen. Mein Vater ging voraus, ihm folgte meine Mutter, dann kam ich.

Wir erreichten eine menschenleere Stelle am Ufer und schauten uns um. Am Blick meines Vaters las ich, was er schon oft gesagt hatte: Das Wasser ist wunderbar, und es ist gut, dass hier keine anderen Menschen sind.

Das kalte Wasser schreckte meinen Vater nicht: Er streckte sich und sprang hinein. Meine Mutter hatte es nicht so eilig. Sie schaute ihm liebevoll beim Schwimmen zu, als würde sie denken: Seine Freude ist das Schwimmen. Im Wasser ist sein Leben vollkommen und sinnvoll. Würden wir an einem Fluss wohnen, würde er weniger leiden und ein volleres Leben führen.

Die Worte meiner Mutter, ob laut ausgesprochen oder gedacht, sickerten in mich ein und erfüllten oft meinen Schlaf. Die Worte meines Vaters dagegen waren offen und klar und manchmal sogar verletzend.

Als ich meinem Vater beim Schwimmen zuschaute, sah ich die Treppe zum Schuleingang vor mir und die ukrainischen Kinder, die mir oft Schläge androhten. Einmal rief Pjotr, der Schlimmste von allen: «Deine guten Noten werden dich am Tag des Gerichts nicht retten. Wir werden dich ausziehen, dass du nackt bist wie bei deiner Geburt, und uns mit Fäusten an dir rächen.»

Seltsam, ausgerechnet hier, weit weg von der Schule, an diesem hellen Morgen am ruhigen Wasser, überkam mich das Gefühl, dass Pjotrs Worte keine leere Drohung waren. Er könnte sie wahrmachen, wenn ich in einer Woche wieder in der Schule wäre.

Seit wir aus den Bergen zurückgekehrt waren, war ich unruhig. Ich hatte Empfindungen, die ich vorher nicht gekannt hatte. Ich betrachtete die schlanken Pappeln und die leuchtenden Sonnenblumen und sagte mir: Sie werden hier noch stehen, wenn ich das Ufer verlassen habe. Es wird alles weiterleben, auch ohne uns. Ich spürte, dass wir hier nur Gäste waren, so wie ich es bei unserem letzten Besuch bei meinem Großvater gespürt hatte.

Mein Großvater betet, blättert in Büchern, sitzt schweigend da. Er ist mit seinem großen Hof vertraut, lebt im Glauben seiner Väter und schenkt seine Zuneigung allen, die mit ihm sind. Wir hingegen sind flüchtige Besucher.

Wenn meine Mutter ihr Elternhaus besucht, passt sie sich den Gepflogenheiten an: Sie hilft meiner Großmutter im Haushalt und bei der Pflege der Beete, und ich habe den Eindruck, dass man sie nicht stören darf.

Mein Vater und ich haben nicht diese innige Beziehung zu jenem Stück Erde, wir schweben förmlich über ihr und verbringen Stunden in den Bergen oder sitzen an Quellen und betrachten das klare Wasser.

Die Natur beruhigt meinen Vater, nicht aber der Glaube. Wann immer er ein Gebet oder einen Segensspruch hört, verzieht er das Gesicht. Deshalb sind unsere Besuche bei meinen Großeltern immer nur kurz.

Großvaters Synagoge steht gleich neben dem Wohnhaus.

Am Vorabend des Schabbat gibt es keinen Minjan, mein Großvater betet allein in seinem Zimmer. Stundenlang betet er, und wenn er wieder zu uns kommt, erscheint er mir größer. Dann setzen wir uns sofort zum Schabbatmahl an den Tisch.

Meine Großeltern sind in den Karpaten verwurzelt. Manchmal habe ich das Gefühl, dass Gott sich eher hier aufhält als anderswo. Vielleicht wegen meines Großvaters und wegen der wunderbaren kleinen Synagoge, die er neben dem Haus gebaut hat.

Am Schabbat gehen wir alle zusammen in die Synagoge, nur mein Vater kommt nicht mit. Ich finde es schade, dass mein Vater diese feierlichen Momente nicht mit uns verbringt, sondern lieber in die Berge geht, um allein zu sein. Meine Mutter kennt meinen Vater gut genug – sie versucht gar nicht erst, ihn zum gemeinsamen Gebet zu überreden.

Mein Großvater legt dann seinen Gebetsmantel um mich und zeigt mir die Buchstaben im Gebetbuch. Wenn ich in diesen Mantel gehüllt bin, habe ich das Gefühl, dass Gott sich klein macht und in den Buchstaben des Gebetbuchs steckt.

Am Schabbat kommen die Juden aus den umliegenden Dörfern in die Synagoge. Mein Großvater freut sich über jeden Einzelnen und empfängt sie freundlich. Anders als seine stillen Gebete an Werktagen werden die Gebete an Schabbat laut gesprochen. Die Stimmen lassen das hölzerne Gebäude erzittern.

Das Gesicht meiner Großmutter ist am Schabbat beschaulich, ihre Bewegungen sind knapp. Sie serviert dann die Gerichte, die sie vorbereitet hat.

Während alle ins Gebet vertieft sind, zieht mein Vater allein durch die Berge. Jetzt verstehe ich, warum er den Mönch Sergej so sehr mag. Er liebt, wie Sergej, die Einsamkeit und das Alleinsein. In Gesellschaft anderer Menschen fühlt er sich nicht wohl, manchmal denke ich, dass sogar meine Mutter und ich ihm schon zu viel sind.

Einmal habe ich ihn gefragt, ob er an Gott glaube, und er bekannte: «Früher habe ich an ihn geglaubt.»

«Und jetzt?», fragte ich und bereute es sofort.

Meinem Vater war meine Frage sichtlich unangenehm, er schien sich zu fragen: Warum bedrängst du mich? Schließlich sagte er: «Du hast gefragt, und ich werde dir antworten. Ich freue mich, dass Mama an ihren Eltern und an ihrem Glauben hängt. So ist es richtig. Aber ich habe mich aus bestimmten Gründen – die einen kenne ich, andere bleiben mir verborgen – von meinen Eltern und vom Glauben gelöst. Ich kann mich nicht in einen Gebetsmantel hüllen und beten, selbst wenn ich es wollte. Die Natur, die Berge, die Wälder und die Quellen sind mein Glaube. In der Natur empfinde ich, was ich als Kind bereits empfunden habe: die Schönheit und die Größe der Schöpfung. Meine Eltern und meine Großeltern wussten, wie man die Schöpfung vergöttert. Deine Mama hat von ihren Eltern ein großes Geschenk bekommen, von ihr kannst du etwas lernen, nicht von mir.»

«Entschuldige, Papa», sagte ich.

Er umarmte mich, und ich spürte seine warmen Arme.

An jenem Abend fragte mich mein Großvater, was ich später lernen wolle. Ich antwortete: «Ich möchte schreiben wie Jules Verne.»

Mein Großvater beugte sich zu mir. «Wer ist Jules Verne?»

«Ein Schriftsteller.»

«Interessant», sagte er und fragte nicht weiter.

Mein Großvater hat mir schon die hebräischen Buchstaben beigebracht, und jetzt liest er mit mir Gebete. Er unterrichtet mich sanft und geduldig. Ich spüre, dass in den Buchstaben aus den Gebeten ein Geheimnis verborgen ist.

Wenn mein Vater am Schabbatausgang aus den Bergen zurückkehrt, ist sein Gesicht von der Sonne gebräunt. Er betritt das Haus und setzt sich auf die Bank wie ein Gast. Meine Mutter wirkt beschämt. Schweigend serviert sie ihm Gemüsesuppe, worauf er sich bedankt, als sei er dieser Gabe nicht würdig.

Meinem Vater fällt es schwer, sich im Haus der Großeltern aufzuhalten, das merkt man ihm an, zusammengesunken sitzt er da. Wenn wir das Haus verlassen, erhellt sich sein Gesicht, als sei ihm eine Last von den Schultern genommen.

Ohne meinen Vater wären mir vielleicht mehr Bilder vom Haus meiner Großeltern geblieben. Wegen der Unruhe meines Vaters habe ich einige Erinnerungen an meinen Großvater verloren, doch ich mache mir keine Sorgen: Alles, was mir nahestand und was ich liebte, kommt sicher irgendwann zu mir zurück.

Als ich das letzte Mal bei meinem Großvater war, beschlich mich das Gefühl, ich sei zum letzten Mal hier. Um diese Vorahnung zu bezwingen, fragte ich meine Mutter: «Wann werden wir Großvater wieder besuchen?»

«Bald, nehme ich an.»

Das «nehme ich an» konnte meine Befürchtung nicht ausräumen.

Nach jedem Besuch bei meinem Großvater begleiteten mich die Bilder, die ich aufgenommen hatte, bis in den Schlaf. In einem meiner Träume ging er mit mir im Garten spazieren. Plötzlich streckte er die Hand aus, pflückte eine Birne, sprach den Segen über die Frucht, und seine Augen füllten sich mit Tränen. Immer wenn ich eine Entscheidung treffen muss, kehren die Bilder jenes Sommers in Großvaters Haus zurück. In diesen Bildern wirkt mein Vater verlegen, schüchtern, kann nichts mit sich anfangen.

Meine Großeltern respektierten seine Verlegenheit und seine Unruhe. Sie bereiteten ihm Mahlzeiten, die er liebte, wie Pflaumenkuchen. Doch auch diese Mahlzeiten änderten nichts an seiner Unruhe. Bei jeder Gelegenheit floh er in die Berge. Meine Mutter machte sich dann Sorgen und wartete ängstlich auf seine Rückkehr.

45

Das Ufer war voller Menschen. Die Feriengäste liefen umher, als würden sie fliehen, fänden aber keinen Ausweg. Meine Mutter war aufgeregt, der Tumult um sie herum ließ ihre Augen aufleuchten. Mein Vater verschloss sich, wie es seine Art war. Sein Blick verengte sich, und die Ironie, die er angesichts der Situation empfand, zeigte sich im Blitzen seiner Augen. «Nimm den Juden ihren Lärm, und sie hören auf, Juden zu sein», flüsterte er meiner Mutter zu. Meine Mutter kannte diesen Spruch, sie lächelte still in sich hinein.

Eine Frau wandte sich an meine Mutter: «Wann fahren Sie zurück?»

«In ein paar Tagen», antwortete meine Mutter, ohne die Stimme zu heben.

«Ich weiß nicht, was ich tun soll. Ich bin in den letzten Tagen so rastlos, meine Nerven sind zum Zerreißen gespannt. Mein Arzt, Doktor Blau, ist in der Stadt geblieben, und ohne ihn ist das Leben nicht auszuhalten. Wie soll ich zu ihm kommen? Ich hätte gar nicht wegfahren dürfen. Ein Mensch wie ich darf sich nicht vom Platz rühren. Mein Platz ist zu Hause, da gehöre ich hin, aber ich habe mich verführen lassen hierherzufahren, und jetzt muss ich dafür bezahlen.»

«Setzen wir uns doch einen Moment hin, um gemeinsam nachzudenken», sagte meine Mutter, und sie setzten sich ins Gras.

Die Frau fuhr fort: «Die Leute raten mir, mich an Rosa Klein zu wenden, aber ich mag ihre Zauberformeln nicht. Sie erfindet die Zukunft, erdichtet Diagnosen und Gott weiß was noch. Sie ist weder Ärztin noch Krankenschwester. Sie ist einfach eine Hexe. Wer weiß, wozu sie fähig ist.»

Plötzlich neigte sie das Gesicht zu meiner Mutter und sagte: «Woher kenne ich Sie? Sie kommen mir bekannt vor.»

«Vermutlich von hier. Wir kommen jedes Jahr.»

«Ich heiße Berta Wechselholz, mein verstorbener Mann war ein bekannter Rechtsanwalt. Wir sind jedes Jahr nach Baden gefahren, nicht weit von Wien, in eine gemütliche Pension ganz ohne Juden. Es gibt nichts Herrlicheres als einen Sommer in Baden, wir fühlten uns hinterher immer wie neugeboren. Aber seit dem Tod meines Mannes habe ich Angst, dorthin zu fahren. Jemand, der Teufel möge ihn holen, hat mir diesen Ort empfohlen. Es war ein Fehler hierherzukommen. Ein großer Fehler. Ich brauche zwar Gesellschaft, aber nicht so eine. So eine Gesellschaft macht mich verrückt. Was raten Sie mir?»

«Was sagt Ihnen Ihr Gefühl?»

«Mein Gefühl täuscht mich oft.»

«Anders gefragt: Wollen Sie Doktor Blau sehen?»

«Unbedingt. Er ist nicht nur ein Seelenarzt, sondern auch ein herausragender Mensch. Es beruhigt mich schon, wenn er mich anschaut. Bei ihm fühle ich mich sicher.»

Meine Mutter machte die Augen weit auf. «Warum zögern Sie dann? Fahren Sie zu ihm!»

«Ich danke Ihnen sehr», sagte Berta, als habe meine Mutter

sie aus einer unentrinnbaren Situation gerettet. «Doch woher soll ich eine Droschke nehmen?»

«Das ist ganz einfach. Gehen Sie zu Nikolai. Er oder sein Bruder werden Sie fahren, und in drei Stunden sind Sie in der Praxis von Doktor Blau. Die Stadt ist nicht so weit weg.»

«Danke, meine Liebe», sagte Berta und stand auf. «Warum bin ich nicht selber darauf gekommen? Noch einmal danke. Ich war verzweifelt. Ich wusste nicht mehr, was ich tun soll.»

«Sie brauchen mir nicht zu danken», sagte meine Mutter und erhob sich ebenfalls.

Mein Vater stand ein paar Schritte von ihnen entfernt. In seinen Augen blitzte wieder die Ironie, aber er mischte sich nicht ein.

Dann ging Berta zu Nikolai. Meine Mutter schaute ihr nach.

Die Gerüchte über einen Krieg drangen in jeden Winkel. Es war, als wären die Menschen in einem Käfig gefangen und versuchten, die Gitterstäbe aufzubiegen. Der Fluss floss ruhig dahin, bereit, Schwimmer oder Boote aufzunehmen. Doch die Menschen liefen weiterhin ziellos umher.

Der Himmel war klar, nur wenige Wölkchen waren zu sehen. Satte Weiden erstreckten sich vor uns. Da und dort grasten Pferde und Kühe.

Mein Vater ließ den Blick über die Feriengäste schweifen. «Woher rührt die Panik?»

«Der Krieg kommt näher», sagte meine Mutter mit der Stimme einer Fürsprecherin.

«Wird die Panik den Krieg aufhalten?», fragte mein Vater. «Die Panik verbirgt sich hier in jeder Ecke. Sobald sie ausbricht, verlässt sie ihr Versteck.»

«Bedeutet ein Krieg nicht auch Panik?», fragte meine Mutter.

«Ja», sagte mein Vater, «doch Panik ersetzt keine Gedanken, sie erhitzt nur die Gemüter.»

46

Plötzlich packt mich die Sehnsucht nach zu Hause, nach unserem Garten und nach meinem Zimmer, das auf den Garten hinausgeht. Ich liebe die Sommerabende, die sich lange hinziehen und voller Farben sind. Dann sitze ich draußen und trinke Tee aus einem hohen Glas mit silbernem Halter, der mir wie ein Kultgegenstand aus vergangener Zeit erscheint.

Glänzendes Geschirr verbinde ich mit den Händen meiner Mutter. Wenn sie ein Glas in den Händen hält und sich darüberbeugt, sieht es aus, als würde sie leise beten. Ich weiß, dass das täuscht: Meine Mutter betet nur im Haus ihrer Eltern. Aber an den langen Sommerabenden, wenn der Tag sich bis tief in die Nacht zieht, sind meine Eltern in Gedanken versunken, die einem Gebet gleichen.

Früher habe ich meine Mutter dann mit meinen Fragen gestört. Im letzten Jahr habe ich gelernt, mich in solch empfindsamen Stunden zurückzuhalten. Mir ist aufgefallen, dass die Gesichter meiner Eltern mit dem Silber der Teeglashalter in den Händen anders aussehen als sonst.

Daher kam mir eine Erkenntnis: In diesen Stunden, wenn das Licht des Tages und das der Nacht sich mischen, lassen meine Eltern die Hektik des Alltags hinter sich. Sie treten nicht nur mit ihren Eltern in Verbindung, sondern mit all ihren Vorfahren. Die Gläser helfen ihnen, sich ihnen zu nähern und wortlos zu beten.

Nach Mitternacht stellen sie die Gläser auf dem niedrigen Tisch ab. Dann haben sie wieder ihre normalen Gesichter, sie unterhalten sich nicht, sondern jeder zieht sich in sich selbst zurück. Schon halb schlafend betrachte ich sie und erkenne, dass das, was gerade geschehen ist, mit großer Anstrengung verbunden war.

An manchen Abenden nimmt meine Mutter den Kerzenständer aus dem Glasschrank, zündet eine Kerze an und stellt sie auf den Tisch. Diesen Kerzenständer hat sie einmal auf dem Markt gekauft. Es ist ein alter, einfacher Ständer, auf dem «Schabbat kodesch» steht.

Meine Mutter hat damals gesagt: «Ein einzelner Kerzenständer ist wie ein Einäugiger, Kerzenständer treten eigentlich immer paarweise auf.» Seit sie das gesagt hat, ist es für mich ein einsamer Kerzenständer, der seinen Partner verloren hat. Er wandert von einem Haus zum anderen, und jetzt ist er bei uns. Meine Mutter versucht, ihm sein Los zu erleichtern. An den langen Sommerabenden steckt sie eine Kerze an, und er verbreitet das Licht, das er auf seinen Wanderungen gesammelt hat.

Wir haben etliche Gegenstände im Haus, die meine Mutter gekauft oder von ihren Eltern geschenkt bekommen hat. Einmal sagte sie zu mir, auch Gegenstände hätten ein Leben, man müsse behutsam mit ihnen umgehen.

In unserem Glasschrank liegt ein sehr altes Gebetbuch, das in Samt gehüllt ist. Einmal im Jahr, an Jom Kippur, holt meine Mutter es aus dem Schrank, um damit zu beten. Dieses kostbare Buch hat meine Mutter von ihrem Großvater bekommen, es ist mit aufwendigen Bildern geschmückt und verströmt einen angenehmen Geruch nach getrockneten Blättern.

An Jom Kippur fasten meine Eltern, aber sie gehen nicht zur Synagoge. Mein Vater liegt dann auf dem Bett im Schlafzimmer und liest, während meine Mutter mit einem Tuch über dem Kopf im Wohnzimmer sitzt und betet.

An Jom Kippur schließt mein Vater die Fensterläden, und eine geheimnisvolle Dunkelheit trennt uns vom Leben draußen. Wenn die Dämmerung anbricht, steht meine Mutter auf, geht zu meinem Vater und küsst ihn, dann kommt sie zu mir und küsst mich ebenfalls. Ihr Gesicht ist blass, und ich glaube, dass sie gebetet hat, die Unruhe meines Vaters ließe nach und ich möge im Schlaf nicht von Ängsten heimgesucht werden.

47

Wir besuchten noch Tante Julia, das ewige Sorgenkind der Familie. Tante Julia, diese schöne und begabte Frau, führte kein geradliniges Leben. Sie war die jüngste Schwester meiner Mutter, hatte sich am Gymnasium besonders in Mathematik hervorgetan, und alle hatten ihr eine glänzende Zukunft vorausgesagt. Doch das Schicksal trieb sie weit von ihrem Weg ab. Der junge Mann, in den sie verliebt war und den sie heiraten wollte, ließ die Hochzeit plötzlich platzen. Mit gebrochenem Herzen zog Tante Julia bei uns ein.

Ich erinnere mich, wie sie, von Schatten verfolgt, durch die Zimmer lief. Oft hatte sie sich mit gesenktem Kopf an meine Mutter gewandt, die neben ihr auf dem Wohnzimmersofa saß. Tante Julia klagte nicht, ihr Blick schweifte ziellos umher, manchmal saß sie stundenlang schweigend da: Nichts war von ihrer klaren Sprache geblieben, die früher so fröhlich in meinen Ohren geklungen hatte.

Oft saßen meine Mutter und Julia bis spät in der Nacht zusammen. Meine Mutter sprach, und Tante Julia schaute sie an.

Manchmal drang die Stimme meiner Mutter in meinen Schlaf, und ihre Worte klangen wie ein Gedicht. Mein Vater mischte sich nicht in die Gespräche ein, zog sich lieber ins Schlafzimmer zurück und blätterte in einem Buch. Er mochte Tante Julia, und gemeinsam mit meiner Mutter wollte er es ihr leichter machen. Wenn er von der Arbeit in der Fabrik zurückkam, schien sein Blick zu fragen: Wie geht es Julia?

Wie lange Tante Julia bei uns blieb, könnte ich nicht sagen. Ihr Aufenthalt bei uns ist in meiner Erinnerung ein langes Schweigen. Manchmal spielte der Plattenspieler klassische Musik. Tante Julia war in sich versunken, dennoch erfüllte ihre Anwesenheit den Salon. Ich hätte mich gern neben sie gesetzt, wagte es aber nicht.

Hin und wieder stellte sie mir eine Frage. Ihre Fragen waren genau. Eine lautete: Was lernt man heutzutage in Mathematik? Doch das Wort «heutzutage» erweckte den Eindruck, Tante Julia sei aus einem langen Schlaf erwacht und wolle wissen, was in der Zwischenzeit passiert sei. Einmal sagte sie zu mir: «Ich habe den Zeichenunterricht geliebt. Unsere Zeichenlehrerin mochte meine Zeichnungen und hängte sie auf. Zeichnest du gern?»

«Ich betrachte gerne Zeichnungen», gab ich zu.

Ich erinnere mich gut an unser letztes Frühstück mit Tante Julia bei uns zu Hause. Die Wolke war von ihrem Gesicht gewichen, sie strich mir über den Kopf und fragte, ob mir die «Orientalischen Märchen» gefielen, das Buch, das sie mir mitgebracht hatte.

Nach dem Frühstück zogen meine Mutter und Tante Julia ihre Mäntel an. Da hatte ich aus irgendeinem Grund die Befürchtung, sie wollten eine lange Reise mit vielen Hindernissen antreten, und erschrak. Ich fragte meine Mutter: «Wohin fahrt ihr?»

«Ich komme bald wieder», sagte meine Mutter geistesabwesend.

Später erfuhr ich ihr Ziel: Mein Großvater besaß am Ufer des Pruth ein kleines Haus, das er an einen der Ingenieure vermietet hatte, die die Eisenbahnstrecke bauten. Ein paar Jahre hatte der Ingenieur dort gewohnt, doch nach der Fertigstellung kehrte er in die Stadt zurück, und das Haus stand leer.

Tante Julia beschloss, so lange dort zu wohnen, bis ihr Schmerz nachgelassen hätte. Meine Mutter versuchte vergeblich, sie von ihrem Entschluss abzubringen. «Ich brauche jetzt Bäume, Wasser und die Einsamkeit. Ich fürchte mich nicht davor, allein zu sein.»

Zum ersten Mal blieb ich nur mit meinem Vater zurück. Er bestellte Essen aus einem Restaurant, das uns ein großer, weiß gekleideter Kellner in glänzenden Töpfen brachte. Ich hatte zwar keine Angst, doch als ich aus der Schule nach Hause kam, hatte ich das Gefühl, unser Haus sei ohne meine Mutter geschrumpft und aus allen Ecken dringe Kälte.

Mein Vater kaufte Eis und Mohnkuchen, um mir über diese Tage hinwegzuhelfen, aber die Sehnsucht nach meiner Mutter wuchs von Stunde zu Stunde. Ich fragte meinen Vater, ob wir nicht besser zu ihr fahren sollten, um ihr zu helfen.

«Tante Julia möchte allein sein, wir würden sie nur stören.»

Ich verstand nicht, wie wir Tante Julia mit unserer Liebe stören könnten, fragte aber nicht weiter.

In der Nacht quälten mich meine Träume. Ich sah meine Mutter und Tante Julia mit braun gebrannten Gesichtern durch eine Wüste irren. Meine Mutter flehte sie an, nach Hause zurückzukehren, aber Tante Julia beharrte: «Bleib mit mir hier, die Wüste ist jetzt mein Zuhause.»

«Was wirst du essen und trinken? Die Nächte sind kalt.»

«Mach dir keine Sorgen, ich komme zurecht.» Ihr Gesicht war zu allem entschlossen.

Meine Mutter stand händeringend neben ihr. Ihre Verzweiflung war so groß, dass ich mitten in der Nacht davon aufwachte. Ich traute mich jedoch nicht, zu meinem Vater zu gehen und ihn zu wecken. Mit offenen Augen blieb ich im Bett liegen, bis der Morgen graute.

Drei Tage blieb meine Mutter bei Tante Julia. Sie brachten das Haus in Ordnung und kauften alles Nötige ein, und als meine Mutter nach Hause zurückkam, sah sie erschöpft aus, die Augen geschwollen. Sie küsste weder meinen Vater noch mich und sank, noch im Mantel, in einen Sessel.

Mein Vater zog sich einen Hocker heran, setzte sich neben sie und fragte: «Wie ist es dort?»

«Es steht kein einziges Haus in der Nähe, dort sind nur Weiden, Bäume und Wasser, aber kein Mensch. Ich wollte sie nicht allein zurücklassen, aber sie weigerte sich mit aller Kraft, mit mir zu kommen. Ich hatte keine Wahl.»

Einmal im Monat fuhr meine Mutter zu ihr. Sie wäre öfter gefahren, aber Julia ließ es nicht zu. Wenn meine Mutter zurückkehrte, war sie stumm und verkniffen, und ihre Augen glühten.

«Was treibt Julia?», fragte mein Vater vorsichtig.

«Sie arbeitet im Garten, pflückt Obst im Obstgarten und fällt Bäume zum Heizen.»

«Und was macht sie in der restlichen Zeit?»

«Sie liest und hört Musik.»

«Geht es ihr schlecht?»

«Es fällt mir schwer, ihre Gefühle zu deuten.»

Wir konnten Tante Julias Einsamkeit nachempfinden, Tag und Nacht. Der Schmerz verließ uns nicht. Wenn ich von der Schule kam, fand ich meine Mutter mit traurigem Gesicht im

Wohnzimmer sitzen. «Tut mir leid, ich habe gar kein Mittagessen vorbereitet. Komm, machen wir schnell etwas Einfaches.»

Ich wollte ihr nahe sein. «Was ist los, Mama?»

«Nichts.»

Ich wusste, dass meine Mutter ihren Kummer vor mir verbergen wollte, aber es half nichts: Jedes Wort und jede Bewegung erinnerten mich daran, dass Tante Julia sich eine strenge Isolation auferlegt hatte. Vergeblich versuchte meine Mutter, sie aus ihrem Gefängnis zu locken. Mein Vater, der Fabrikbesitzer, der mit vielen Menschen zusammenkam, wusste ebenfalls nicht weiter.

Was sollen wir tun? Diese Frage stellte sich uns zu jeder Stunde des Tages.

Wenn meine Mutter zu Julia fuhr, begleiteten sie Anspannung und Angst. Die Droschke kam am frühen Morgen, Nahrungsmittel und Kleider wurden aufgeladen, dann machte meine Mutter sich auf den Weg. Mein Vater und ich blieben an der Tür stehen und schauten ihr nach.

Ich erinnerte mich an die Tage, an denen Julia vom Haus der Großeltern zu uns gekommen war und ihre jugendliche Fröhlichkeit mitgebracht hatte. Ihr helles Lachen. Sie wurde zur Universität zugelassen, und am Ende des ersten Jahres war sie schon verliebt. Meine Mutter, mein Vater und ich hielten Arthur für einen gewinnenden jungen Mann, er war schweigsam und ein aufmerksamer Zuhörer. Er studierte am Konservatorium und gab ein paarmal in unserem Haus Konzerte. Wer hätte erwartet, dass eine solche Liebe in die Brüche gehen würde?

48

Mein Vater bat Nikolai, die Pferde früh am Morgen zu bringen. Wir verließen heimlich das Ufer und zogen los, um Tante Julia zu besuchen.

Wie sehr sich die Ebene doch von den Bergen unterschied: In der Ebene fehlen die hohen Bäume, deren dichtes Blattwerk dich schützt. Dort bist du ungeschützt, das Licht trifft dein Gesicht, und der Geruch des gemähten Klees von den Feldern dringt dir in die Nase. Vielleicht wurde mir durch diesen intensiven Duft schwindlig, jedenfalls stieß ich unvermittelt einen Hilferuf aus. Wir stiegen von den Pferden. Meine Mutter kniete sich hin und reichte mir Limonade. Vermutlich war ich sehr blass. Wir setzten uns ins Gras. Ich schämte mich, weil wir meinetwegen angehalten hatten, und sagte: «Das geht gleich vorbei.» Doch meine Mutter war überzeugt, dass wir zur Hütte zurückkehren müssten, also taten wir es.

Mein Vater nahm mich vor sich auf den Sattel, und mein Fohlen banden wir am Pferd meiner Mutter fest. Als wir die Hütte erreichten, hatte ich bereits hohes Fieber. Meine Mutter gab mir ein Aspirin, um das Fieber zu senken, und kochte eine Kanne Tee. Ich fühlte mich schwach und zittrig.

Am Abend kam Doktor Zajger, untersuchte mich und stellte eine Erkältung fest. Er versorgte meine Mutter mit weiteren Tabletten und sagte zu mir: «Du musst drei Tage im Bett bleiben, am vierten Tag wirst du dich besser fühlen.» Aus irgendeinem Grund glaubte ich, dass ich einen dunklen, quälenden Weg vor mir hatte, der drei Tage andauern würde, an dessen

Ende das Fohlen mich zur Hütte zurückbringen würde, wo meine Eltern mich mit Jubel empfangen würden.

An diesem Abend blieb Doktor Zajger bei uns, um mit meinem Vater eine Partie Schach zu spielen. Meine Mutter bereitete das Abendessen vor. Ich schnappte nur wenige Gesprächsfetzen auf, doch ich erfuhr, dass Großvater aufgrund einer fehlerhaften Diagnose und Großmutter an einem verschleppten Infekt gestorben waren – Doktor Zajger wurde damals zu spät gerufen. Er hatte alles getan, was in seiner Macht stand, sie aber nicht retten können.

«Ein Arzt ist nur ein Arzt», wiederholte Doktor Zajger seinen alten Spruch.

In der Nacht fieberte ich, und wilde Träume bedrängten meinen Schlaf. Meine Mutter wich nicht von meiner Seite. Im Traum sah ich den Mönch Sergej und Tante Julia. Sie sprachen über Einsamkeit. Meine Mutter mischte sich nicht in das Gespräch, doch mein Vater sagte, was er nie zuvor ausgesprochen hatte: «Sich zurückzuziehen erhöht uns.»

Auch am dritten Tag hatte mein Fieber nicht nachgelassen. Einige der Feriengäste hatten von meiner Krankheit gehört und versammelten sich auf unserem Hof. Meine Mutter ging hinaus, um ihnen zu sagen, woran ich litt, seit wir Tante Julia hatten besuchen wollen. Ich konnte die Aufmerksamkeit der Leute förmlich spüren. «Erwin liegt jetzt im Bett», sagte meine Mutter. «Sein Fieber ist noch nicht gefallen, aber Doktor Zajger hat versprochen, dass er sich bald wieder wohl fühlen wird.»

«Man sollte vielleicht einen bekannten Diagnostiker konsultieren», hörte ich eine verhaltene Stimme sagen.

«Warten wir noch einen oder zwei Tage», sagte meine Mutter. «Der Junge erbricht nicht, er klagt nicht über Schmerzen, er spricht vernünftig. Es ist vermutlich eine schwere Erkältung. Aspirin und Tee werden ihn gesund machen.»

Der Mann ließ nicht locker. «Warum eine Gefahr eingehen?»

Nun konnte mein Vater sich nicht mehr beherrschen. Er verließ die Hütte und rief: «Lassen Sie die Eltern entscheiden, was gut für ihren Jungen ist. Wir verlassen uns auf Doktor Zajger. Er ist einer der besten Ärzte der Stadt, wenn nicht der beste. Es stimmt, er hilft den armen Menschen, ohne dafür Geld zu erwarten. Nur weil er nicht so überheblich ist wie andere seiner Zunft, trauen Sie ihm nicht? Ich verlasse mich voll und ganz auf ihn.»

«Tun Sie, was Sie wollen, ich bin nur gekommen, um meine Besorgnis zu zeigen», zischte der Mann.

«Wir vertrauen Doktor Zajger aus ganzem Herzen», rief mein Vater ihm nach.

Die Leute hatten eine solche Reaktion offenbar nicht erwartet, und es schien, als hätten sie aufgegeben und wollten zum Ufer zurückkehren, doch da irrte ich mich. Meine Mutter entschuldigte sich für den Ausbruch meines Vaters. Dann hörte ich leises Geflüster, und schließlich erhob sich eine heisere Stimme: «Wir sind gekommen, um Sie zu warnen. Sie müssen wissen, wir haben Erwin sehr gern. Man darf einen Jungen nicht sich selbst überlassen, der seit über drei Tagen hoch fiebert. Bei aller Achtung für Doktor Zajger, es gibt bessere Ärzte als ihn.»

Mein Vater wollte ihnen antworten, doch diesmal konnte er sich beherrschen. Mit geballten Fäusten stand er da. Meine Mutter wollte die Leute erneut beruhigen, doch ihre sanften Worte reichten nicht aus. Sie ließen nicht locker: «Man muss sofort Doktor Fürst rufen», hieß es.

So erfuhr ich, dass es am Ufer Meinungsverschiedenheiten gab, was die Fähigkeiten von Doktor Zajger betraf. Schließlich habe er nie in einem Krankenhaus gearbeitet. Er sei gut zu den Armen, doch das heiße nicht, dass er ein besonders guter Arzt sei. Außerdem liebten sie ihn, denn er gehöre zur Familie, aber das könne nicht darüber hinwegtäuschen, dass nur das Krankenhaus Ärzte zu wahren Diagnostikern schulte.

Offenbar ging es nicht um mein Fieber, sondern um Doktor Zajgers medizinische Ausbildung. Meine Mutter versuchte, die Versammelten zu beruhigen: «Wenn das Fieber nicht sinkt, werden wir eine Droschke schicken, um Doktor Fürst zu holen.»

«Warum soll man es hinausschieben? Jeder Tag kann schicksalhaft sein.»

«Ich verspreche Ihnen, dass wir nichts hinausschieben. Warum verlassen Sie sich nicht auf mich? Ich hüte Erwin wie meinen Augapfel», sagte meine Mutter, die den Tränen nahe war.

Das wirkte – die Leute wandten sich ab. Mein Vater fand dagegen keine Ruhe. Er murmelte: «Jetzt wirst du verstehen, warum ich nicht mehr kommen wollte. Die Leute hier haben keine Achtung vor der Privatsphäre. Alles spielt sich öffentlich und hysterisch ab.»

«Sie meinen es nur gut», sagte meine Mutter und goss damit Öl ins Feuer.

«Eine derart grobe Einmischung lässt sich nicht rechtfertigen», schimpfte mein Vater. Ich verstand nicht, was er sonst noch sagte.

Lautstark zerstreuten sich die Leute, sie redeten wild durcheinander. Ich verstand, dass es um mich ging, um meine Krankheit und um meine Eltern, die nicht bereit waren, Doktor Fürst kommen zu lassen.

Als der Lärm vorüber war, spürte ich, dass der Zorn meines Vaters von Minute zu Minute stieg. Schließlich rief er: «Ich werde nie mehr hierherkommen. Du kannst es tun, aber ich nicht.»

Am Tag darauf sank mein Fieber von vierzig auf achtunddreißig Grad. Meine Mutter ging hinaus, um den Feriengästen am Ufer von meiner Genesung zu erzählen. Mein Vater blieb in der Hütte. Nikolai brachte uns einen Laib Brot, Milch und Käse, erkundigte sich nach meinem Befinden und sagte: «Die Städter werden schnell krank, es ist die Stadt, die sie krank macht.»

Mein Vater dachte sich gewiss, dass er tatsächlich die Juden meinte, sagte aber nichts. Er murmelte einen Segensspruch und wollte ihn verabschieden, doch Nikolai fügte hinzu: «Menschen, die nicht mit der Natur verbunden sind, werden leicht krank.» Auch auf diese Bemerkung, die sinngemäß der vorherigen glich, reagierte mein Vater nicht.

Später brachte ein Bauer einen Brief von Tante Julia. Meine Mutter saß auf dem Hocker und las ihn vor:

«Ich habe gelernt, die kleinen Dinge des Lebens zu schätzen: Hier ist das Licht hell und hat viele Nuancen. Im Obstgarten sind die Äpfel und die Pflaumen reif geworden, ich steige auf die Leiter und pflücke sie. Das ist ein Vergnügen, wie ich es zuvor nicht gekannt habe.

Ich beginne den Tag mit einer Tasse Kaffee und mit einem Stück selbstgebackenen Apfelkuchen, gehe dann in den Gemüsegarten und rupfe Unkraut. Wenn die Beete trocken sind, gieße ich sie. Um neun gehe ich zurück ins Haus und bereite mir einen kleinen Salat, dazu esse ich Brot mit einem Stück Käse.

Nach der Morgenmahlzeit setze ich mich hin und lese den ‹Zauberberg› von Thomas Mann. Zwischendurch höre ich Musik. Mittags koche ich mir eine Gemüsesuppe mit roten Beten, danach kehre ich zum ‹Zauberberg› zurück. Das Buch passt zu diesem Ort. Ich lese langsam und nehme die langen Sätze in mich auf, es sind Sätze, die Gefühle und Gedanken erfordern.

Die Einsamkeit hier ist voller Licht und Musik. Das Gras, die

Bäume, das Wasser, alles hat das richtige Maß. Gegen Abend schwimme ich im Pruth. Das Wasser ist in dieser Jahreszeit ruhig und hat eine angenehme Temperatur. Ich schwimme zusammen mit den Enten, und auch dieses Gefühl habe ich bisher nicht gekannt.

Gäbe es nicht gewisse Gedanken, die manchmal aufblitzen und wieder verschwinden, wäre mein Leben hier vollkommen gelassen. Aber macht euch keine Sorgen, ich fühle mich im Großen und Ganzen wohl. Jeden Tag entdecke ich etwas Neues, ich meine etwas Kleines: den Flaum auf den Pflaumen, um nicht zu sagen ihren Geschmack. Schon seit jeher habe ich Pflaumen geliebt, und ich liebe sie immer mehr. Und noch etwas habe ich hier gelernt: Pflanzen stehen uns nicht weniger nahe als Tiere. Ich weiß nicht, ob Pflanzen Gefühle haben, so wie wir. Für wen ist das wunderbare Obst bestimmt, das geduldig an den Zweigen reift, wenn nicht für uns?

Ich entschuldige mich für die Länge und den sehr persönlichen Ton dieses Schreibens. Macht euch keine Sorgen. Ich lebe und atme und lerne jeden Tag etwas Neues. Ich hoffe auf euren Besuch, Julia.»

49

Zum Frühstück kochte meine Mutter mir Grießbrei und streute Schokoladenstreusel darüber. Ich probierte den Brei, er schmeckte mir gut. Meine Mutter betrachtete mich und sagte: «Du siehst viel besser aus.»

Ich ging hinaus und entdeckte sofort, dass man das Sonnenblumenfeld in der Zeit, in der ich im Bett lag, abgeerntet hatte. Das gemähte Feld lag grau und traurig da. Die goldene Pracht war verschwunden, als hätte es sie nie gegeben.

Mein Vater und meine Mutter zogen ihr Badezeug an, ich trug meine normale Kleidung, und so gingen wir zum Ufer. Auf dem Weg sagte mein Vater: «Solange es den Fluss gibt, in dem man schwimmen kann, ist das Leben erträglich.» Bei diesen Worten hob meine Mutter den Kopf und schaute ihn liebevoll an.

Meine Eltern stiegen ins Wasser, und ich schaute ihnen zu, wie sie zur Flussmitte schwammen. Nicht weit von ihnen trieben zwei lange Boote. Wieder kam mir der Gedanke, dass meine Eltern im Wasser wie Zwillinge waren. Schade, dass sie wieder an Land kommen mussten.

P. kam zu mir und fragte mich: «Wie war die Krankheit?»

Eine solche Formulierung hatte ich noch nie gehört. «Sie ist vorbei», antwortete ich.

«Hattest du Träume?»

Ich wusste nicht, wie ich dieser Frage ausweichen konnte, also sagte ich: «Ja, hatte ich.»

«Auch ich werde von Albträumen gequält, wenn ich krank bin. Manchmal kann ich sie nicht aushalten und stehe mitten in der Nacht auf und koche mir eine Tasse Tee. Es ist besser, wach zu sein, als zu träumen. Und jetzt fühlst du dich wohler? Nach einer Krankheit sieht das Leben viel besser aus. Man hat wieder Appetit, die schwarzen Gedanken verschwinden. Ich nehme an, dass du heute nicht schwimmst.»

«Das stimmt», sagte ich.

«Nach einer Krankheit fühlt man sich zunächst schwach. Manchmal hält die Schwäche eine ganze Woche oder sogar noch länger an, aber es ist eine angenehme Schwäche. Wie alt bist du, Erwin?»

«Zehn Jahre und sieben Monate.»

«Du siehst älter aus.»

Ich wollte sagen, ich bin zehn Jahre und sieben Monate alt, nicht mehr und nicht weniger, aber ich behielt es für mich.

«Als ich in deinem Alter war, haben meine Eltern mich nicht mit in die Ferien genommen, sie haben mich bei unserer Dienstmagd gelassen, einer fürchterlichen Frau, die mich immer geohrfeigt hat, wenn ich die frisch aufgelegte Tischdecke anfasste. Ich habe keine guten Erinnerungen an jene Zeit. Alle sind weggefahren, in die Ferien oder in die Sommerfrische, nur mich hat man bei der Dienstmagd zurückgelassen. Meine Eltern waren gute Menschen, doch mir gegenüber waren sie, das muss man so sagen, nicht besonders einfühlsam. Wenn ich am Schuljahresende ein Zeugnis mit einer einzigen schlechten Note nach Hause brachte, schimpfte meine Mutter und sagte: ‹Dieses Zeugnis kann man niemandem zeigen, warum hast du versagt?›

Ihre Worte brachten mich zum Weinen, aber sie hat mich nicht getröstet. Nie haben mir meine Eltern ein gutes Wort gegönnt. Mein Vater war ruhiger als meine Mutter, aber er hatte in seinem Geschäft viel zu tun, ich sah ihn kaum, außer an den Wochenenden. Meine Mutter war immer zu Hause, unzufrieden, schimpfend, zornig auf mich und alle anderen. Sie hat mich nie gefragt, was mir weh tut.

Du hast Glück. Du hast Eltern, die dich lieben, die auf dich aufpassen, die dir das Schwimmen beibringen, die dir, wie ich annehme, bei den Hausaufgaben helfen. Du musst Gott dafür danken, dass du solche Eltern hast. Meine Eltern haben mich nicht geliebt, nie hat mich jemand geliebt, ich werde von allen gemieden. Man nennt mich P., als hätte ich keinen richtigen Namen. Verstehst du?

Wenn ich versuche, die Aufmerksamkeit der anderen auf

das wenige Schöne an mir zu lenken, sagen sie: Das ist alles nur Schau. Sie haben unrecht, sie reden schlecht über mich.»

Ich wusste nicht, was ich sagen sollte, und stand da wie ein Klotz. Es war nur gut, dass meine Eltern aus dem Wasser kamen. Als P. sie bemerkte, ging sie sofort weg.

In jener Nacht träumte ich, dass P. kam und mich entführte. Ich versuchte, mich zu befreien, aber sie war sanft und gut und sagte: «Hab mich ein bisschen lieb, wenn du mich lieb hast, wird sich mein Leben ändern, streichle mir über den Kopf, über den Hals und über die Brust. Hab keine Angst. Wenn du mich liebst, wirst du schnell erwachsen und ein Ritter. Niemand versteht mich, alle denken, ich sei dumm, man gibt mir alle möglichen Spitznamen. Dabei habe ich einen Namen, ich heiße Pepi. Streichle mich weiter, das gefällt mir. Sag mir leise ins Ohr, dass du mich liebst, ich hör dich gerne flüstern. Du darfst aber deinem Vater und deiner Mutter nicht erzählen, was wir getan haben. Das muss unser Geheimnis bleiben. Jedes Mal, wenn du Sehnsucht nach mir hast, ruf mich in Gedanken, und ich werde in der Nacht zu dir kommen. In der Nacht ist alles anders und viel schöner.»

Ich wachte auf und war froh, dass es heller Morgen war. Mein Vater und meine Mutter bereiteten gerade das Frühstück.

50

Am nächsten Morgen bestellte mein Vater eine Droschke, und wir fuhren los, um Tante Julia zu besuchen. Es war ein angenehmer, kühler Tag, wir fuhren am Ufer vorbei, wo die Leute uns zum Abschied winkten. Auch der einbeinige Mann hob seine langen Arme.

Tränen liefen meiner Mutter über das Gesicht, sie wischte sie nicht ab.

«Was ist mit dir?», fragte mein Vater erstaunt.

«Die Menschen rühren mich.»

Die Droschke war frisch angemalt und weich gefedert und trug uns schwebend davon. Meine Mutter wandte den Blick von uns und zog sich in sich selbst zurück.

Nach einer Stunde Fahrt drehte Nikolai den Kopf zu meinem Vater und fragte: «Wohin genau wollt ihr fahren?»

«Nach Iwanow, aber nicht direkt ins Dorf, sondern zu einem einsam gelegenen Haus am Flussufer. Der Ingenieur, der für den Schienenbau verantwortlich war, hat ein paar Jahre dort gewohnt.»

«Ich weiß», sagte Nikolai, «aber ich glaube, er ist weggezogen.»

«Jetzt wohnt meine Schwägerin in dem Haus.»

«Ja, das stimmt, man sieht sie, wenn sie die Beete pflegt.»

Während der weiteren Fahrt wechselte mein Vater kein Wort mehr mit Nikolai. Sein Gesicht war ebenso verschlossen wie das meiner Mutter. Mir schien, als würden beide über Tante Julias Schicksal nachdenken, die es vorzog, sich vor den

Menschen zurückzuziehen und an einem einsamen Ort zu leben.

«Wir sind bald da», verkündete Nikolai. Meine Eltern hoben die Köpfe, und es war, als tauchten sie von einem fremden Ort auf.

Einmal angekommen, entdeckten wir Tante Julia sofort, sie grub gerade die Beete um. Als sie uns sah, hob sie die Hände und rief laut: «Großer Gott», als hätten wir sie in einem Versteck gefunden.

Meine Mutter war gerührt, sie umarmte sie und murmelte: «Entschuldige, dass wir einfach bei dir auftauchen, aber wir wollten nicht abfahren, ohne dich zu besuchen.»

«Ich habe euch erwartet. Voller Sehnsucht habe ich euch erwartet», sagte Tante Julia in gekünsteltem Ton.

Mein Vater rührte sich nicht von der Stelle. Er betrachtete die beiden Schwestern, als wären sie nicht seine Frau und seine Schwägerin, sondern Rätsel, die er nicht zu lösen vermochte.

Julia wandte sich an meinen Vater und mich. «Kommt rein, das ist mein Königreich. Bonja kennt es bereits, aber ihr wart noch nie bei mir. Es ist wunderbar. Ich hätte mir nicht vorstellen können, wie großartig es ist.»

Sofort sahen wir, dass das Haus zwar geräumig war, aber spartanisch eingerichtet wie eine Mönchsklause. Im Vorderzimmer standen ein Backsteinkamin, ein Kochherd, ein Tisch und zwei Stühle, an der Wand hing eine Lampe. Im Zimmer dahinter standen ein Bett, das mit einem einfachen Überwurf abgedeckt war, eine Kommode und darauf eine Lampe. Auf dem Boden lag eine Matte. Im dritten Zimmer befanden sich ein niedriger Tisch mit einem Plattenspieler, daneben ein Bambussessel und in der Ecke ein hoher Kachelofen.

«Das ist mein Reich. Wo wollt ihr sitzen? Setzt euch doch auf die Matte.»

Tante Julia war aufgeregt. «Mein Haus ist nicht auf Gäste eingerichtet», entschuldigte sie sich. «Seit ich hier wohne, hat mich außer meiner Schwester niemand besucht. Ich habe alles, was ich brauche – ich bin umgeben von Himmel und Wasser und von Bäumen, die mich überragen, ich habe ein Maisfeld zur Rechten und ein Sonnenblumenfeld zur Linken. Für mich selbst habe ich Gemüsebeete und einen Obstgarten, der mir Obst in Hülle und Fülle bringt, Milch, Käse und Butter kaufe ich bei den Bauern. Was braucht ein Mensch mehr? Abends lese ich den ‹Zauberberg›. Auf der Kommode warten schon Flaubert und Proust auf mich. Es fällt einem nicht schwer, diese Landschaft zu lieben. Sie macht die Seele weit. Was sollte ich anderes verlangen?»

Wir waren verblüfft. Noch nie hatte Tante Julia so viel geredet. Es war, als fürchtete sie, wir würden sie etwas fragen, und sie müsse uns deshalb überzeugen, dass sie nichts vermisse.

Sie fuhr fort: «Es ist wahr, anfangs hatte ich Angst vor dem Winter, aber macht euch keine Sorgen. Ich habe wie ein Bauer Baumstämme gesägt. Das Sägen und das Holzhacken waren anstrengend. Nach zwei Stunden Arbeit atmete mein Körper anders.

Doch die Anstrengung hat sich gelohnt: Der Kamin und die beiden Kachelöfen brannten, und ich habe keine Kälte gespürt. Der viele Schnee hüllte das Haus von allen Seiten in warme Decken. Ich habe Musik gehört und den ‹Zauberberg› gelesen. Ich war ganz bei mir. Nichts hat mir gefehlt.»

Tante Julias Ausdrucksweise war seltsam. Als stünde sie vor einer neuen Prüfung. Mein Vater saß auf der Matte, sein Gesicht war ruhig. Auch er war offenbar von Tante Julias Worten angerührt.

Tante Julia bot uns Obst an und sagte: «Der Obstgarten hat dieses Jahr eine üppige Ernte gebracht. Erst wurden die Kirschen reif, dann die Pflaumen und die Pfirsiche, und jetzt sind es die Äpfel und die Birnen. Meine Vorratskammer ist gefüllt.»

Einen Moment lang schien es mir, als wolle sie uns nicht davon überzeugen, dass es ihr an nichts fehlte, sondern als fordere sie uns auf, aus der Stadt fortzuziehen. Als sei die Natur unsere ursprüngliche Umgebung, nicht die Straßen einer Stadt. Als würde die Stadt den Körper und die Seele verderben.

Mein Vater fragte sie, ob sie schon an die Stelle gekommen sei, an der Thomas Mann die Schneeflocken beschrieb.

«Noch nicht», sagte Tante Julia und machte die Augen weit auf.

«Als ich das Buch damals las, hat mich diese Passage besonders beeindruckt. Ich habe verstanden, dass Thomas Mann die Realität von allen Seiten beschreiben wollte. Die chemische, die physikalische, die physische und auch die biologische – das Innere und das Äußere, das Gefühl und die Vernunft.»

«Das stimmt», sagte Tante Julia, schränkte ihre Worte aber sofort ein: «Tschechow steht mir näher, er ist weniger hochmütig.»

Das Wort «hochmütig» überraschte meinen Vater offensichtlich, er sagte vorsichtig: «Der Wille, die menschliche Existenz von allen Seiten zu beschreiben, nennst du hochmütig. Du bevorzugst also die enge Sichtweise?»

Tante Julia gab nicht nach. «Ich habe nicht von Bevorzugung gesprochen, ich habe nur gesagt, dass Tschechow mir näher steht.»

So ging die Diskussion weiter. Ich erinnere mich nicht mehr an die Einzelheiten, doch eins weiß ich noch: Das Gesicht meiner Mutter fiel von Sekunde zu Sekunde mehr zusammen, und ich wunderte mich, dass mein Vater abstrakte Dinge diskutierte, ohne zu merken, dass meine Mutter sich quälte.

Der Anblick meiner Mutter brachte mich wohl dazu, einen

Ton auszustoßen, der die Erwachsenen erschreckte. Meine Mutter kniete sich hin, umarmte mich und sagte: «Was ist mit dir?»

«Vielleicht sollten wir Erwin aufs Bett legen», sagte Tante Julia.

Mein Vater hob mich hoch und legte mich auf das Bett. Meine Mutter deckte mich zu. Ich schloss die Augen und döste ein.

Vermutlich schlief ich ein paar Stunden. Als ich die Augen aufmachte, ging der Tag schon zu Ende. Meine Eltern standen neben dem Bett und betrachteten mich.

«Wie hast du geschlafen, Erwin?»

«Gut.»

«Willst du liegen bleiben oder etwas trinken?»

«Gleich stehe ich auf», sagte ich, und dieser Satz, den ich jeden Morgen sagte, nachdem meine Mutter mich geweckt hatte, brachte meine Eltern zum Lächeln, als verstünden sie, dass ich nur von der langen Fahrt müde gewesen war, und als sei ansonsten alles in Ordnung.

Tante Julia gab mir eine Tasse Tee und eine Scheibe Brot mit Butter und Marmelade. Ich war hungrig, und das frische Brot schmeckte mir. Ich wollte noch eine Scheibe und bekam sie auch.

Nikolai wartete vor der Tür und murrte wegen der Verspätung. Mein Vater versprach, ihn für jede zusätzliche Stunde zu bezahlen. «Da kann man nichts machen, der Junge war krank, wir wollten ihn nicht aufscheuchen.»

Tante Julia wollte uns Obst aus ihrem Garten mitgeben, aber meine Mutter weigerte sich, das Geschenk anzunehmen. «Du wohnst weit weg von allem. Früchte sind für dich ein lebenswichtiges Nahrungsmittel.»

Dann umarmte sie ihre Schwester, drückte sie fest an sich und sagte: «Wir sehen uns bald wieder. Pass auf dich auf.» Auch mein Vater umarmte Julia sanft, ohne etwas zu sagen. Mich drückte Julia an sich und sagte: «Mein guter Junge.»

Wir verabschiedeten uns eilig. Tante Julia stand auf ihrer Türschwelle und winkte. Mir kam es vor, als würde ihr Körper größer und größer, als würde sie gleich ihre Flügel ausbreiten und davonfliegen.

Wegen meines eigenartigen Schlafs hatte ich mir Tante Julias Gesicht nicht genau anschauen können, auch meine Eltern waren an dem Tag zurückhaltend, und mein Vater war abgelenkt durch die Diskussionen. Die Fahrt zu Tante Julia hinterließ in mir die Bilder der asketischen Zimmer, in die sie sich zurückgezogen hatte.

Nach unserer Abreise weinte meine Mutter, als habe sie etwas erfahren, was uns verborgen geblieben war. Mein Vater saß steif auf seinem Platz in der Droschke. Ich verstand nicht, warum er meine Mutter einfach weinen ließ, und sagte: «Wir fahren bald wieder zu Tante Julia.» Bei diesen Worten weinte meine Mutter noch mehr, sie hörte bis zu unserer Rückkehr in die Hütte nicht damit auf.

Noch am selben Abend kam Doktor Zajger zu uns. Er betrachtete mich, befühlte meine Stirn, untersuchte mich und fragte am Schluss, ob ich Lust hätte, Karten zu spielen. Als ich mit einem Lächeln reagierte, lächelte auch er und sagte: «Der Junge ist vollkommen gesund, kein Grund zur Sorge.»

Meine Mutter bereitete das Abendessen zu, und mein Vater spielte mit Doktor Zajger Schach. In der Hütte war es ruhig, als hätten wir eine geheime Bedrohung hinter uns gelassen.

«Ich werde bald wieder abreisen», sagte Doktor Zajger, während er eine Figur über das Brett zog. «Zu Hause warten viele Patienten auf mich.»

«Sie müssen mir versprechen, Doktor Zajger, dass Sie nicht jeden Ruf annehmen, es gibt eine Grenze des Zumutbaren.»

Doktor Zajger hob den Blick vom Schachbrett. «Wenn nicht ich, wer dann?»

«Sie sind nicht für die ganze Welt verantwortlich.»

«Was soll ich machen, ich habe mir ja nicht die Verantwortung für die ganze Welt ausgesucht, nur für mein Stadtviertel, in dem dreitausend Menschen leben, Männer, Frauen und Kinder. Jemand muss sich um die Schmerzen dieser Menschen kümmern. Machen Sie sich keine Sorgen, ich bin erst fünfzig Jahre alt, ich habe noch genug Kraft dafür.»

«Verzeihen Sie», sagte mein Vater und hob entschuldigend die Hände.

51

Als die Ferien langsam zu Ende gingen, schwammen meine Eltern sehr viel. Ich durfte noch nicht wieder schwimmen. Daher saß ich im Gras, schaute den Schwimmern zu und betrachtete die Feriengäste, die sich sonnten.

Als ich erfuhr, dass wir bald nach Hause fahren würden, kam meine alte Angst wieder hoch: Pjotr. Ich sah ihn vor mir, seine breiten Zähne, und hörte seine raue Stimme. Früher hatte ich geglaubt, dass die Turnübungen, die ich mit meinem Vater machte, meine Ängste vertreiben würden. Aber sie hielten an und verfolgten mich bis in den Schlaf.

Ich quälte mich: Ein Junge in meinem Alter darf keine Angst haben, sagte ich mir. Ich muss Schläge einstecken und selbst zuschlagen. Ohne diese Härte werde ich mich weiter wie gelähmt fühlen. Mein Vater hatte diese Einsicht vermutlich zu spät und versucht nun bei jeder Gelegenheit, mich stärker zu machen. Ich renne, ich turne, ich hebe Gewichte, aber es ist nichts zu machen, diese Übungen stärken zwar meine Muskeln, aber Pjotrs Fratze können sie nicht vertreiben.

Inzwischen waren mein Vater und meine Mutter aus dem Wasser gestiegen. Meine Mutter nahm Äpfel und Pfirsiche aus ihrem Rucksack, und wir setzten uns zum Essen ins Gras. Manchmal glaubte ich, wir würden uns von den Feriengästen am Ufer nur wegen ihrer Mahlzeiten absondern.

Meine Eltern waren heiter und zufrieden, nachdem sie zusammen über den Pruth geschwommen waren. Der Kummer wegen Tante Julia schien für einen Moment vergessen.

Auch Karl König war aus seiner Hütte gekommen, um zu schwimmen. Mein Vater fragte ihn, wie lange er noch bleiben wolle, eine Frage, die mein Vater Fremden sonst nicht stellte.

«Bis ich das aktuelle Kapitel fertig habe – ich fahre nicht nach Hause, bis es mir gelungen ist. Wenn ich mich nicht irre, wird das in einer Woche sein oder in anderthalb.»

«Dann werden Sie unter den Letzten sein», sagte mein Vater.

«Ich kann nicht nach Hause fahren, solange das Kapitel noch voller Risse ist. Ich muss die Risse ausbessern und die Absätze verdichten. Ich rede nicht von Vollkommenheit. Zu Hause werde ich noch weiter daran schleifen, aber das Kapitel muss stehen, bevor ich die Hütte verlasse.»

Karl König sprach nun von Details und vom großen Ganzen. Man dürfe sich nicht in Einzelheiten verlieren, sondern müsse die wichtigen auswählen. Überflüssige Details seien eine Last. Der Roman sei schließlich eine Idee, und die Idee dürfe nicht in einem Meer von Details verschwinden.

«Woher weiß man, was wichtig und was unwichtig ist?», fragte mein Vater.

«Im Lauf der Jahre lernt man das rechte Maß, wie jeder

Handwerker. Die Beschränkung ist jedenfalls eine wichtige Eigenschaft anständiger Literatur. Ich versuche, jedes überflüssige Wort auszuradieren. Und ich habe das noch nie bereut.»

«Was nennen Sie ‹Idee›?», fragte mein Vater.

«Das ist etwas, das den Leser beschäftigen soll. Wenn wir einmal Zeit haben, setzen wir uns hin und unterhalten uns länger darüber. Schade, dass die Zeit so schnell vergeht. Mir rinnen die Tage durch die Finger. Wir sehen uns hoffentlich im nächsten Jahr wieder. Wann verlassen Sie das Ufer?»

«Wahrscheinlich in drei Tagen.»

«Es lebe das nächste Jahr», rief Karl König mit einer seltsamen Stimme und lief ins Wasser.

52

Die Gerüchte über einen nahen Krieg nahmen zu und standen uns immer deutlicher vor Augen. Einige Gäste waren überzeugt, dass es besser sei, zurückzukehren und auf das eigene Haus aufzupassen. Andere sagten, jeder Tag Ferien sei ein Geschenk. Wer wisse schon, wann wir wieder unter einem Baum am Wasser sitzen und die Ruhe genießen könnten.

Auch jetzt verschwand der Spott nicht aus den Blicken meines Vaters. Wie immer versuchte meine Mutter, das Gute im Menschen zu sehen. Die eine sei krank, ihre Tage seien gezählt. Dem anderen sei vor einem Monat die Frau gestorben. Und ein Dritter habe sein ganzes Geld bei Wetten verloren. Wir dürften kein Urteil über einen Menschen fällen, schließlich seien wir weder Staatsanwälte noch Richter.

Slobo kam zu uns, wandte sich an mich und fragte: «Wie geht es dem jungen Herrn?»

«Er war krank und ist nun wieder gesund», antwortete meine Mutter für mich.

«Man darf sich keine zu großen Sorgen machen, unser Körper ist eine ausgezeichnete Maschine, nur ist er manchmal geschwächt, wird von Bakterien befallen, dann ist es besser, man legt sich ins Bett. Bei der Armee hat man mir gesagt, es ist besser, sich dann zurückzuziehen, zu ruhen, viel zu trinken und es dem Körper zu überlassen, sich zu verteidigen.»

Das Gesicht meines Vaters nahm einen eigenartigen Ausdruck an, als Slobo sprach. Manchmal machte er Slobos Bassstimme nach, die Selbstsicherheit, mit der er von seiner langen Zeit beim Militär sprach. Seine Bildung war gering, sein medizinisches Wissen beschränkt, doch wegen der Erfahrungen, die er im Krieg gesammelt hatte, neigten die Feriengäste am Ufer dazu, seinen Rat anzunehmen.

Dennoch mochte mein Vater ihn und fragte ihn nach seiner Zeit beim Sanitätsdienst aus, den er geleitet hatte.

«Ein Sanitäter ist nur ein Sanitäter», sagte Slobo oft bescheiden. «Aber man darf seine Erfahrung nicht geringschätzen. Ein Sanitäter sieht viele Verwundete, und nicht wenige auf dem Schlachtfeld sind schwer verwundet. Wenn kein Arzt da ist, tut ein Sanitäter, was sonst ein Arzt tut. Unter Beschuss ist er der rettende Engel und unersetzbar.»

«Was denken Sie über den Krieg? Kommt er wirklich näher?», fragte ihn mein Vater wie einen erfahrenen Offizier.

«Ich rieche Schießpulver», antwortete Slobo und berührte seine Nasenflügel.

«Wird er ähnlich sein wie der letzte Krieg?»

«Das wollen wir nicht hoffen. Der letzte Krieg war grausam, das war kein Krieg, das war ein Massaker.»

«Und was schlagen Sie vor: sofort nach Hause zu fahren oder bis zum Ende der Ferien zu bleiben?»

«Es hat keinen Sinn, sich zu beeilen. Warten Sie ab. Das ist es, was ich meistens tue.»

«Die Feriengäste sind bereits panisch. Was raten Sie ihnen?»

«Die Juden sind immer panisch, da kann man nichts machen. Jedes Gerücht verdoppelt oder verdreifacht sich bei ihnen. Es ist bedauerlich, dass sie in ihrer Jugend nicht beim Militär waren. Das Militär ist gut für den Körper und für die Seele. Das Militär lehrt nicht nur Gehorsam, sondern auch Gelassenheit. Die Juden sind widerspenstig. Beim Militär lernt man, Befehle zu befolgen, zu marschieren und sich selbst zu vergessen.»

«Aber ist das nicht dumm?», fragte mein Vater, der sich nicht mehr beherrschen konnte.

Slobo erschrak und sagte: «Das ist kein bisschen dumm. Das Militär lehrt Ordnung. Es gibt kein Leben ohne Ordnung, ohne ordentliche Kleidung und ohne strammzustehen. Ohne Ordnung ist alles ein großes Durcheinander.»

Mein Vater hatte eines vergessen: Für Slobo war, wie für alle Berufssoldaten, das Militär über jeden Zweifel erhaben.

Plötzlich hob Slobo den Kopf, betrachtete meinen Vater von oben bis unten, und sein Blick sagte: Jetzt sehe ich, dass auch Sie ein hoffnungsloser Jude sind. Ich habe gedacht, Sie wären anders, Sie wären ein sportlicher Jude. Es zeigt sich, dass ich mich geirrt habe, tief in Ihnen steckt der alte Jude.

Er verabschiedete sich mit einem flüchtigen «Auf Wiedersehen». Ich sah ihm an, dass er enttäuscht war, weil er meinen Vater falsch eingeschätzt hatte.

Mein Vater hingegen kehrte in die Hütte zurück und fing wortlos an zu lachen. Meine Mutter, die bei dem Gespräch nicht dabei gewesen war, war erstaunt, schon lange hatte sie meinen Vater nicht so laut lachen gehört. Sie fragte: «Was ist passiert?», als würde mein Vater nicht lachen, sondern krümme sich vor Schmerzen. Mein Vater brachte kein Wort heraus, erst später, als er sich beruhigt hatte, erzählte er es ihr. Da entspannte sich ihr Gesicht.

53

Jeden Tag reisten ein oder zwei Paare ab, und jedes Mal fragte man sie: «Warum brechen Sie Ihre Ferien ab?»

Auch die Abschiede hatten ein eigenes Ritual: Die Feriengäste versammelten sich auf dem Hof der Leute, die abreisen wollten, um sie zum Bleiben zu überreden, und wenn ihre Versuche vergeblich blieben, wünschten sie ihnen eine angenehme Heimreise und alles Gute bis zum nächsten Jahr. Dann verteilten die Abreisenden alle Lebensmittel, die in ihrer Speisekammer übrig geblieben waren, unter den Verbliebenen und machten sich auf den Weg.

Ich war Zeuge einer Verabschiedung, die von heftigen Gefühlen und Tränen begleitet war. Die Frau, die abfuhr, versicherte weinend: «Ich werde euch und alles, was ihr für mich getan habt, nie vergessen. Wenn mein Vater nicht krank geworden wäre, würde ich hierbleiben. Es gibt keinen besseren Ort als diesen, das ist ein Paradies. Jetzt muss ich mich von diesem Ort trennen, und wer weiß, was mir bevorsteht.»

Die Menschen blieben weinend zurück. Das Weinen gehörte hierher, jedes Lied und jeder Vers, ganz zu schweigen von Fotos aus alten Tagen, brachten die Menschen zum Schluchzen. Mein Vater konnte natürlich nicht anders, als sie mit kritischen Blicken zu betrachten. Er nannte diese Verabschiedungen Gefühlsduselei, Getue und Verstellung. Jede Verabschiedung führte bei ihm zu neuem Sarkasmus, zu neuen beleidigenden Ausdrücken.

Einmal hörte ich, wie meine Mutter ihn fragte: «Warum hast du kein Erbarmen mit diesen Menschen?»

«Eine solch lächerliche Sentimentalität verdient kein Erbarmen», antwortete er, ohne sie anzuschauen.

Die gefühlvollen Verabschiedungen beeindruckten mich und drangen bis in meinen Schlaf. Im Traum versuchen Polizisten und brutale Bauern, sich zwischen meine Eltern und mich zu drängen. Meine Eltern umklammern mich, schaffen es aber nicht, mich ihren Händen zu entreißen, und am Ende falle ich aus dem Bett und wache auf.

Am nächsten Morgen fragte ich meine Mutter, ob der Krieg uns trennen würde.

«Wie kommst du denn darauf?»

«Im Traum hat man versucht, uns zu trennen», gab ich zu.

«Wir werden zusammenbleiben», sagte sie und lächelte.

Mir fiel auf, dass sie diesmal nicht «immer» sagte.

Ich schlug ein Heft auf und schrieb auf die erste Seite: «Tagebuch». Nicht «Mein Tagebuch», das klang mir zu kindlich.

Die Tage hier gehen zu Ende. Jede Regung und jeder Anblick erstaunen mich. Die Menschen, die abfahren, hinterlassen am Ufer Unruhe. Die Abschiedsworte sind normal geworden: «Vergiss nicht, mir zu schreiben», heißt es oder: «Man darf sich nicht zu große Sorgen machen, was heute schwarz scheint, ist morgen hell wie die Mittagssonne.» Die Worte sind vertraut, doch hinter ihrem harmlosen Klang verbirgt sich Angst. Nur Slobo steht da wie ein Fels. Er wird bleiben bis zum letzten Tag. Ängste werden ihn nicht von seinem Platz vertreiben. Wenn man für einen Moment an seinem Entschluss zweifelt, wiederholt er nur: «Ich bleibe bis zur letzten Stunde hier.»

Ich bereue, dass ich erst jetzt beschlossen habe, ein Tagebuch zu führen. Schon zu Beginn der Ferien drängte mich meine Mutter, mir Notizen zu machen, doch ich beschloss, meine Aufzeichnungen auf später zu verschieben. Meine Mutter sagt: «Was einem im Moment wichtig vorkommt, kommt einem vielleicht in einem Monat nicht mehr wichtig vor, ganz zu schweigen von in einem Jahr.» Ich habe das Gefühl, dass sie recht hat, aber das ist nicht der Grund dafür, weshalb ich nichts aufschrieb. Das Schreiben fällt mir schwer, es fällt mir schwer, Worte miteinander zu verbinden, und wenn sie dann verbunden sind, kommen sie mir unpassend vor. Meine Mutter sagt, man müsse die Hand trainieren, damit sie, wenn es einmal so weit wäre, bereit sei, Gefühle auszudrücken. Ich nehme an, dass sie diesen Satz von einem ihrer Klavierlehrer hat. Ob er auch auf das Schreiben zutrifft, wird sich, denke ich, erst später herausstellen.

Die Tage hier gehen zu Ende. Doch es gibt noch Menschen, die Tag für Tag erstaunlich fröhlich zum Ufer gehen, als würden diese Ferien nie ein Ende haben. Ihre Gelassenheit ist eine Herausforderung für alle, die abgefahren sind oder denen die Abreise kurz bevorsteht. Slobo schätzt sie hoch ein, er betrachtet sie wie Soldaten, die nicht nur Befehle ausführen, sondern sich Mühe geben, das besonders gut zu tun.

Heute hat uns der Brief von einer Freundin meiner Mutter erreicht. Sie schreibt: «Die Stadt ist im Aufruhr. Die Straßenbahnen fahren unregelmäßig, die Menschen gehen lieber zu Fuß, und wegen all der Fußgänger ist die Stadt übervoll. Alle fragen sich, ob das Schuljahr pünktlich anfangen wird. Es fehlt nicht an Gerüchten, aber in den Kaffeehäusern servieren sie Kaffee und Kuchen, und ich sage mir, solange man noch Kaffee und Kuchen serviert, ist das ein Zeichen, dass das Leben seinen gewohnten Gang geht. Hoffen wir, dass die düsteren Prophezeiungen verschwinden und wir unser Leben weiterführen können wie bisher. Ich erwarte euch sehnsüchtig, Silvia.»

54

Meine nächtlichen Albträume hören nicht auf, dennoch macht der Gedanke, dass wir in ein paar Tagen das Ufer verlassen werden, mich traurig. Ich weiß, dass die Menschen, die ich getroffen habe, keine Helden sind, einige sind sogar angsteinflößend, abstoßend oder lächerlich. Trotzdem habe ich das Gefühl, dass sie mich begleiten werden, auch wenn ich wieder zu Hause bin.

Gusta besucht uns jeden Tag und ist immer freundlich. Sie und meine Mutter sitzen auf Hockern und unterhalten sich leise. Seltsam, ich spüre, dass Gusta auch etwas auf mich überträgt, obwohl ich nicht bei ihnen sitze. Zwischen den Gesprächen schweigt sie. Manchmal sieht sie besorgt aus und sagt: «Ich bete, dass uns der nahende Krieg nicht voneinander trennt.»

Mir ist etwas aufgefallen: Gusta benutzt oft das Wort «beten», und wie alle Wörter, die sie benutzt, hat auch dieses einen eindringlichen Klang.

Ich würde sie gern aus der Nähe betrachten, aber ich wage es nicht, an sie heranzutreten. Ich glaube, sie und meine Mutter haben einander viel zu sagen. Man darf sie nicht stören. Jede Störung reißt sie aus ihrem Gespräch.

Einmal hörte ich Gusta sagen: «Es gibt Menschen, die meine Gedanken für Tage durcheinanderbringen. Sie sagen nichts zu mir und ich nichts zu ihnen, doch allein ihr Auftauchen bringt mich aus der Fassung. Erst wenn sie verschwinden, komme ich wieder zu mir. Es fällt mir schwer, das zu erklären.»

Eins der schlanken jungen Mädchen kam zu uns und sagte: «Morgen fahren wir nach Hause. Ich wollte mich verabschieden. Es war sehr angenehm, Sie zu treffen.»

Mein Vater war überrascht von ihrem Auftreten und sagte: «Die Saison ist noch nicht zu Ende, warum haben Sie es so eilig?»

«Wir würden gern noch ein paar Tage bleiben, aber das Semester beginnt bald, und wir müssen pünktlich zurück sein.»

«Was studieren Sie, wenn man fragen darf?»

«Medizin», antwortete sie mit gesenktem Kopf.

Die jungen Mädchen hatten eine andere Stimmung ans Ufer gebracht. Zwar waren sie Jüdinnen, aber der jahrelange Sportunterricht am Gymnasium und vielleicht eine Mitgliedschaft im Sportverein Spartakus verliehen ihnen ein anderes Aussehen. Ich erinnere mich nicht, dass sie irgendwo gesessen und sich mit anderen Feriengästen unterhalten hätten, auch miteinander führten sie kaum Gespräche. Sie saßen da und schwiegen, schwammen und machten Gymnastik.

Mein Vater sagte zu uns: «Sie sind schon angepasst. Ihr Jüdischsein wird niemanden mehr stören.»

«Ihr Jüdischsein verleiht ihnen ihre besondere Art», sagte meine Mutter.

«Ihre besondere Art?» Mein Vater verzog die Lippen.

«Ein Mensch sollte nicht den Glauben seiner Väter abschütteln.»

Viele Jahre lang trug ich das Bild der schlanken Mädchen in mir. Sie lebten in meinem Gedächtnis weiter, ohne dass ich mir dessen bewusst war. Und plötzlich erinnerte ich mich daran, wie sie aus dem Wasser stiegen und Tropfen verspritzten, wie sie sich in ihre bunten Handtücher hüllten und sich ans Ufer setzten.

So werde ich sie vermutlich immer vor mir sehen.

In den letzten Tagen beschäftigte ich mich damit, Rechenaufgaben zu lösen und Zusammenfassungen der Bücher zu schreiben, die ich gelesen hatte. Ich tat das nicht gern. Mein Vater kontrollierte meine Übungen und war zufrieden. Meine Mutter las meine Leseprotokolle, war angerührt und sagte, sie seien gut geschrieben.

Das Lesen fiel mir leichter als das Schreiben. Mein Vater behauptete, ich läse zu schnell. Beim Lesen solle man innehalten und über das nachdenken, was man gelesen hatte. Lesen ohne nachzudenken sei, als würde man eine dünne Suppe essen.

Schon damals fürchtete ich mich vor dem Schreiben. Insgeheim wusste ich, dass es mit schmerzhaften Beobachtungen verbunden war, doch ich konnte mir noch nicht vorstellen, dass es mir im Lauf der Zeit zur Zuflucht werden könnte und dass ich beim Schreiben nicht nur zu mir selbst finden würde, sondern auch zu jenen, die in meinem Gedächtnis verborgen sind, an deren Gesichter ich mich erinnern kann.

55

Die Gerüchte tun das ihre. Wenn Gespräche über den nahenden Krieg aufkommen, springt Slobo in die Bresche und behauptet, es sei verboten, sich von Schreckensgeschichten herunterziehen zu lassen. Jeder Krieg sei schrecklich, aber um ihn zu überstehen, müsse man geduldig und gelassen bleiben. Karl König achtet nicht auf die Gerüchte. Er ist ganz und gar in das Kapitel versunken, an dem er schreibt. Er wird das Ufer nicht verlassen, bevor er es nicht abgeschlossen hat.

Für die meisten Feriengäste ist der Aufenthalt am Ufer süßes Nichtstun, für Karl König dagegen ist er ein Fieber, das morgens beginnt und spät in der Nacht abklingt. Mancher hat sich schon gewundert, warum er bei der ganzen Aufregung hier nicht lieber zu Hause geblieben ist, fernab von störenden Menschen, die ihm dumme Fragen stellen.

«Ein bisschen Aufregung schadet mir nicht beim Schreiben. Sie ist manchmal ein Ansporn und bringt neue Wörter mit sich, die ich bereits vergessen habe», antwortet Karl König darauf gut gelaunt.

«Braucht man zum Schreiben nicht Ruhe und Konzentration?», fragt jemand.

«Vergessen Sie nicht, ich bin Jude. Ohne andere Juden bin ich verloren.»

Eins muss man dazu wissen: Karl König war mit Martha Sturm verheiratet, einer Wienerin katholischen Glaubens. Vor vier Jahren haben sie sich getrennt, und seither verbringt er den Sommer am Ufer. Hätte er noch Eltern gehabt, wäre er sicher zu ihnen gefahren. Aber seine Eltern waren nach Amerika ausgewandert. Ohne ein Zuhause ist das Ufer zu seiner Heimat geworden.

«Warum sind Sie nicht mit Ihren Eltern ausgewandert?», fragt eine Frau, die sich nicht zurückhalten kann.

«Vergessen Sie nicht, meine Dame, meine Muttersprache ist Deutsch. Die Sprache ist die Seele eines Menschen, und sie ist mein Instrument. Was soll ich in der amerikanischen Fremde anfangen? Gott sei Dank sprechen hier alle Deutsch. Glauben Sie mir, ich bin froh, jedes Jahr zu kommen. Hier bin ich unter Cousins. Jeder ist in dieser Hinsicht mein Verwandter. Ich suche nicht die Fremde. Ich war schon in der Fremde.»

Um die Wahrheit zu sagen, hatte er sich damals, als er mit Martha Sturm verheiratet war, von den Juden abgewandt. Alle hielten das für Verleugnung und Hochmut. Jetzt wissen sie: Sein Leben mit Martha Sturm verlief nicht glatt. Er suchte Glück und fand nur Fremdheit.

«Der Krieg kommt näher. Was werden Sie dann tun?»

«Das, was alle Juden tun werden. Wenn sie zu Hause bleiben, bleibe ich auch zu Hause. Wenn sie in die Natur gehen, gehe ich auch in die Natur. Wenn sie auswandern, wandere ich auch aus. Ich habe nicht die Absicht, mich von den anderen Juden zu entfernen.»

«Schreiben Sie über uns?», fragen sie ihn bis zur Erschöpfung.

«Nein», sagt Karl König entschieden. «Ich schreibe über mich selbst, aber nicht, weil ich besonders viel von mir halte. Das Leben ist so unbeständig, so geheimnisvoll, was können wir darüber sagen? Wir flattern im Netz, mit diesem Flattern beschäftige ich mich.»

«Das verstehe ich nicht», sagt die Frau, die diesmal gefragt hat.

«Beim nächsten Mal werde ich versuchen, es Ihnen näher zu erklären.»

«Entschuldigen Sie, falls ich Sie gekränkt habe.»

«Sie haben mich nicht gekränkt. Sie haben eine sachliche Frage gestellt, auf die ich offenbar eine unklare Antwort gegeben habe.»

56

Doktor Zajger hat sich entschlossen, nun nach Hause zu fahren, und kommt, um sich von uns zu verabschieden. Diesem großen, angenehmen, leicht nach Eau de Cologne duftenden Mann machen viele reiche Witwen den Hof, aber er geht ihnen nicht ins Netz, denn er ist seinen Patienten treu ergeben.

Seine Anhänger sagen, er sorge nicht genug für sich selbst, für seinen Lebensunterhalt. Doktor Zajger weist diese Behauptung zurück.

«Jede Diagnose ist richtig. Jedes Medikament, das Schmerzen lindert und den Patienten beruhigt, macht mich glücklicher als das Geld, das ich bekomme. Außerdem: Reiche Frauen neigen nicht dazu, etwas von ihrem Geld abzugeben. Sie wollen noch reicher werden. Mir sind meine Patienten lieber.»

«Und was ist mit der Zukunft?», fragen seine Anhänger besorgt.

«Meine Zukunft ist gesichert. All die armen Kranken im Viertel sind zu mir gekommen und werden weiter kommen. Ich freue mich über sie, und sie freuen sich über mich. Geld kommt, und Geld geht. Jeder Patient, dem ich helfe, ist eine sichere Investition.»

Meine Mutter hat das Abendessen vorbereitet: einen Auflauf mit Käse und Sauerrahm, einen Apfelkuchen und zum Nachtisch Waldbeeren. Doktor Zajger verzichtet auf Fleisch, und die Mahlzeiten meiner Mutter schmecken ihm gut.

Nach dem Essen stellt mein Vater die Schachfiguren auf das Spielbrett und verkündet: «Dies ist die letzte Partie auf jüdischem Territorium. Seien Sie vorsichtig, mein Freund, ich spiele mit viel List.»

«Ich bin bereit, geschlagen zu werden.» Doktor Zajger nimmt seinen Strohhut ab.

Mein Vater spielte an diesem Abend besonders gut. Er durchbrach die Kampflinie seines Gegners, seine Pferde drangen weit vor, versperrten den Rückzug. Doktor Zajgers Züge waren gezwungen und verzweifelt. Der Mann, der für seine Diagnosen berühmt war, saß hilflos vor dem Schachbrett. Am Schluss hob er die langen, weißen Hände und sagte: «Ich bin an allen Fronten geschlagen. In Zukunft muss ich meine Grenzen anerkennen.»

Mein Vater überraschte mich, als er sagte: «Auch für das Schachspiel braucht man Glück. Nicht alles beruht auf Nachdenken.»

Doktor Zajger widersprach: «Sie haben den Verstand für Schach – ich nicht. Das ist eine Tatsache, die man einfach anerkennen muss.»

Den ganzen Abend über, der sich bis in die Nachtstunden zog, ließ Doktor Zajger keine ironische Bemerkung fallen. Er saß am Tisch, trank Tee und sah aus, als würde er mehr und mehr in sich versinken und bald ganz verschwinden.

Mein Vater versuchte, ihn aus seinem Kummer zu ziehen, er erzählte ihm Episoden aus seiner Studentenzeit und von einer ukrainischen Studentin, der er einst den Hof gemacht hatte. Seine Eltern waren mit seinem Werben nicht einverstanden gewesen, und sein Vater hatte gesagt: «Ich sehe, dass du deines Stammes überdrüssig bist. Ich bin mir allerdings nicht sicher, ob du Freunde bei den Ukrainern findest.»

«Ein paar Tage vor Ostern habe ich Marias Eltern besucht. Der Vater, ein Gutsbesitzer, ein großer, kräftiger Mann, fragte nach meinem Namen und forderte mich auf, mich zu setzen.

‹Was hat ein Jude bei Ukrainern verloren?›, fragte er.

‹Ich liebe Ihre Tochter Maria, und ich bitte darum, sie heiraten zu dürfen.›

‹Sie wollen Maria zur Frau nehmen?›, sagte er und musterte mich vom Kopf bis zu den Füßen.

‹Ja, ich bin gekommen, um Sie um Erlaubnis zu bitten.›

‹Das ist schön von Ihnen, aber Sie wissen: Jeder Mensch mit seinem Teller Suppe. Ein Jude hat seinen Teller Suppe, ein Ukrainer einen anderen. Ein Jude mischt nicht Fleisch und Milch. Ein Ukrainer tut das. Juden sind Händler, wir sind Bauern.›

Ich wollte ihn besänftigen und sagte: ‹Ich richte mich nicht mehr nach den Gesetzen meiner Vorfahren.› Doch ausgerechnet dieses Argument brachte ihn aus der Fassung. ‹Sie achten die Gesetze Ihrer Vorfahren nicht? Sind Sie denn besser als sie? Sind Sie klüger als sie? Sie gehen schon Ihre eigenen Wege? Ich sage Ihnen etwas, was Ihnen vielleicht nicht gefallen wird: Ein Jude muss ein Jude bleiben. So hat Gott ihn erschaffen. Ein Jude, der kein Jude sein will, ist ein Teufel. Und jetzt, nachdem ich Sie angehört habe, heben Sie gefälligst Ihre Füße und verschwinden. Wenn ich Sie erwische, wie Sie mit Maria ausgehen, schlage ich Sie zusammen.›

Und so endete mein Werben um das Christentum», schloss mein Vater leichthin.

Meine Mutter hatte diese Geschichte schon oft gehört und stieß ein lautes Lachen aus, das ich an ihr nicht kannte. Doktor Zajger tauchte kurz aus seiner Traurigkeit auf und wiederholte den Satz, den der Ukrainer gesagt hatte: «‹Ein Jude muss ein Jude bleiben. So hat Gott ihn erschaffen.› Ein interessanter Satz. Man hätte nicht erwartet, dass ein Ukrainer ihn sagt.»

Wir blieben noch lange sitzen. Meine Mutter zerteilte eine Wassermelone, die sie uns servierte. Ich war müde. Die Bilder der Nacht sickerten langsam in die Dunkelheit und hüllten mich ein. Das Sprechen und Flüstern begleiteten meine Müdigkeit noch lange, bis mir die Augen zufielen.

57

Seltsame Geräusche weckten mich. Es stellte sich heraus, dass einer der Männer am Ufer sich betrunken hatte, und als er unsere Hütte erreichte, behauptete er, die Feriengäste hätten sich vom Glauben ihrer Vorfahren entfernt und säßen hier in der Sonne, als gäbe es keine Gesetze mehr auf der Welt.

Mein Vater wandte sich an ihn und fragte ohne Zorn: «Was wollen Sie, dass sie tun?»

«Sie sollen beten. Es gibt keine Welt ohne Gebete.»

«Und wenn sie das nicht können?»

«Dann sollen sie sich bemühen. Wer nicht betet, wird bestraft werden.»

«Wann wird er bestraft werden?» Mein Vater ahmte den Ton des Betrunkenen nach.

«In dieser und in der nächsten Welt. Es gibt kein Entkommen. Die Augen Gottes sehen alles. Wenn du glaubst, du könntest alles tun, was dir gerade in den Sinn kommt, dann irrst du dich. Denn es ist ein hoher Hüter über den Hohen.»

«Möchten Sie vielleicht eine Tasse Kaffee?», fragte meine Mutter.

«Ich will keinen Kaffee. Ich möchte, dass Sie zum Gebet zurückkehren. Das ist alles, mehr nicht.»

«Und wenn wir das Gebet vergessen haben?», fuhr mein Vater mit leiser Stimme fort, wie um den Mann zu ärgern.

«Dann müssen Sie es wieder lernen. Rav Jizchak, der den Kindern jahrelang die Gebete beigebracht hat, ist bereit zu unterrichten. Er sitzt im alten Lehrhaus und wartet auf Menschen, die lernen wollen.»

«Am Ende der Ferien werden wir zu ihm gehen», sagte mein Vater, um den Mann zu besänftigen.

«Das ist zu spät. Sie müssen jetzt zu ihm fahren, sofort.»

«Lassen Sie uns erst den Kaffee austrinken.»

«Ich sehe, dass Sie mich nicht verstehen.» Mit schwankenden Schritten ging er auf meinen Vater zu.

«Ich verstehe Sie gut. Sie können sich gar nicht vorstellen, wie gut ich Sie verstehe.»

«Wo sind die Pferde? Wo ist die Droschke?» Der Betrunkene riss die Augen auf.

«Sie kommen bald, sie sind unterwegs. Sie können inzwischen zu Ihrer Hütte gehen und schlafen.»

«Lügner. Alles Lügner. Ich glaube Ihnen nicht», sagte der Mann laut und ging davon.

Dieser Überfall hatte uns geweckt. Wir saßen draußen und betrachteten die nächtlichen Lichter, die ihre Farbe wechselten. Der Anblick des betrunkenen Mannes, seine Behauptungen und sein Schimpfen hallten noch lange in unseren Ohren nach.

«Betrunkene sind erstaunlich sprachgewaltig», meinte mein Vater.

Meine Mutter sagte: «Vermutlich quält sie das Gewissen.»

Beide verurteilten das Verhalten des Betrunkenen nicht, es war, als stimmten sie darin überein, dass Betrunkene alles sagen dürften und dass man auf sie eingehen müsse, solange sie nicht gewalttätig wurden.

Ich erinnerte mich an unsere nächtlichen Eisenbahnfahrten, an das sanfte Rattern des Waggons, an die freundliche Kellnerin, die uns Erdbeerkuchen und Tee in dünnen Porzellantassen brachte, an meine Eltern, die Abendkleidung trugen, auch für mich hatten sie vor der Reise einen Anzug gekauft.

Jetzt war es anders: Wir saßen im Licht, das nie ganz erlosch, halb Tageslicht, halb Licht der Nacht. Mein Vater und meine Mutter waren schon bereit, nach Hause zu fahren, ich noch nicht.

Die Bilder vom Ufer verlassen mich nicht. Wenn ich die Augen schließe, sehe ich sie vor mir, als würden sie mich bitten, mich an sie zu erinnern. Dabei brauche ich mich gar nicht erinnern, ihre Gesichter sind tief in mich eingesunken, und ich nehme sie mit, egal, wohin ich gehe.

In den letzten Tagen sehe ich oft Karl König vor mir, er sieht dem Besitzer des Brillengeschäfts an der Straßenecke ähnlich. Sein Aussehen ist nichts Besonderes, aber wenn er spricht, dann erhellt sich sein Gesicht und die Worte, die aus seinem Mund kommen, klingen, als läse er sie aus einem Buch vor.

Wenn ich eines Tages Schriftsteller bin, werde ich ihm vermutlich ähnlich sein.

58

Am nächsten Morgen gingen wir zu Doktor Zajger, um ihn zu verabschieden. Zu unserer Überraschung kamen viele Leute, einige brachten ihm Geschenke. P. hatte rechtzeitig Blumen bestellt und überreichte sie mit einer Verbeugung. Der einbeinige Mann gab ihm eine Schachtel mit der kleinen Skulptur eines japanischen Künstlers.

Doktor Zajger war gerührt und murmelte die ganze Zeit: «Das ist doch nicht nötig. Warum denn?», aber die Liebe kannte keine Grenzen. Doktor Zajger, der ein großer Mann war, schien plötzlich geschrumpft, als wolle er durch einen Hinterausgang vor dieser unverhofften Feierlichkeit fliehen.

P. vergoss aufrichtige Tränen. «Doktor Zajger verlässt uns. Wer wird jetzt auf uns aufpassen, wer wird uns Ratschläge geben, wer wird unsere Wunden verbinden?» Ihr Weinen und ihr Gemurmel verliehen ihr das Aussehen einer Frau, die zu spät erkannt hat, in welcher Zwickmühle sie sich befand.

Der einbeinige Mann blieb beherrscht. Seine Krücken verliehen ihm Bedeutung, als würde er sagen: Es lohnt sich nicht zu weinen. Rührung und Weinen ändern nichts. Man sollte sich ehrenvoll und ohne Getue von Doktor Zajger verabschieden.

Aber eine von Doktor Zajgers alten Patientinnen konnte sich nicht beherrschen und rief schrill: «Sie müssen wissen, dass wir Sie lieben. Nicht nur wegen Ihrer zuverlässigen Diagnosen, sondern wegen Ihrer Menschlichkeit, wegen Ihrer Bereitschaft, nachts aufzustehen, um rechtzeitig zu einem

Schwerkranken zu gehen. Wer kann Ihre vielen Vorzüge aufzählen? Nicht einmal hier hat man Ihnen Ruhe gegönnt. Nur wer Gott im Herzen trägt, kann das tun, was Sie getan haben. Sie sind ein Abgesandter Gottes auf dieser Welt. Wir müssen von Ihnen das Lieben lernen. Sie haben uns geliebt, jetzt wird es Zeit, dass wir Sie lieben. Fahren Sie in Frieden, Herr Doktor, in ein paar Tagen werden auch wir das Ufer verlassen und Sie wiedersehen. Ohne Sie ist unser Leben nichts wert.»

Staunen und Stille verbreiteten sich, das Schluchzen ließ nicht auf sich warten. Auch meine Mutter weinte. Ich griff nach ihrer Hand. Ich hatte Sorge, dass die Seufzer den Menschen schaden würden, dass sie auf die Knie fallen und beten oder laut schreien würden.

Doktor Zajger schüttelte den Kopf und sagte: «Ich bin kein Gerechter und kein Retter. Ich bin nur ein Arzt. Ich tue nur meine Pflicht. Nie habe ich mehr getan als meine Pflicht. Sprechen Sie mir nicht zu, was ich nicht habe. Haben Sie Mitleid mit mir.»

Doch die Menschen, die ihn umringten, ließen sich nicht davon abbringen. Sie priesen ihn laut: «Sie sind unser Arzt. Sie sind von oben zu uns geschickt worden.»

Wer weiß, welche Emotionen noch zum Ausdruck gekommen wären, wenn in diesem Moment nicht die Droschke aufgetaucht wäre, die für neun Uhr bestellt war. Doktor Zajger zögerte nicht – er stieg ein und bedeutete dem Kutscher loszufahren.

59

Die Menschen blieben noch lange vor seiner Hütte stehen. Sie hofften, dass Doktor Zajger es sich anders überlegen und umkehren würde, während ich das Gefühl hatte, dass gleich lautes Gerede ausbrechen würde, mit Streit und Behauptungen. Mein Vater schaute sich aufmerksam um, seine Ironie war spürbar. Es war, als warte er auf einen Kommentar, der ihm die Bedeutung dieser Verabschiedung erklären würde.

Schließlich zerstreuten sich die Leute und kehrten zum Ufer zurück, und das zweite Frühstück, das wir stets gemeinsam einnahmen, fand statt wie jeden Tag. Die Aufführung vor Doktor Zajgers Hütte war vielleicht nicht vergessen, aber der Appetit war groß. Eines nach dem anderen wurden die belegten Brote aus dem Pergamentpapier gewickelt. Die Limonadeflaschen öffneten sich mit einem sanften Plopp, das in der Ruhe kurz hallte.

Der einbeinige Mann konnte sich nicht zügeln und rief laut: «Man sollte nicht die ganze Zeit essen. Schaut doch, was mir passiert ist.» Dieser Vorwurf, den er fast täglich äußerte, machte ihn nicht beliebter. Mittlerweile hatten die Leute sich an sein Schimpfen gewöhnt und überhörten es. Weil niemand ihm Beachtung schenkte, schaute er seine Nachbarn verächtlich an, als wären sie Verbrecher, die ihre Untaten schamlos wiederholten.

Meine Mutter gab dem einbeinigen Mann recht, sagte das aber nicht laut, vermutlich wollte sie den anderen ihre Meinung nicht aufdrängen. Ihre fein geschnittenen Bauernbrotscheiben mit Käse und Salat schmeckten allerdings immer sehr gut.

Mein Vater hatte wieder seinen ironischen Blick und flüsterte meiner Mutter zu: «Es ist nicht zu ändern, Juden haben einfach kein Gefühl für Ästhetik. Sie wissen vielleicht, wie man ein Vermögen macht, aber ihre Essmanieren sind mangelhaft.»

Ich hörte, wie P. sich an den einbeinigen Mann wandte und sagte: «Du darfst dich nicht aufregen. Aufregung schadet der Gesundheit. Lass die Leute doch tun, was sie wollen, du kannst sie nicht ändern.»

Der einbeinige Mann drehte sich zu ihr. «Soll ich sie etwa nicht warnen?»

«Was nützen deine Warnungen, sie hören doch sowieso nicht auf dich. Es ist schwer, seine Gewohnheiten abzulegen.»

«Ich kann nicht zuschauen und schweigen. Vom maßlosen Essen wird man zuckerkrank. Erst amputiert man einem die Zehen, dann das ganze Bein. Die Leute müssen doch wissen, was ihnen droht.»

«Du hast hast sie oft genug gewarnt. Was helfen deine Worte – ihr Appetit auf die belegten Brote ist stärker. Auch mir fällt es, ehrlich gesagt, schwer, auf meine abendliche Flasche zu verzichten. Doktor Zajger hat mich schon oft genug ermahnt, aber was soll ich machen, ohne die Flasche Bier ist mein Leben nichts wert.»

«Manchmal trinkst du ja auch einen Cognac.»

«Das stimmt. Und ich habe schon ein paarmal versucht, mir das Trinken abzugewöhnen, aber ich schaffe es nicht.»

«Du strengst dich nicht genug an.»

«Doch, ich gebe mir große Mühe, glaub's mir. Aber ohne ein, zwei Flaschen Bier am Tag taugt mein Leben nichts. Die Welt ist schwarz ohne Alkohol. Ich bin einfach verloren.»

«Du bist nicht besser als die Brotesser.»

«Bekomme ich denn vom Trinken auch irgendwann Diabetes?»

«Eher macht es deine Leber kaputt.»

«Na egal, sterben muss ich sowieso.»

«Das Problem ist nicht der Tod, der holt uns alle. Das Problem sind die Schmerzen. Es kommt darauf an, zu gehen, ohne sich Tag und Nacht in Qualen zu winden. Um ohne Schmerzen zu sterben, musst du den Körper bereitmachen, verstehst du?»

«Ich verstehe», sagte sie, den Tränen nahe.

60

Während der letzten Tage am Ufer bemühten sich meine Eltern sehr darum, meinen Schwimmstil zu verbessern. Das ermüdete mich, und ich zweifelte, ob sich meine Bewegungen im Wasser überhaupt verbesserten. Mein Vater schwamm für sich durch den Fluss, aber meine Mutter ließ nicht locker, als habe sie sich geschworen, mich zu einem guten Schwimmer auszubilden.

Als ich aus dem Wasser stieg, freute ich mich, dass ich den Schwimmunterricht hinter mir hatte.

Eine kleingewachsene Frau kam auf meinen Vater zu, stellte sich vor, nannte auch den Namen ihrer Eltern und sagte: «Wir waren einmal Nachbarn, wir haben zusammen im Sandkasten gespielt. Du hast mich Mimi genannt, und ich nannte dich Bonni. Wir haben stundenlang gespielt, haben kleine Häuser aus Sand gebaut und uns gegenseitig Geschichten erzählt. Als ich fünf war, sind meine Eltern in die Stadt gezogen.

Ich habe lange voller Sehnsucht an den Vorort und an dich gedacht.

Du bist oft in unseren Hof gekommen, und wir haben mit Holzklötzen gespielt, die mein Vater vom Sägewerk mitgebracht hat, große Holzklötze. Wir haben damit Hotels oder Häuser gebaut. Erinnerst du dich an mich?»

Mein Vater runzelte die Stirn, betrachtete die Frau, kniff die Augen zusammen, wie um in sich hineinzuschauen, doch er konnte sich nicht an sie erinnern.

«Es kann doch nicht sein, dass du mich vergessen hast. Wir waren so viele Stunden zusammen, bis spät abends. Wir aßen von demselben Teller den Grießbrei, den deine Mutter gekocht hat. Wir waren zwar erst fünf, aber sehr verliebt.»

Mein Vater legte die Hand auf den Mund – eine Geste, die ihm half, sich zu konzentrieren oder sich besser zu erinnern, aber diesmal gelang es nicht.

Die Frau fuhr fort: «Damals hast du zu mir gesagt: ‹Wenn wir groß sind, heiraten wir.› Ich habe gefragt: ‹Und wer wird mir das Hochzeitskleid nähen?› Und du hast gesagt: ‹Die Näherin, die im Winter immer kommt und für meine Mutter warme Kleider näht.› Dann haben wir beide gelacht.

Ich sehe, dass du dich nicht daran erinnerst. Wir waren erst fünf. Es gibt Leute, die sich jeder Einzelheit entsinnen, und andere vergessen alles. Da kann man nichts machen. Ich erinnere mich ganz deutlich an dich und die vielen Tage, an denen ich mit dem Gedanken gespielt habe, dass ich dich eines Tages wiedertreffe.

Im letzten Jahr habe ich angefangen, an dich zu denken, an den Jungen, der du einmal warst. Du warst ein ganz besonderer Junge. Du hast das Einmaleins auswendig gekonnt. Ich konnte mit Mühe bis zehn zählen. Auch meine Eltern haben dich bestaunt und dich immer wieder abgefragt. Sie konnten nicht glauben, dass du das Einmaleins auswendig kannst. Gut, lassen wir das, ich sehe, dass du dich nicht erinnerst.» Es schien, als wolle sie damit das Gespräch beenden, aber das war ein Irrtum: «Du warst ein Einzelkind. Deine Mutter hat dich immer schön angezogen. Jeden Morgen bist du in überraschenden Kleidern aufgetaucht. Du hattest Matrosenanzüge mit Matrosenmütze, und als ich dich fragte, ob du denn schwimmen könntest, hast du geantwortet: ‹Klar. Jeder Matrose kann schwimmen.› Und als ich dich fragte: ‹Wer hat es dir beigebracht?›, hast du gesagt: ‹Seit ich Matrosenanzüge trage, kann ich eben schwimmen.›

Ich habe dich sehr bewundert, vor allem wegen deiner Art zu sprechen. Du hattest Jägerkleidung mit einem Jägerhut, in dessen Band eine Feder steckte. Du hast dich hingestellt und gesagt: ‹Ich gehe auf die Jagd.› – ‹Und wo ist das Pferd?›, habe ich gefragt. ‹Es wird gleich kommen›, hast du geantwortet. Ich habe dir alles geglaubt, ich war mir sicher, dass du der wunderbarste Junge bist und dass wir immer zusammenbleiben.

Plötzlich zogen wir aus dem Vorort weg, und mein Leben hat sich völlig verändert. Ich weinte und bat meine Eltern, zurückzuziehen, aber meine Mutter sagte: ‹Vergiss den Vorort, jetzt wohnen wir in der Stadt. In der Stadt ist es schöner als dort.› Einmal lief ich sogar von zu Hause weg und kam fast bis zu unserem alten Haus.»

Die Frau ließ nicht locker. Ihr Blick wurde immer fester, als wolle sie ihn mit aller Macht aus dem Vergessen reißen.

«Auf einmal sehe ich den Jägerhut mit der Feder genau vor mir», sagte mein Vater, als tauche er aus tiefem Schlaf auf.

«Dann können wir uns nun auf den Weg machen.»

«Auf welchen Weg?», fragte mein Vater erstaunt, der die Bedeutung dieses Wiedersehens noch nicht verstanden hatte.

«Du hast mich Mimi genannt. Niemand sonst hat Mimi zu

mir gesagt. Und ich habe immer geliebt, wie du das gesagt hast. Bis heute habe ich den Klang deiner Worte im Ohr.»

Mein Vater war offenbar nicht wach genug, um alles zu verstehen, was sie sagte. Seine zusammengekniffenen Augen verrieten, wie er sich anstrengte, in jene Zeit hinabzusteigen, aber er fand nicht die passende Leiter.

Schließlich nahm er sich zusammen und fragte: «Habe ich mich seither verändert?»

Diese Frage verwirrte die Frau. Sie senkte den Kopf, dann hob sie ihn wieder und sagte: «Der Junge in dir, nehme ich an, hat sich nicht verändert.»

Bei dieser Antwort lächelte mein Vater und sagte: «Bist du sicher, dass die Kinder in uns verborgen bleiben?»

«Ich glaube schon. Du warst ein Junge mit viel Phantasie», wiederholte sie. «Ich stand mit offenem Mund da und hörte mir deine Geschichten an, sie waren wie Musik. Nachts habe ich von dir geträumt, und morgens, wenn wir uns im Hof trafen, war ich so glücklich, dass ich hüpfte.»

«Habe ich mich verändert?», fragte mein Vater noch einmal.

«Das ist anzunehmen, aber der Junge in dir hat sich nicht verändert.»

Und plötzlich erwachte mein Vater und rief: «Mimi, wie kann es sein, dass ich mich nicht an dich erinnert habe. Wie kann es sein, dass ich dich nicht gesehen habe.»

«Ich wusste, dass du dich an mich erinnern würdest. Du hast mir so viele Geschichten geschenkt. Bis heute machen sie mir Freude.»

Mein Vater wurde rot. «Ich genoss es, dich morgens zu treffen. Du hattest einen dicken Zopf, der über deinen Rücken hing. Anfangs hast du nichts gesagt, ich war mir sicher, dass du stumm bist oder dass du nicht sprechen dürftest. Wie hast du mich erkannt?»

«Es ist leicht, dich zu erkennen», sagte die Frau, und ihre Mundwinkel formten sich zu einem Lächeln.

«Großer Gott», rief mein Vater. Solch einen Ausruf hatte ich noch nie von ihm gehört.

Mein Vater war aufgeregt, und wie immer, wenn er aufgeregt war, zog er seine Pfeife aus der Jackentasche, stopfte sie und zündete sie an. Nach den ersten Zügen wurde sein Gesicht sonst ruhiger, doch diesmal war keine Erleichterung zu spüren. Er war wie schockiert und wiederholte ständig: «Mimi.»

Mimi antwortete nicht. Als erwarte sie, dass mein Vater weitersprach.

«Das ist mein Sohn, er heißt Erwin. Er ist zehn und ein fleißiger Schüler. Ist er Bonni ähnlich?»

Mimi lachte und sagte: «Das wird wohl so sein.»

«Erwin ähnelt mehr seiner Mutter», sagte mein Vater, ohne etwas hinzuzufügen.

Er sah vergnügt aus. Ich wusste, dass er sich jetzt an den Vorort, den Hof und an Mimi erinnerte und staunte.

Plötzlich fragte er in einem veränderten Ton: «Womit beschäftigst du dich, wenn ich fragen darf?»

«Ich arbeite am Blumfeld-Institut in Wien.»

«Du bist Forscherin?»

«Stimmt.»

«Auf welchem Gebiet?»

«Tuberkulose.» Sie fuhr mit einer anderen Stimme fort: «Die Stimmung in Wien ist sehr schlecht. Wir standen kurz davor, nach Amerika umzuziehen, der ganze Stab. Plötzlich dachte ich, ich sollte lieber nach Hause zurückkehren. Meine Eltern sind leider verstorben, aber das Haus steht für mich bereit. Es gibt nichts Wertvolleres als das Elternhaus. Die Jahre in der Fremde, die Forschung haben mich erschöpft, ich hoffe, dass mir die Rückkehr guttun wird. Es gibt keinen Ersatz für das

Elternhaus. Die ganzen Jahre in Wien über war ich nicht ich selbst, ich war wie eine Denkmaschine. Erst jetzt bin ich wieder zu mir gekommen. Sogar der Urlaub hier hat mir etwas zurückgebracht, was mir verlorengegangen war. Ich weiß nicht, was es ist. Es ist gut, mit Leuten zusammen zu sein, deren Stimmen man erkennt.»

«Fühlst du dich hier wohl?»

«Ich erlaube mir zu sagen: Es geht mir ausgezeichnet.»

Auch diese Antwort traf meinen Vater. Er nahm meine Hand und wollte gehen, doch dann überlegte er es sich anders und sagte: «Es tut mir leid, dass meine Erinnerung mich im Stich gelassen hat. Verzeih mir. Gott hat mich mit vielen Fehlern bedacht. Nun weiß ich, dass auch mein Gedächtnis fehlerhaft ist.»

Die Frau wollte ihn besänftigen: «Warum übertreibst du?»

Mein Vater, der sich sein mangelhaftes Gedächtnis übelnahm, bat sie noch einmal um Verzeihung. Schließlich sagte er: «Danke, dass du mir etwas von mir zurückgegeben hast. Großer Gott, wie konnte ich den Vorort und dich vergessen? Vermutlich werden in den nächsten Tagen weitere Bilder vor mir auftauchen. Der Mensch weiß nicht, was er vergessen hat und was ihm geraubt wurde. Danke für dieses Geschenk. Ich nehme an, dass wir uns wiedertreffen. Wir wohnen in Nikolais Hütte. Wir würden uns freuen, wenn du uns besuchst.»

Die Augen der Frau weiteten sich, als wolle sie sagen: Es geht nicht um ein Gespräch bei einer Tasse Tee. Kindheitserinnerungen sind kostbar und schmerzlich zugleich, man muss sie bewahren. Ich habe dir das nicht leichtfertig erzählt. Glaub mir, es ist mir schwergefallen, dich anzusprechen, und ich bin mir nicht sicher, ob ich es ein zweites Mal tun werde.

Beim Mittagessen wandte sich mein Vater an meine Mutter und sagte: «Ich habe eine Frau getroffen, die sich noch von früher an mich erinnert. Damals waren wir fünf.»

«Was hat sie gesagt?»

«Sie hat mich an Dinge erinnert, die ich vergessen hatte.»

«Hast du sie geliebt?»

«Schwer zu sagen. Ich war erst fünf.»

«Ich nehme an, dass du ein schöner und gescheiter Junge warst und dass dich hübsche Mädchen geliebt haben.»

«Ich erinnere mich nicht an mich selbst im Alter von fünf Jahren. Diese Zeit ist in meiner Erinnerung gelöscht.»

«Aber nicht aus der Erinnerung der Frau, die du getroffen hast.»

«Sie hat sich an mich erinnert.»

«Ein Zeichen, dass auch sie dich geliebt hat.»

«Ich weiß es nicht, das ist ein Brunnen, dessen Tiefe ich nicht erkennen kann.»

«Was arbeitet diese Frau?»

«Sie ist Forscherin an einem Institut, dessen Namen ich vergessen habe, in Wien.»

«Ist sie hierher zurückgekehrt?»

«Sie hat sich nach ihrem Elternhaus gesehnt.»

«Hat dich dieses Treffen verwirrt?»

«Ein wenig. Ich habe nicht erwartet, dass sich jemand an meine Kindheit erinnert. Für mich liegt alles im Nebel. Dichter Nebel hat mich schon immer verwirrt.»

«Und was hast du zu ihr gesagt?»

«Nichts habe ich gesagt.»

Mein Vater, der sonst so entschiedene Ansichten hatte, war plötzlich zögernd, als wisse er nicht weiter. Diesmal war es meine Mutter, die gezielte Fragen stellte. Auf dem Gebiet der Kindheit war sie Expertin. Oft hatte ich sie sagen gehört: «Die Kindheit ist der Boden, aus dem wir wachsen.»

«Glaubst du daran?», sagte mein Vater dann, als wäre er von allem beraubt, was er einmal besessen hatte.

An jenem Mittag, drei Tage, bevor wir das Ufer verließen, sah ich meinen Vater, wie ich ihn nie zuvor gesehen hatte.

61

Am Abend kam Gusta zu Besuch. Sie trug ein weißes Kleid, das ihr gut stand. Meine Mutter war aufgeregt, als hätte sie sie tagelang nicht gesehen. Mein Vater ging vor die Hütte, stopfte die Pfeife und blätterte in einem Buch. Später servierte meine Mutter Kaffee und Pflaumenkuchen, den sie noch schnell gebacken hatte. Sie unterhielten sich entspannt. Mich interessierte vor allem die Sache mit dem Prinzen, der sie verehrt hatte.

Es stellte sich heraus, dass der Prinz weiterhin Briefe an Gusta geschrieben hatte. In ihnen drückte er nicht nur seine Liebe zu ihr aus, sondern auch, dass er sich zum Judentum hingezogen fühlte. Er las die Schriften von Martin Buber und Franz Rosenzweig, die ihm einen Zugang zu den Geheimnissen des Glaubens eröffneten.

«Du verkörperst für mich das Judentum», schrieb er ihr.

«Und was hast du ihm geantwortet?», fragte meine Mutter.

«Ich wusste nicht, was ich antworten sollte. Ich schrieb ihm die Wahrheit, nämlich dass ich fern von jedem frommen Glauben war, sogar meine Eltern waren nicht mehr in die Synagoge gegangen.»

«Und wie war sein Standpunkt?», fragte meine Mutter leise.

«Ein Mensch ohne Glauben ist ein Mensch ohne Fundament, wie ein Baum ohne Erde. Das Judentum bewahrt das frühe, wüstenhafte Licht des Glaubens. Nicht jeder Mensch hat das Glück, als Jude geboren zu sein. Schade, dass du dich nicht über dein Los freust und dich von deinen Vorfahren entfernt hast, die die Stimmen hörten und das Gewitter am Berg Sinai.»

«Und was hast du ihm geantwortet?»

«Die Wahrheit: Ich empfinde Nähe zur russischen Literatur und zur Musik von Bach, aber nicht zum Glauben an Gott. Ich wusste nicht, dass er vom Rand des Abgrunds zu mir sprach, dass er ein verlorener Mensch war, eine Wurzel ohne Grund. Ich war verzaubert von seiner Erfahrung. Ich wusste nicht, dass jedes seiner Worte aus einer tiefen Verzweiflung kam. Er war ganz woanders. Ich konnte ihm nicht folgen. Seine Haltung machte mir Angst. Ich hatte das Gefühl, jeder Satz von ihm enthalte Sprengstoff.»

«Und als er spielsüchtig wurde, hat er dir dann noch geschrieben?»

«Er hat mir ein paar verzweifelte Briefe geschrieben. Er erzählte mir von seinen Höhen und Tiefen. Vermutlich glaubte er, sein tiefer Abstieg sei nur vorübergehend, eine Art Häutung, und danach käme die Reinigung. Er schrieb: ‹Ich bin noch tief unten, aber ich spüre die Flügel, die mich in die Welt des Lichts tragen können. Komm, gib mir die Hand und hilf mir, aufzustehen.›

Ich antwortete, ich hätte nicht die Kraft, eine helfende Hand auszustrecken, ich kämpfte mit der schweren Erkrankung meiner Mutter und müsse bei ihr bleiben. Danach bekam ich keine Briefe mehr.»

Die letzten Worte verschlugen meiner Mutter die Sprache.

Gusta stand auf und sagte: «Morgen früh fahre ich nach Hause. Ich weiß nicht, was ich tun werde. Die kommenden Tage werden mir schon zeigen, was zu tun ist.»

Meine Mutter wollte sie zurückhalten. Mein Vater legte sein Buch zur Seite und kam, um sich von Gusta zu verabschieden.

Vorher bat er sie, noch eine Tasse Tee mit uns zu trinken und ein Stück Kuchen zu essen, aber Gusta sagte: «Ich wäre gern länger geblieben, aber die Zeit drängt. Ich muss meine Sachen packen und die Küche sauber machen. Der Bauer kommt noch vor der Droschke, um das Geld für die Hütte und das Essen zu kassieren, das ich von ihm gekauft habe.»

Plötzlich schaute sie mich an und sagte: «Erwin ist ein wacher Junge, er hört und sieht alles. Irgendwann wird er sich sagen: Wer war diese seltsame Frau, die nicht aufgehört hat zu reden? Wie hieß sie gleich wieder? Einen Moment lang wird er erstaunt sein, doch bald wird er seine Tätigkeit fortsetzen.»

Mein Vater und meine Mutter lachten, als hätte sie ihnen etwas offenbart, was sie nicht gewusst hatten. Wir begleiteten Gusta bis zu ihrer Hütte und gingen wieder nach Hause. Ich war müde. Die kühle, feuchte Luft schwächte mich noch mehr, ich konnte kaum die Füße bewegen. Ohne mich auszuziehen, sank ich auf mein Bett.

62

Am Tag darauf frühstückten wir zur üblichen Zeit. Ich sah Gusta vor mir, in ihrem weißen Kleid, und sagte mir: Jetzt fährt sie in der Kutsche zu ihrem großen, leeren und erschreckenden Haus. Vielleicht hofft sie, ihre Mutter wäre inzwischen auferstanden und würde sie überraschen.

Nach dem Frühstück gingen wir zum Ufer. Ohne die schlanken jungen Mädchen war es dort langweilig.

Um die Wahrheit zu sagen, die meisten Feriengäste liefen

einfach herum, tauchten ins Wasser oder taten, als würden sie schwimmen. Es gab nur ein paar ausgezeichnete Schwimmer, wie mein Vater und meine Mutter, deren Augen leuchteten, wenn sie ins Wasser glitten. Wenn sie wieder herauskamen, strahlten sie und sahen größer aus.

Abschied lag in der Luft. Manche der Feriengäste freuten sich auf zu Hause, andere zögerten. P. hatte Angst. Die ganze Zeit über hatte sie gehofft, Franz würde zu ihr zurückkehren. Die Liebe, die in ihr geflackert hatte, war noch immer da und hinterließ eine schmerzende Sehnsucht.

Der einbeinige Mann riet ihr immer wieder, sich diesen Franz aus dem Kopf zu schlagen. Wie ihn gebe es viele, vermutlich noch Bessere. «Franz kommt und Franz geht, und du wirst irgendwann einen treuen Franz finden», sagte er. Bei seinen leichthin gesprochenen Worten brach P. in ihr lautes Prusten aus, und sie lachte, bis sie husten musste.

«Was ist mit dir?», fragte der einbeinige Mann.

«Du bringst mich zum Lachen. Schon lange hat mich niemand so zum Lachen gebracht.»

Wenn P. so laut prustete, erschien wieder das ironische Lächeln auf dem Gesicht meines Vaters. Manchmal war es fast, als würden wir nur zum Ufer kommen, damit mein Vater dieses Lächeln perfektionierte. Es war stets von zusammengekniffenen Augen begleitet. Ich weiß nicht, ob das noch jemandem auffiel. Ich jedenfalls verfolgte es aufmerksam.

Ich hatte das Gefühl, dass diese letzten Tage tief in mich sickerten. Vielleicht war es wegen der Unruhe und der Ängste, dass die Beziehung, die zwischen uns und den Menschen, die uns umgaben, entstanden war, allmählich nachließ. Nicht umsonst erinnerten wir uns voller Sehnsucht an Doktor Zajger.

«Solange Doktor Zajger bei uns war, fühlte ich mich ganz ruhig. Ich konnte gut schlafen und hatte angenehme Träume, ich wusste, dass mir nichts passieren konnte, wie als Kind, als ich im Haus meiner Eltern war. Seit er weggefahren ist, wache ich nachts auf und kann schwer wieder einschlafen. Böse Gedanken bedrängen mich. Ich halte es hier nicht mehr aus», bekannte eine Frau, die normalerweise ihre Gefühle für sich behielt.

Erstaunlicherweise wandte sie sich an meinen Vater und fragte: «Wann fahren Sie weg, wenn ich fragen darf?»

«Wahrscheinlich in zwei Tagen.»

«Haben Sie auch das Gefühl, dass dieser Ort, seit Doktor Zajger weggefahren ist, nicht mehr sicher ist, oder ist das nur meine persönliche Angst?»

«Doktor Zajger ist ein hervorragender Arzt, aber man darf von einem Menschen nicht erwarten, dass er alles kann», sagte mein Vater kühl.

Die Frau hatte eine solche Antwort wohl nicht erwartet. Sie senkte die Augen und sagte leise: «An allem bin ich schuld. Alles wegen meiner Ängste. Ich hoffe, dass sich die Gemüter beruhigen, wenn ich nach Hause zurückkehre.»

Von allen Seiten waren überraschende Worte und Sätze zu hören. Obwohl ich mir Mühe gab, alles mitzubekommen, erfasste ich nur da und dort ein Wort oder einen Satz. Ich spürte, dass wichtige Worte durch die Luft flogen, aber sie waren verschlüsselt, und es fiel mir schwer, sie zu verstehen.

«Sind wir hier alle Juden?», fragte ich meinen Vater, obwohl ich diese Frage schon ein paarmal gestellt hatte.

«Ja, mein Lieber», sagte er diesmal freundlich und ein wenig gekünstelt. «Wie kommst du gerade jetzt darauf?»

Ich war beschämt. Die Formulierung «mein Lieber» gehörte nicht zum Wortschatz meines Vaters. Er sprach sachlich und vermied Koseworte, nur wenn er ironisch wurde, benutzte er Wörter, die ihm sonst kaum über die Lippen kamen.

Seit Doktor Zajger abgereist war, suchten noch mehr Leute Rosa Klein auf, um sich von ihr aus der Hand lesen zu lassen. Rosa war zufrieden. Endlich wurde sie gebraucht. Die Menschen, die nicht an das Handlesen glaubten, und das waren viele, kränkten sie. Diese Zweifler gaben Rosa seltsame Beinamen. Der schlimmste von allen war Hexe.

«Ich betreibe Hexerei? Ich betreibe Hypnose? Handlinien sind eine klare Schrift. Ich möchte die Menschen vor dem warnen, was ihnen bevorsteht. Nur böse Menschen unterstellen mir Betrügerei. Ich hebe nur das Gute in jedem Menschen hervor. Nur das Gute.»

In den letzten Tagen brachte sie jedes unvorsichtige Wort, jeder Hinweis, der sie betraf, aus der Fassung. Eine Frau brachte ihr ein altes Bild aus der Schule, auf dem die kleine Rosa in der vierten Reihe zu sehen war. Beim Anblick des Fotos brach Rosa in Tränen aus. Sie weinte lange, ohne sich trösten zu lassen.

63

Die letzten Urlaubstage waren voller Gefühle, es ereigneten sich rätselhafte Ausbrüche und Geschehnisse. So verschwand P., und niemand wusste, warum und wohin. In den Tagen davor war sie fröhlich gewesen. Ihre Verletzungen waren verheilt. Sie pries Doktor Zajger, weil seine Vorhersagen gestimmt hatten, und lachte ununterbrochen. Der einbeinige Mann war froh, dass sie aus ihrer Depression herausgefunden hatte und die Welt wieder mit anderen Augen sah.

Und plötzlich, ohne Vorwarnung und ohne jeden Hinweis,

war sie verschwunden, wie vom Erdboden verschluckt. Der einbeinige Mann hatte sich erhoben und stand auf seinen Krücken. Er spähte in alle Richtungen. Seit P.s Verschwinden schauten die Feriengäste schweigend umher.

Einige suchten das Ufer und die nahen Wäldchen ab. Andere standen nur da und taten nichts, starrten auf den Fluss und sagten: «Was ist mit ihr passiert? Niemand hat sie in den letzten Tagen geärgert. Im Gegenteil, alle haben sich mit ihr gefreut, dass ihre Wunden ohne Narben verheilt waren.»

Ein Gutes hatte der Vorfall der Frau, die von den meisten P. genannt worden war, beschert: Sie hatte ihren Namen zurückbekommen. Man sagte nicht mehr: Wohin ist P. verschwunden? Sondern: Wohin ist Pepi verschwunden? Diese Veränderung ließ ihren Namen nicht mehr lächerlich erscheinen.

Auch am Nachmittag ging die Suche weiter. Man organisierte dafür zwei Bauern, doch die suchten nur halbherzig, als wäre sie nicht verschwunden, sondern hätte sich versteckt. Nur der einbeinige Mann hatte wirklich Angst um sie und behauptete, P. könne sich gar nicht verstellen oder verstecken, sie sei ein Kind geblieben, und deshalb würde man sie auch immer wieder betrügen.

«Was soll man tun?»

«Man muss die Suche verstärken, auch bei Nacht. Man muss jede Höhle und jeden Strauch absuchen.» Und als der einbeinige Mann sah, dass die Feriengäste drauf und dran waren, ihre Sachen zusammenzupacken, um zu ihren Hütten zurückzugehen, erhob er seine Stimme und rief: «Wie Vieh sind wir, ohne Verantwortungsgefühl. Es gibt kein Mitleid mit einer guten Frau, von der man nicht weiß, wohin und warum sie verschwunden ist. Sie ist zwischen uns gewandelt wie ein Wunder. Sie wollte uns erfreuen.»

Auf seine verzweifelten Rufe erhielt er keine Antwort. Lange saß er da und brachte kein Wort heraus, doch plötzlich sprang er auf wie ein Soldat, stand auf seinen Krücken und rief zornig: «Ihr werdet euch noch für diese Ignoranz verantworten müssen. Denn es ist ein hoher Hüter über den Hohen, und wer seinen Freund verleugnet, wird nicht entschuldigt.»

Dieser Aufschrei ließ einige hochschrecken. Einer rief: «Was wollen Sie von uns?»

«Nichts. Nur ein bisschen Menschlichkeit.»

«Was sollen wir tun?»

«Nicht weggehen. Dableiben und sich verantwortlich fühlen. An den Einzelnen denken, auf dem die Welt ruht. Ohne den Einzelnen hat die Welt keinen Sinn.»

Der Mann, der sich die meiste Zeit am Ufer nicht von der Stelle gerührt hatte, stand auf und war auf einmal ein anderer Mensch. Wie ein ehemaliger Offizier, der von einem alten, versteckten Stolz geweckt und zum Sprechen bewegt worden war.

Und dann begann er, die Suche in den Bergen zu organisieren. Die Bauern sollten wissen, die ganze Welt sollte wissen, dass wir auf niemanden verzichteten. Jeder Einzelne war ein Teil Gottes, kostbar und heilig.

Einige der Feriengäste gingen zu ihm und betrachteten ihn bewundernd. Das ließ ihn schweigen.

64

Meine Mutter machte sich ans Kofferpacken. In zwei Tagen würde die Droschke kommen, um uns nach Hause zu fahren. Meine Mutter faltete die Kleider so hastig zusammen, als wolle sie gar nicht sehen, was sie nach Hause mitnehmen würde. Mein Vater beobachtete ihre Bewegungen, ohne eine Bemerkung zu machen.

Mir fiel auf, dass sie plötzlich langsamer wurde, sie legte die Kleidungsstücke auf den Tisch, faltete jedes Kleid und jedes Hemd, als handle es sich nicht nur um die Sachen, die wir getragen hatten, sondern als hätten sie all die Tage, die wir hier verbracht hatten, in sich aufgenommen und als müsse man den Schatz bewahren, den sie in sich trugen.

Mein Vater kannte die stumme Sprache meiner Mutter. Diesmal sagte er nichts dazu. Den ganzen Abend saßen wir im Hof. Meine Mutter kochte für meinen Vater und sich Kaffee, für mich Kakao. Eine leichte Traurigkeit umfing mich, ohne dass ich wusste, warum.

Fürs Abendessen hatte meine Mutter belegte Brote mit Käse vorbereitet, dazu harte Eier und einen großen Salat. Wir waren hungrig und aßen mit großem Appetit alles auf.

Sogar mein Vater, der die belegten Brote am Ufer stets abgelehnt hatte, war von Heißhunger gepackt. Meine Mutter freute sich, dass wir beide alles bis auf den letzten Krümel vertilgten.

«Ich bin froh, dass die Koffer gepackt sind», sagte sie. «Morgen können wir den ganzen Tag schwimmen.»

Dann wandte sie sich an mich und sagte: «Du hast gute Fortschritte gemacht. Ich nehme an, dass du in den nächsten Ferien richtig schwimmen kannst.» Ich empfand das anders, sagte aber nichts.

In dieser Nacht träumte ich, dass meine Lehrerin Teresa mich fragte: «Wie waren die Ferien?»

«Wie immer», antwortete ich.

«Gab es keine Überraschungen?»

«Ein paar Kleinigkeiten.»

«Zum Beispiel?»

«Ich habe ein Rehkitz zwischen den Bäumen gesehen. Es hat mich einen Moment lang angeschaut und ist dann verschwunden.»

«Und was noch?»

Auf diese direkte Frage fand ich zunächst keine Antwort. Schließlich sagte ich: «Wir haben Tante Julia besucht. Tante Julia wohnt allein am Fluss.» Sofort bedauerte ich, dass ich das Geheimnis verraten hatte, das ich eigentlich hätte für mich behalten sollen.

Die Lehrerin Teresa wollte Einzelheiten wissen: «Ist sie verheiratet?»

«Nein», gab ich zu.

Um weiteren Fragen zu entgehen, wagte ich, sie zu fragen: «Ist Pjotr schon aus den Ferien zurück?»

«Pjotr fährt nicht in die Ferien, seine Familie kann es sich nicht leisten, in die Ferien zu fahren.»

«Und was hat Pjotr die ganze Zeit gemacht?»

«Er hat Fußball gespielt, ist im Fluss geschwommen, hat im Gemüseladen seiner Familie geholfen. Warum fragst du das?»

«Er hat gedroht, mich zu verhauen.»

«Gibt es einen Grund dafür?»

«Weil ich Jude bin, nehme ich an.»

«Hab keine Angst. Ich werde mit ihm sprechen, es ist verboten, einen anderen wegen seiner Abstammung oder seiner Religion zu bedrohen.»

«Ich habe keine Angst», sagte ich. «Mein Vater treibt zweimal in der Woche Sport mit mir, manchmal noch öfter.»

«Du musst wissen, Pjotr kennt keine Grenzen. Er ist gewalttätig. Ich werde auch mit seinen Eltern sprechen.»

Egal, was die Lehrerin sagte, ich wusste, dass die Gespräche mit Pjotr und mit seinen Eltern das Feuer nur weiter anfachen würden, also sagte ich: «Es lohnt sich nicht, sich einzumischen.»

«Das ist meine Aufgabe. Das ist mein Auftrag. Wenn eine Lehrerin nicht auf Ordnung und Benehmen achtet, wer dann? Es ist eine Schande, Menschen zu bedrohen. Ich jedenfalls erlaube es nicht.» Je länger sie sprach, desto klarer war mir, dass das Pjotrs Zorn nur noch vergrößern und ich ihm nicht entkommen würde.

Plötzlich packte mich die Angst mit aller Macht.

65

Bevor wir das Ufer verließen, kam es zu großer Aufregung. Slobo, der Sanitäter, lief am Ufer auf und ab. Sein großer Körper war angespannt, und es sah aus, als sei er drauf und dran, die Leute zu beschimpfen oder etwas zu sagen, was uns alle erschüttern würde. Doch da irrte ich mich.

Ausgerechnet der einbeinige Mann reckte den Hals aus seinem Militärmantel, stand auf und rief den Leuten am Ufer zu: «Pepi ist schon seit zwei Tagen verschwunden. Wir haben kaum etwas unternommen, wir haben unsere Pflicht nicht getan. Die Menschen rekeln sich hier im Gras, als wäre nichts passiert. Es ist etwas passiert, Pepi ist weg. Pepi spielt doch nicht einfach Verstecken! Wenn wir sie bis zum Ende der Ferien nicht finden, machen wir uns schuldig.»

«Was sollen wir tun?», fragte schließlich ein Mann.

«Diese Frage ist verboten», rief ihm der einbeinige Mann zu.

«Warum?»

«Weil es darum geht, etwas zu tun, anstatt zu fragen. Zu diesem Zeitpunkt stellt man keine Fragen. Zu diesem Zeitpunkt bedeutet jede Frage, dass man nicht handeln will.»

Der einbeinige Mann sah aus wie früher, doch sein Gesicht zeigte unterdrückten Zorn, und die Worte, die aus seinem Mund kamen, hallten nach. Dann fand er seine Stimme wieder. Er mahnte: «Wir müssen Fischer anstellen, damit sie nach ihr suchen. Fischer haben scharfe Sinne, sie kennen das Ufer und den Pruth. Man ignoriert keinen Menschen, den man täglich gesehen hat, mit dem man gegessen und gelacht hat, an dessen Leid man teilhatte.»

Plötzlich erhob Slobo die Stimme und sang das alte, bekannte Soldatenlied: «Maria, Maria.» Erst klang es wie ein Gefühlsausbruch, der fehl am Platze war, doch es dauerte nicht lange, da stimmten alle mit ein.

Plötzlich veränderte Slobo sein Aussehen. Jetzt wirkte er wie ein Dirigent, der einer vergessenen Melodie Flügel geschenkt hat, und die Menschen, die sich vor kurzem noch gleichgültig gerekelt hatten, versunken in ihre eigenen Angelegenheiten, standen auf und spürten, dass noch Leben in ihnen war, ein wahres Leben.

Das Lied wurde von Minute zu Minute lauter. Die Menschen erhoben sich wie unter Schock, als habe Slobo sie mit seiner Kraft verzaubert.

Gleich nach Slobo stand die Frau auf, der man ein Geschwulst entfernt hatte, und sang ein Stück aus «La traviata» von Verdi. In ihrer Jugend war sie eine bekannte Opernsängerin gewesen, die man «Die Nachtigall der Bukowina» genannt hatte. Sie hatte eine große Stimme, die über alle Hecken drang, die ihr im Weg standen. Die Menschen wurden von ihrem Gesang mitgerissen und verwandelten sich in einen wunderbaren Chor.

Die Bauern versammelten sich um uns. Sie staunten: Dass die trägen Feriengäste am Ufer fähig waren, derart laut zu singen, hatten sie sich nicht vorstellen können.

Angeregt von den Menschen um sie herum, sang die Frau weiter. Ihre Stimme wurde durch die Luft getragen.

Meine Mutter nahm meine Hand und brachte kein Wort heraus. Auch mein Vater war verblüfft.

Die Menschen, noch kurz zuvor in sich selbst versunken, waren aufgewacht und zu einem Chor geworden, der zeigte: Wir leben, und wir lieben das Leben. Wir lassen uns von der Verzweiflung nicht unterkriegen.

Besonders auffällig war die Haltung des einbeinigen Mannes. Er stützte sich, gekleidet in seinen Militärmantel, auf seine Krücken, als verkünde er: Mir hat man zwar das rechte Bein abgenommen, aber ich kann noch kämpfen, wie ich im letzten Krieg gekämpft habe. Das Leben hat mir ordentlich zugesetzt, aber niemals werde ich die Menschen verlassen, die mir beigestanden haben, im Licht und in der Finsternis.

Es versammelten sich so viele Leute, wie ich es zuvor nicht gesehen hatte. Eine große Frau erhob zwischen einer Arie und der nächsten die Stimme und sang, nicht sehr laut, aber kraftvoll, auf Jiddisch vom Leid des Menschen. Sie sang von Verachtung, von zermürbender Arbeit, von ausgenutzten Dienstboten und von verwaisten Kindern, die auf der Straße betteln.

Auch sie war in ihrer Jugend Sängerin gewesen, und obwohl ihre Stimme tiefer war als die ihrer Freundin, war sie voller Kraft und voller Zorn. Und so ging es weiter. Slobo, der mit dem Singen angefangen hatte, ließ nicht zu, dass es leise wurde. Er stimmte wieder das «Maria, Maria» an und verwandelte das Kriegslied in ein Lied der Sehnsucht. Darauf folgten Verdi-Arien der Opernsängerin. Zwei Stunden hielt das Singen an. Es war klar, die Leute wollten nicht damit aufhören.

Der einbeinige Mann nutzte eine Pause und rief laut: «Pepis Stimme ruft aus ihrem Gefängnis. Lasst uns losziehen, sie zu befreien. Jetzt sind wir stark genug, also lasst uns losziehen. Man hält sie in den Bergen gefangen, ohne dass sie etwas verbrochen hat.»

Das war ein Kampfruf, der Slobo dazu brachte, seine große, militärische Stimme zu erheben. Es war, als würde er sagen: Wenn es nötig ist, unser Leben im Kampf zu riskieren – dann werden wir es tun. Das Leben hat nur einen Sinn, wenn wir unser menschliches Antlitz bewahren.

Wäre eine der Frauen nicht in Ohnmacht gefallen, wäre das Singen wohl immer weitergegangen. Slobo ließ den Taktstock sinken und lief los, um seinen Verbandskasten zu holen. Kurz darauf kniete er neben der Frau. Als sie zu sich kam, sagte sie: «Gott sei Dank, dass du bei uns bist. Jetzt habe ich keine Angst mehr.»

Slobo blieb bei ihr. Die Menschen waren noch in die großartigen Stimmen gehüllt und liefen mit kleinen, vorsichtigen Schritten über das Gras. Die Ohnmacht der Frau hatte die Aufmerksamkeit verstärkt. Alle waren angespannt, erwarteten neue Offenbarungen.

66

Spät am Abend näherte sich uns eine Gestalt. Der einbeinige Mann schleppte sich auf seinen Krücken zu uns. Seit Pepis Verschwinden fand er keine Ruhe. In der letzten Zeit litt er unter starken Kopfschmerzen. Die Aspirintabletten waren ihm ausgegangen, und er bat um Hilfe.

«Ich gebe Ihnen gleich welche, ich bin froh, wenn ich Ihnen helfen kann», sagte meine Mutter und beeilte sich, ihm zwei Tabletten und ein Glas Wasser zu bringen.

Er schluckte die Tabletten und sagte: «Seit Pepi verschwunden ist, habe ich kein Auge zugetan. Ich versuche, mich zum Schlafen zu zwingen, wenn auch nur für eine Stunde, aber der Schlaf weigert sich zu kommen, und ich weiß nicht, was ich mit mir anfangen soll.»

Dieser entschlussfreudige Mann, der nicht nur Pepi Ratschläge gegeben hatte, war nun ratlos und kam zu meinem Vater und meiner Mutter wie ein Bettler.

Er sprach mit schmerzerfüllter Stimme: «Pepi ist eine wankelmütige Frau, sie kann nicht geordnet denken, sie wird überschwemmt von seltsamen und bizarren Gefühlen und ist von morgens bis abends mit sich selbst beschäftigt. Aber sie hat etwas Herzergreifendes an sich. Letztlich ist sie wie ein verlorenes Kind, auf das man aufpassen muss. An jenem schicksalhaften Tag saß sie neben mir und sprach, wie es ihre Art ist, über sich, über ihre Ängste, aber ihr war keine Gefahr anzusehen. Mir war klar, dass sie auch mit sechzig noch so sprechen wird. Nichts wird sie ändern.»

Nach einer kurzen Pause fügte er hinzu: «Plötzlich ist sie verschwunden, als hätte der Wind sie weggetragen.»

«Wovor hatte sie Angst?», fragte meine Mutter.

«Vor sich selbst. Vor dem Alter. Vor dem, was sie erwartet. Sie hasst Franz und sehnt sich zugleich nach ihm. Ich habe mit ihr geschimpft, weil sie sich von Betrügern und Heuchlern täuschen lässt. Sie hat mir versprochen, ihn sich aus dem Kopf zu schlagen, aber sie hat ihr Versprechen nicht gehalten. Ein solches Geschöpf wird sich nie ändern. Was man ihr auch rät, es bringt nichts. Insgeheim habe ich gewusst, dass sie in Gefahr ist, aber nicht erkannt, wie groß die Gefahr war. Ich habe schon drei Bauern angeheuert, um nach ihr zu suchen. Sie sind mit leeren Händen zurückgekommen und haben gesagt: ‹Sie ist nirgendwo zu finden. Unsere Wahrsagerin, die aus den Karten liest, kann sie nirgendwo an Land sehen.› – ‹Ist sie ertrunken?›, habe ich sie gefragt, und sie haben gesagt: ‹Vermutlich.›

Ich glaube ihnen nicht, weder ihnen noch ihrer Wahrsagerin. Sie ist ja kaum ins Wasser gegangen. Sie hat Angst vor dem Wasser. Mein Herz sagt mir, dass die Verzweiflung sie gepackt hat, dass sie ihre Hütte verlassen hat und sich unter irgendeinem Strauch versteckt. Die Verzweiflung ist wie eine Zecke, wenn sie einen packt, lässt sie nicht mehr los.»

Es fehlten ihm offenbar die Worte, er senkte den Kopf und sagte: «Entschuldigen Sie, dass ich Sie gestört habe. Ich wusste nicht, an wen ich mich wenden könnte. Schließlich habe ich mich entschieden, zu Ihnen zu kommen. Sie kennen mich nicht näher, aber wir treffen uns hier schon seit Jahren.»

Meine Mutter bot ihm belegte Brote und eine Tasse Kaffee an. «Nein, danke», sagte er, «ich gehe in meine Hütte. Vielleicht werden mich die zwei Aspirin beruhigen. Das ist nicht richtig von Pepi, mir solchen Kummer zu bereiten. Gott im Himmel weiß, dass ich es nur gut mit ihr gemeint habe.»

Mit diesen Worten verabschiedete er sich von uns. Wir blieben schweigend zurück. Meine Mutter fürchtete wohl, dass der Anblick dieses Mannes und seine Worte meinen Schlaf stören könnten, denn sie sagte nicht wie sonst, es sei schon spät.

Mein Vater, der ihm meist keinen großen Glauben schenkte, verkündete diesmal, dass es diesem Mann nicht an Gefühl fehle. Meine Mutter war überzeugt, dass die Beziehung zwischen ihm und Pepi nur freundschaftlich sei, es gehe ihm nicht um eigene Vorteile, er mache sich ernsthaft Sorgen um sie.

In dieser Nacht überschwemmten mich viele Bilder. Slobo führte eine Prozession an, den Taktstock in der Hand. Hinter ihm gingen die Opernsängerin und die hagere Frau, die jiddische Volkslieder sang. Auch die anderen nahmen an Slobos Marsch teil. Einige spielten Flöte, andere trommelten. Wer nicht an dieser Prozession teilnahm, wie der einbeinige Mann und etliche andere, sah unglücklich aus. Meine Mutter war aufgeregt, schaute verwundert. Mein Vater erlaubte sich nicht zu staunen. Sein ironischer Blick war beinahe verschwunden, es war, als würde er sagen, auch diese Aufführung kann die vielen Fehler unseres Lebens nicht überdecken.

Während ich da stand und Slobos Prozession betrachtete, wandte sich die Frau, die meinen Vater wiedererkannt hatte, an mich und sagte: «Du siehst deinem Vater ähnlich. Du weist alle seine Züge auf.»

Ich konnte nicht anders, als zu sagen: «Alle meinen, dass ich meiner Mutter ähnlich sehe.»

«Das ist ein Fehler», sagte sie knapp.

Fast hätte ich gesagt, und alle sollen sich irren?

«Du kannst dir gar nicht vorstellen, wie sehr du deinem Vater gleichst», sagte sie und verschwand.

Inzwischen kam die Prozession zurück. Slobo, den Taktstock in der Hand, war diesmal wie ein Zauberer. Die Menschen sangen nicht nur, sie tanzten akrobatische Tänze. Ich war sicher, dass sie gleich auch die anderen, die am Rand standen oder im Gras saßen, in ihren Bann ziehen würden.

Ich sah meine Mutter, die am Baum lehnte, und freute mich, als hätte ich sie nach langem Suchen gefunden. Auch sie freute sich über mich. «Es stimmt doch, dass ich dir ähnlich sehe?», fragte ich sie sofort.

«Ganz bestimmt. Wer hat daran gezweifelt?»

«Eine Frau hat gesagt, dass ich Papa ähnlich sehe.»

«Es stimmt, ein bisschen siehst du auch deinem Vater ähnlich, aber nur ein bisschen», sagte sie und zwinkerte mir zu. Wir mussten beide lachen.

Plötzlich fragte sie mich: «Was ist dir von dieser Saison im Herzen geblieben, Erwin?»

Ich wusste nicht, was ich antworten sollte. So viele Bilder und so viele Gesichter hatten sich mir aufgedrängt. Was konnte ich sagen?

Meine Mutter rettete mich aus meiner Verlegenheit: «Was wir heute sehen, wird in einem Monat klarer sein, vielleicht in einem Jahr. Mach dir keine Sorgen. Nichts geht verloren.» Die Worte meiner Mutter waren manchmal geheimnisvoll. Auch mein Vater verstand nicht immer, was sie meinte. Einmal hatte er zu mir gesagt: «Deine Mutter hat eine eigene Sprache. Nur der Gott aller Sprachen versteht sie.»

Meine Mutter umarmte mich und sagte: «Du verstehst mich. Die anderen verstehen mich oft nicht. Du weißt immer genau, was ich gemeint habe. Dich kann man nicht täuschen. Du hast ein gutes Gespür für Menschen.»

67

Ich liebe die Sprache meiner Mutter, und ich liebe es auch, wenn sie an meinem Bett sitzt und mir vorliest. Einmal hörte ich einen der Feriengäste am Ufer sagen: «Ein Junge von zehn Jahre liest selbst. Nur Kleinkindern liest man vor.»

Doch für mich gibt es nichts Schöneres, als wenn meine Mutter mir vorliest. Sie liest so angenehm und führt mich mit sanfter Hand zu den Toren des Schlafs. Auch im Schlaf höre ich weiter das leichte Vibrieren ihrer Stimme.

Mir ist aufgefallen: Wenn meine Mutter mir vor dem Schlafen etwas vorliest, vergeht meine Nacht ohne Albträume. Die Worte meiner Mutter haben die Macht, meinen Schlaf mit Licht zu erhellen und die kleinen Teufel fernzuhalten, die mich bedrängen. Wenn ich sie bitte, mir etwas vorzulesen, sagt sie: «Los, machen wir uns ein kleines Fest.» Sie fängt an zu lesen, und während sie liest, trägt sie mich ganz weit weg. Ich schwebe von Land zu Land, über Wasser und Wüste, bis ich am Ufer des Pruth lande. Wenn meine Eltern mich von weitem erkennen, rufen sie: «Bravo, Erwin, bravo, unser Held.» Gemeinsam kommen sie mir entgegen und loben meinen Erfolg. Sie sehen so jung und so heiter aus, als wären alle Sorgen und Nöte von ihnen abgefallen. Und dann kommt mir der Gedanke, dass mein Vater und meine Mutter in Wirklichkeit Geschöpfe des Wassers sind. Im Wasser sind ihre Bewegungen geschmeidig, und wenn sie vom Schwimmen zurückkehren, bleiben ihre Gesichter noch eine ganze Weile fröhlich. Doch dann reicht eine ungelenke Bewegung oder ein zu lautes Wort, damit mein

Vater die Fassung verliert. Meine Mutter versucht vergeblich, ihn zu beruhigen. Das Kopfschütteln meines Vaters bedeutet, er wäre lieber am gegenüberliegenden Ufer, weit weg von den Menschen.

68

Das Wetter ist angenehm. Aus den nahen Feldern dringt der Geruch gemähten Klees, Erntewagen, beladen mit Wassermelonen, fahren über die Sandwege und wehen Staubwolken auf. Bunt gefleckte Kühe grasen auf den ausgedehnten Weiden und strahlen Gelassenheit aus.

Mein Vater sagt: «So ist es.» Was wohl bedeutet: Auch diese Landschaft wird vorüberziehen, und wer weiß, ob wir bis dahin klüger geworden sind.

Meine Mutter sagt milde: «Wir werden die Leute und das, was wir gesehen haben, nicht so leicht vergessen.»

«Wen zum Beispiel?»

«Den Mönch Sergej vom Kloster.»

«Von Jahr zu Jahr verschließt er sich mehr.»

«Aber er ist eine beeindruckende Erscheinung.»

Mein Vater versucht, meiner Mutter zu antworten, findet aber nicht die richtigen Worte. Er macht eine Handbewegung, als wolle er sagen: Schade um die Anstrengung – das führt sowieso zu nichts.

«Und vergiss nicht den Pruth und das Schwimmen.» Vor Verzweiflung wird ihre Stimme höher.

Auch darauf antwortet mein Vater nicht.

Mein Vater neigt zum Diskutieren, aber es gibt Tage, da bleibt sein Mund verschlossen wie mit sieben Schlössern, und er bringt kein Wort heraus. Wenn er schweigt, ist das Gesicht meiner Mutter angespannt, als mache sie sich Sorgen um sein Wohlbefinden.

Wir gingen zum Ufer. Ein paar Leute wunderten sich darüber, dass wir so früh abreisen wollten. Mein Vater sagte: «Fünfundzwanzig Tage, das scheint mir mehr als genug zu sein.»

«Hoffentlich sehen wir uns nächstes Jahr wieder», ließ sich eine alte Stimme hören, eine, wie man sie unter den Händlern in der Judengasse oft hörte, ängstlich und floskelhaft.

Meine Mutter war aufgeregt – Abschiede, Umzüge, Menschen, die sie lange nicht gesehen hatte, Landschaften, die sich ihren Blicken entzogen hatten und plötzlich auftauchten, beunruhigten sie. Mein Vater kannte diese Verstimmung, er nahm sie dann in den Arm und hütete sich davor, eine ironische Bemerkung zu machen.

Die Frau, die meinen Vater noch aus ihrer Kindheit im Vorort kannte, ging zu ihm und sagte: «Meine Jugend war nicht leicht. Meine Eltern waren krank, ich habe das Haus versorgt und sie gepflegt. Doch jetzt, im Abstand der Jahre, kommt mir die Zeit wie die schönste meines Lebens vor. Über das, was mir danach passiert ist, sollte man lieber nicht sprechen.»

«Entschuldigung», sagte mein Vater.

«Weswegen bittest du um Entschuldigung?», antwortete die Frau mit klarer Stimme.

«Wegen der Jahre im Vorort, die ich aus meinem Gedächtnis verdrängt hatte, ohne zu wissen, warum. Es ist dir zu danken, dass sie jetzt zurückkommen.»

«Es waren bestimmt gute Jahre ohne besondere Vorkommnisse.»

Mein Vater versuchte, den Gedanken zurechtzurücken. «Meine Kindheit war bestimmt nicht glücklich.»

Die Frau schaute ihm in die Augen, als wolle sie sagen: Es gibt Dinge, die uns verborgen bleiben.

Nun fiel mir auf, dass die Frau einfach, aber sorgfältig gekleidet war. Ihr Gesicht drückte eine freundliche Zurückhaltung aus. Man sah ihr an, dass sie noch mehr sagen wollte. Schließlich stellte sie eine Frage: «Wann fährst du nach Hause zurück?»

«In zwei Tagen», antwortete mein Vater.

«Ich hoffe, dass wir uns noch sehen.»

«Es gibt Leute, die verbreiten schwarze Gerüchte», sagte mein Vater.

«Auch in Wien herrscht eine düstere Stimmung, Rowdys verbreiten Angst auf den Straßen, gut, dass ich in mein Heimatland zurückgefahren bin. Hier bin ich zu Hause, auch hier ist nicht alles gut, aber hier kenne ich mich aus. In Wien ist es eng, laut und schreckenerregend: Es ist besser für mich, heimzukehren, ins Haus meiner Eltern, bis die Gefahr vorbei ist.»

Zum ersten Mal sah ich, wie mein Vater zuhörte und sich in ihren Worten wiederfand. Es war, als wollte er sagen: Schade, dass wir uns erst jetzt gesehen haben.

Die Frau erriet offenbar seine Gedanken und sagte: «Ich war sehr beschäftigt, ich war in die Forschung versunken. Meine Arbeit ist gut vorangegangen, und ich war sicher, dass ich etwas für die Gesellschaft tat. Nach dem Tod meiner Eltern kam mir mein Privatleben bedeutungslos vor. Jetzt hat sich der Stab verstreut, und wer weiß, ob wir uns je wiedersehen.»

«Nach dem Krieg erwächst neues Leben, heißt es», sagte mein Vater und kicherte aus irgendeinem Grund.

69

Heute schwimmen meine Eltern nicht. Sie stehen nur da und schauen den anderen beim Schwimmen und Tauchen zu. Ab und zu blitzt es in den Augen meines Vaters auf, als wolle er sagen: Jedes Jahr die gleichen ermüdenden Gesichter, die gleichen Menschen, die sich körperlich nicht anstrengen und bloß Fett ansetzen, jedes Jahr die gleichen hässlichen Sonnenschirme. Warum komme ich hierher, wer zwingt mich dazu?

Meine Mutter, die meinen Vater kennt, zeigt diesmal mit Blicken, was sie sonst laut ausspricht: Was soll man machen, wir sind nun mal in jüdischen Elternhäusern aufgewachsen, und deshalb sind auch wir Juden. Es ist besser, unter Juden zu sein, die dir nicht gefallen, als in einer Sommerfrische oder in einem Hotel mit Einheimischen, die dir feindlich gesinnt sind. Wir können dem Schicksal nicht entrinnen, wir sollten es lieber akzeptieren.

Nach Pepis Verschwinden hat sich der einbeinige Mann auf seinem Schattenplatz in sich selbst zurückgezogen und wirft von dort aus zornige Blicke auf die anderen Feriengäste. Von Zeit zu Zeit steht er auf, stützt sich auf seine Krücken und ruft: «Wir sind wie Vieh. Da war eine ganz besondere Frau unter uns, die uns alle unterhalten hat, jedes Jahr ist sie gekommen und hat uns amüsiert. Eine gute, eine wunderbare Frau. Sie ist verschwunden, und keiner spricht darüber. Es gibt keine Solidarität auf der Welt, keine Verantwortung für die Mitmenschen, kein Mitgefühl. Sie sollten sich alle schämen.»

Und plötzlich sehe ich Pepi vor mir, wie sie mit den Wellen

des Pruth kämpft. Ihre langen Beine versuchen, gegen das Wasser zu treten, um sich dem Ufer zu nähern, und für einen Moment sieht es aus, als würde es ihr gelingen, doch die Strömung ist zu stark und reißt sie tiefer in den Strudel.

Meine Mutter spürt, wie erregt ich bin, sie nimmt mich an den Schultern und sagt: «Mein Herz sagt mir, dass Pepi heute oder morgen zurückkommen wird. Sie schämt sich. Sie muss erst ihre Scham überwinden.»

Während wir noch da stehen, erscheint Herr Rauch mit seinem langbeinigen Hund. Wegen seiner Haltung und der engen Beziehung zu seinem Hund sagt man von Herrn Rauch, er sehe nicht aus wie ein Jude, eher wie ein ukrainischer Bürgerlicher. Jedes Jahr taucht er am Ufer auf und verhält sich wie ein Fremder, wohin er auch geht. Er redet kaum. Meine Mutter sagt: «Jeder Mensch hat seine eigenen Bedürfnisse: Man muss nicht alles erklären. Herr Rauch hat das Bedürfnis, hierherzukommen und mit allen zusammen zu sein.» Er hat sich nicht verändert, seit ich ihn zum ersten Mal gesehen habe, noch immer strahlt er eine gewisse Fremdheit aus. Am Ende der Saison packt er seine Kleidung in zwei große Koffer, bestellt eine Droschke und kehrt nach Hause zurück. Er ist ein wohlhabender Mann. Früher war er in viele Geschäfte verwickelt, in den letzten Jahren hat er sich in sein großes Haus in der Fliederstraße zurückgezogen. In der Stadt sieht man ihn oft mit seinem Hund spazieren gehen, immer sorgfältig gekleidet. Wenn meine Mutter ihn auf der Straße sieht, sagt sie immer «Da ist Herr Rauch» und freut sich über sein seltenes Erscheinen.

Seltsam, denke ich, wir haben in dieser Zeit so viele Menschen getroffen, und ich überlege, ob ich mich an alle erinnern werde. Mein Vater sagt: «Wenn man die Geschichte eines Menschen nicht kennt, wenn man nicht weiß, was er tut und aus welchen Gründen, vergisst man ihn sehr schnell.»

Meine Mutter ist anderer Meinung. Manchmal reiche eine Geste, das Ausstrecken der Hand oder ein Kopfnicken, um sich einem Menschen zu nähern. Manche sagen immer wieder: «Lasst mich in Frieden.» Viele sind gekränkt, sie haben den Glauben an die Menschheit verloren. Ihnen kann man nur schwer näherkommen. Ihr Leben ist ein Geheimnis, und das Geheimnis bewahrt sie. Sie brauchen niemanden. Doch die meisten Menschen suchen Nähe. Sie freuen sich, wenn man ihnen freundlich begegnet. Man muss sie nicht verstehen. Es reicht, wenn man ihnen näherkommt. Nähe erwärmt das Herz und weckt das Gute und Schöne. Es gibt Menschen, von denen man nichts weiß, noch nicht einmal ihren Namen, doch wenn man sie zufällig auf der Straße oder in einem Laden trifft, freut man sich, als wären sie alte Bekannte, und wünscht sich insgeheim, sie wiederzutreffen.

Mein Vater ist ein gradliniger Mann. Sein Gang ist gemessen, sein Denken geordnet, und seine Meinung beruht stets auf einem Buch oder einem Aufsatz, den er gelesen hat. Meine Mutter ist immer gefühlvoll. Wenn wir umziehen oder die Möbel aus der Wohnung räumen, um sie frisch zu streichen, wird sie überwältigt und sagt Dinge, die man nicht sofort versteht, wie: «Blumen sind wunderbar, aber ihr Leben ist so kurz, dass sie in uns ein Gefühl schmerzlicher Flüchtigkeit wecken. Bäume hingegen leben lang, wir begleiten ihr Blühen, ihr Welken und das erneute Blühen, nicht umsonst sagt man: Der Mensch ist ein Baum auf dem Felde.»

Wenn meine Mutter solche Sätze von sich gibt, schließt mein Vater die Augen und sagt: «Schon wieder so ein subjektiver Spruch, der völlig unbegründet ist.» Dieser Satz, den mein Vater oft wiederholt, hat sich in meinem Kopf festgesetzt; kein Wunder, dass er oft auftaucht, auch wenn ich ihn nicht erwarte.

70

Nikolai, der Besitzer unserer Hütte, brachte uns frisches Bauernbrot, Milch und Käse und ein kleines Glas Honig. Er war fromm gestimmt und sagte: «Die Menschen nehmen alles für selbstverständlich, das Obst, das Gemüse, die Milch, die die Kühe geben. Aber nichts ist selbstverständlich. Der Mensch ist nicht Herr seines Schicksals.»

«Was sollen wir machen?», sagte mein Vater, als würde er eine Frage stellen.

«Segnen. Es gibt einen Gott im Himmel, der uns mit allem versorgt, und wir müssen ihn dafür segnen. Wir dürfen nicht undankbar sein.»

«An Ihren Worten ist was dran», sagte mein Vater, um einer Diskussion auszuweichen.

«Ein Mensch, der nicht segnet, trotzt dem Höchsten.»

Mein Vater kam ihm entgegen. «Wann ist Ihnen dieser Gedanke gekommen?»

«Schon vor Jahren, jeden Sommer. Die Menschen kommen, haben ihr Vergnügen und vergessen, dass es einen Gott im Himmel gibt.»

«Keine Sorge, sie vergessen es nicht. Gott sorgt dafür, dass sie es nicht vergessen.»

«Ich sehe sie nicht segnen, ich sehe sie nicht beten. Die alten Juden, die sich vor Jahren in unserer Gegend versammelt haben, sind frühmorgens aufgestanden und gingen beten. Dreimal am Tag haben sie gebetet, ihre Nachfahren leugnen die Existenz Gottes. Ich meine damit nicht Sie, mein Herr, Sie sind ein Mann des Buches, ein Geistesmensch. Habe ich nicht recht?»

«Ihre Worte haben etwas Wahres an sich», sagte mein Vater in einem Ton, der seine Worte in jede Richtung interpretieren ließ.

«Die Juden sollten besser sein, treuer. Sie waren einmal die Auserwählten Gottes, und sie wussten, was Gott von uns verlangt. Heute rekeln sie sich unbekleidet am Ufer, betrinken sich, schlagen sich den Bauch voll und fordern Gott heraus. Es ist verboten, Gott herauszufordern, wer das tut, wird bestraft werden.»

«Ihre Worte haben etwas Wahres an sich», wiederholte mein Vater, der das Gespräch beenden wollte.

Nachdem er noch über das Überirdische gesprochen hatte, kehrte Nikolai nun zu einem irdischen Thema zurück. Er wollte wissen, wann wir im nächsten Jahr kommen wollten.

Mein Vater, der die ganze Zeit mit unterdrückter Ironie gesprochen hatte, senkte den Kopf und sagte: «Ein Krieg steht vor der Tür, wer weiß, wann er ausbrechen wird, wer weiß, wo wir dann sein werden.»

«Ein Krieg kommt, ein Krieg geht. Die Juden werden wieder herkommen, sobald der Krieg vorbei ist. Schon mein Großvater, der vor vielen Jahren gestorben ist, hat Hütten an die Juden vermietet. Mein Vater hat die Tradition fortgesetzt, und ich folge ihm. Es ist anzunehmen, dass Sie nach Kriegsende zurückkommen werden. Bis dahin werde ich die Hütte frisch kalken, und Sie werden sie neu hergerichtet vorfinden.»

«Wir werden gern kommen.»

«Ich werde auch für den Gemüsegarten sorgen.»

«Ich danke Ihnen schon im Voraus», sagte mein Vater, der wollte, dass Nikolai ihn endlich in Ruhe ließ.

«Die Juden haben sich vor den Russen gefürchtet und sind

geflohen. Sie haben sich geirrt. Wären sie geblieben, hätte man nicht ihre Häuser geplündert, aber keine Bange, sie sind zurückgekommen, haben sich schnell erholt, haben ihre Häuser renoviert und Geschäfte eröffnet. Die Juden lassen sich nicht unterkriegen. Sie stehen auf, kehren zurück und richten sich wieder ein. Das muss man ihnen zugutehalten. Ihre Überlebenskraft ist unvergleichlich, das sollte man von ihnen lernen. Stimmen Sie mir zu?»

«Ich bezweifle, ob man das von ihnen lernen sollte», sagte mein Vater ironisch.

«Scharfsinn und Klugheit sollte man von den Juden lernen, das ist es, scheint mir, was alle glauben», sagte Nikolai und verzog die Lippen zu einem arroganten Lächeln, als sei ihm eine besonders schlaue Formulierung gelungen.

Alles ist für die Rückkehr bereit. Doch aus irgendeinem Grund beeilt meine Mutter sich nicht, weiter die Koffer zu packen. Mein Vater drängt sie nicht. Wir sitzen bis spät am Abend vor der Hütte, betrachten die Dunkelheit und die umherirrenden Glühwürmchen. Ich weiß, wenn ich meine Mutter jetzt etwas frage, würde sie mir zwar antworten, aber nicht gern und nicht mit der gewohnten Aufmerksamkeit.

In den letzten Tagen hat mein Vater seine Pfeife nicht aus dem Mund genommen, außer wenn er sie geputzt und mit Tabak gestopft hat. Manchmal kommt es mir vor, als wolle er damit die Gedanken vertreiben, die ihn bedrängen.

Niemand versteht meinen Vater, abgesehen von meiner Mutter. Immer ist sie bereit, ihm entgegenzukommen und gute Laune an den Tag zu legen. Mein Vater erkennt ihre Hingabe an, dankt ihr aber nie dafür.

Ich werde vieles vergessen. Insgeheim weiß ich, dass alles, was war, nicht wiederkehren wird, und selbst wenn es wiederkehren würde, sähe es anders aus. Die Bitte meiner Mutter, alles aufzuschreiben, übersteigt meine Kraft. Die Bilder häufen sich in mir, und ich zweifle, ob ich sie sortieren kann. Aber am Abend, wenn meine Mutter auf meinem Bettrand sitzt, vergesse ich für einen Moment, dass wir schon bald diesen Ort verlassen sollen. Viele Menschen sind schon weggefahren, am Ufer sind nur jene übrig geblieben, die ihre Ferien bis zum Schluss auskosten wollen.

Diesmal fahren wir zwei, drei Tage früher als sonst. Die Unruhe meines Vaters hat uns angesteckt. Meine Mutter hebt manchmal den Kopf und sagt: «Ich hoffe, Victoria hat auf das Haus aufgepasst, es sauber gemacht und die Vorhänge gewaschen. Es tut gut, in ein sauberes, helles Haus zurückzukehren.»

Mein Vater hat ganz andere Sorgen. Die Fabrik, die er schon seit Jahren führt, ist ohne Leitung zurückgeblieben. Sein ergebener Vorarbeiter, ein Halbjude, hat sich davongemacht, wie mein Vater zufällig von einem der Feriengäste erfahren hat.

Wir sitzen draußen, atmen die feuchte Luft ein und schauen über die grauen, gemähten Felder. Das Schweigen ist zu unserer Sprache geworden, die auch meine Mutter gelernt hat. Wenn mein Vater schweigt, anstatt zu nörgeln, ist das ein Zeichen, dass er zornig auf sich selbst ist.

Auch ich sitze da und schweige. Das Schweigen erfüllt mich mit Traurigkeit, die ich in Händen und Füßen spüre. Die Tränen, die schon seit Tagen in mir hochkriechen, wollen ausbrechen. Aber ich beherrsche mich, denn ich weiß, es würde meine Mutter erschrecken, und sie würde mich sofort mit Liebe überhäufen.

Mein Vater stößt von Zeit zu Zeit einen Seufzer aus, als spüre er einen Stich in der Brust oder als bedränge ihn ein düsterer Gedanke. Er fragt sich, was die Zeit uns bringt, und ich ahne seine schmerzlichen Gedanken.

Es hat angefangen zu regnen, ein dünner nächtlicher Regen. Meine Eltern sammeln das Geschirr zusammen und bringen es in die Hütte.

Die Traurigkeit sank tiefer in mich ein, Müdigkeit erfüllte mich. Meine Mutter bereitete die Betten vor, und mein Vater, der sonst meistens noch eine Bemerkung von sich gab, sagte kein Wort. Er wartete offenbar darauf, dass ich einschlief. Meine Augen fielen zwar zu, aber mein Gehör war noch wach, und so hörte ich ihn sagen: «In Zukunft werde ich nicht mehr hierherkommen. Erwin sollten wir in ein Sommerlager schicken, dies ist kein Ort für ihn.»

«Erwins Schwimmkünste haben sich dieses Jahr erheblich verbessert», sagte meine Mutter in dem Versuch, auf die guten Seiten des Ferienorts hinzuweisen.

«Aber er ist auch gezwungen, seltsame Geschöpfe und unästhetische Verhaltensweisen zu sehen. Gib zu, was sich hier abspielt, ist nicht besonders erfreulich.»

«Zumindest hat ihn keiner ‹dreckiger Jude› genannt.»

«Gib zu», wiederholte mein Vater die unangenehme Formulierung, «dieses jüdische Treibhaus ist nicht gerade herzerfreuend. Erwin muss Sport treiben, stark werden. Einen kräftigen Jungen werden sie nicht ‹dreckiger Jude› nennen. Außerdem: Er muss in Konzerte gehen, ins Theater, ins Kino. Das Zusammenleben der Juden hier ist durch und durch materialistisch.»

«Rechnest du auch Doktor Zajger zu ihnen? Meine Freundin Gusta? Die Frau, die eine Kindheitsfreundin von dir war? Karl König? Und alle anderen Leute, die so freundlich zu uns waren?»

«Sie sind die Ausnahmen, die die Regel bestätigen.»

Den Rest des Gesprächs hörte ich nicht. Ich fiel in einen tiefen Schlaf voller Träume. Bevor ich aufwachte, hörte ich noch die junge Frau des Bauern Nikolai mir zuflüstern: «Achte nicht auf ihn. Ich tue, was mir gefällt, wenn du zu mir kommst, werde ich dir etwas geben, was dir sehr angenehm ist.»

71

Am nächsten Morgen brachte Nikolai uns einen Laib Bauernbrot, Milch, drei Eier und ein Tellerchen Pflaumenmus. Mein Vater nahm den Korb entgegen, bedankte sich und verkündete, wir hätten vor, nun nach Hause zu fahren.

«Warum diese Eile?», fragte Nikolai, als wäre er erstaunt.

«Wir haben unsere Ferien länger ausgedehnt, als wir vorhatten. Es wird Zeit, zurückzukehren, das Haus erwartet uns.»

«Der Krieg steht vor der Tür. Wäre es da nicht besser, noch ein paar Tage zu bleiben und die Sonne und den Fluss zu genießen? Sie sind ein ausgezeichneter Schwimmer.»

«Das können wir nicht», sagte mein Vater kurz angebunden. Aber Nikolai versuchte es wieder: «Die Städte sind in Gefahr, nicht die Dörfer. An den Dörfern zieht der Krieg ganz beiläufig vorüber.»

Schließlich wurde ihm klar, dass mein Vater seine Meinung nicht ändern würde, und er sagte: «Heute Abend gehe ich zu meinem Bruder und sage ihm, dass er morgen früh vorbeikommen soll. Um welche Uhrzeit?»

«Um acht.»

«Er wird kommen. Er ist pünktlich.»

Im letzten Sommer hatte meine Mutter ein Abschiedsessen gekocht, an dem Doktor Zajger und Gusta teilgenommen hatten, außerdem noch ein schweigsamer Gast, dessen Namen ich vergessen habe. Doktor Zajger hatte eine angenehme Atmosphäre verbreitet. Schon damals hatte es schlimme Gerüchte gegeben, aber sie kamen von weit her, waren nicht so beängstigend wie in diesem Jahr.

Ich erinnere mich, dass dieser schweigsame Gast nach ein paar Gläsern Wein die Stimme erhob und sagte: «Was will man von den Juden? Sie sind doch gar keine Juden mehr, sie haben auf alles verzichtet, und nur weil sie sich am Ufer des Pruth oder am Ufer der Donau versammeln, stellt man ihnen nach? Ich verstehe die Logik nicht. In ein, zwei Jahren werden sie auch auf dieses zweifelhafte Vergnügen verzichten müssen.»

Mein Vater lobte ihn für diese scharfsinnige Bemerkung. Meine Mutter und ihre Freundin Gusta betrachteten die Männer, ohne sich an dem Gespräch zu beteiligen.

Nach dem Essen und nachdem Doktor Zajger und der schweigsame Gast sich verabschiedet hatten, hockten meine Mutter und Gusta noch zusammen und unterhielten sich. Mein Vater saß vor der Hütte, in sich selbst versunken.

Ich stellte mir unser Haus vor, sah den Salon mit den Samtsesseln, die sich so weich anfühlten, die Lampenschirme, die meine Mutter selbst hergestellt hatte, die geschnitzten Kaffeetische, den Glasschrank mit den kleinen Porzellantassen, den dicken, bunten Teppich, den uns der Antiquitätenhändler gebracht hatte und von dem meine Mutter so begeistert war. Jeder von uns liebte den Salon. Mein Vater saß gern in einem Sessel und las, meine Mutter hörte Musik, und ich neigte dazu, dort zu träumen. Nicht jeder Ort eignet sich zum Träumen. Schon damals hatte ich Angst, dass das Haus mit all seinen Annehmlichkeiten uns wegen des Kriegs oder aus irgendeinem anderen Grund verlorengehen könnte.

Dieses Jahr verlief der letzte Abend anders. Wir waren nur zu dritt, ohne Gäste. Meine Mutter hatte ein einfaches, schmackhaftes Abschiedsessen zubereitet: einen Auflauf aus Maismehl, Sahne und Käse und als Nachtisch Apfelkuchen. Mein Vater war zufrieden und freute sich darauf, dass wir morgen zu Hause sein würden. Aber ich war traurig darüber, dass wir diese Hütte, die sich schon in meinem Herzen verankert hatte, verlassen mussten.

Meine Mutter kam zu mir und sagte: «Hör auf, es zu bedauern. Im nächsten Jahr werden wir wieder herkommen. Der Abschied ist nur für kurze Zeit. Ein Jahr geht sehr schnell vorbei, und im nächsten Jahr wirst du mit uns schwimmen und den Pruth überqueren. Nächstes Jahr, wenn wir wieder herkommen, bist du schon elf Jahre und sieben Monate alt.»

Meine Mutter versuchte, mir warme Worte zu schenken, aber ich wurde dabei immer trauriger. Ich hatte das Gefühl, dass all das, was war, nicht wiederkehren würde, und dass die Menschen, die ich getroffen hatte, sich in alle Winde zerstreuen würden. Leer wie eine Nussschale würde ich zurückbleiben.

Ich legte meinen Kopf auf das Kissen, konnte aber nicht einschlafen. Bilder vom Ufer und Bilder von zu Hause vermischten sich, bis mir schwindlig wurde. Ich packte meinen Kopf mit beiden Händen, damit der Schwindel mich nicht überwältigte, und, oh Wunder, das Schwindelgefühl ließ nach. Dann sah ich meine Klassenkameraden vor mir. In unserer Klasse gibt es nur zwei weitere jüdische Kinder, jedes mit einem anderen Charakter. Ich mag Arthur, den gelähmten Jungen, der auf Krücken geht. Oft genug haben die anderen Schüler ihn geärgert und sind dann weggelaufen, aber er lässt sich nicht unterkriegen, er hebt die Krücken gegen seine Verfolger, und mehr als einmal ist er ihnen hinterhergehumpelt, um sie zu schlagen. Seine Beine sind zwar lahm, aber sein Oberkörper ist stark. Wenn er mit seinen Widersachern kämpft, stößt er einen furchterregenden Schrei aus, weshalb es sich die Jungen zweimal überlegen, ihn anzugreifen.

Arthur ist ein mittelmäßiger Schüler, aber er gibt sich Mühe. Die Lehrer schätzen ihn und nehmen ihn oft dran. Das Antworten fällt ihm nicht leicht: Er wird rot, stottert, es ist, als stiege er auf eine wacklige Leiter. Früher haben die anderen Kinder gelacht, wenn er antwortete, aber jetzt nehmen sie sich zusammen, besser gesagt, sie trauen sich nicht mehr. Manchmal kommt mir sein Humpeln auf Krücken wie ein stolzes Schreiten vor. Als wüsste er um seinen Wert.

Einmal hat er mich gefragt, ob ich in die Synagoge gehe. Ich habe die Wahrheit gesagt. Er schaute mich freundlich an und sagte: «Ich gehe jeden Freitagabend und jeden Schabbat mit meinem Großvater in die Synagoge. Er ist Kantor und hat eine wunderbare Stimme.»

Der zweite jüdische Junge ist Werner. Er ist lang und dünn und sehr strebsam. Er glänzt in der Schule, doch das kommt ihn teuer zu stehen. Jedes Mal, wenn der Lehrer verkündet: «Werners Probe ist fehlerfrei, er hat die Note zehn erreicht», muss er in der Pause Tritte oder Schläge einstecken. Er ist sehr verletzlich, er versucht zwar, sich zu wehren, aber seine Hände verfehlen meist ihr Ziel.

Schon oft wollte ich zu ihm gehen und sagen: Sei nicht so streberhaft, das macht dich in der Klasse unbeliebt. Aber ich habe es nie getan. Sein Gesicht und seine Arme sind voller Kratzer und Narben, die vom Hass der Mitschüler zeugen.

Plötzlich meine ich den Lärm der dreißig Jungen meiner Klasse zu hören und habe keine Lust, zurückzukehren. Ich treibe Sport, mein Vater trainiert mit mir. Die meisten Jungen meinen es nicht böse mit mir, nur Pjotr oder einer aus seiner

Clique drohen mir oft: «Wir haben nicht vergessen, dass du ein Jude bist.»

Mein Vater ermutigt mich, mich zu wehren, und oft habe ich mit Jungen gekämpft, die größer waren als ich. Doch ich konnte es nicht ändern, ich verspürte nicht die nötige Wut, um sie von mir fernzuhalten. Deshalb gehe ich auf Abstand von den gewalttätigen Jungen, aber insgeheim bin ich wachsam, und wenn einer von ihnen mich angreift, werde ich mich zur Wehr setzen.

72

Nikolai kam, um die Miete für die Hütte und das Geld für die Nahrungsmittel, die wir bei ihm gekauft hatten, zu kassieren. Mein Vater gab ihm das Geld und sagte: «Das ist für Sie.»

«Und was ist mit dem Trinkgeld, das Sie mir immer geben?»

«Das ist schon dabei. Zählen Sie nach, Sie werden sehen, dass es schon dabei ist.»

«Sie sind anständig zu mir, ich muss nicht nachzählen. Wann sehen wir uns wieder?»

«Gleich nach dem Krieg», sagte mein Vater, ohne ein Wort hinzuzufügen.

«Denken Sie daran, auszuwandern?»

«Mal sehen.»

«Viele Juden wandern aus, wenn es Krieg gibt.»

«Die Juden sind wie alle anderen Menschen. Wenn es an einem Ort Bedrohung und Gefahr gibt, gehen sie woanders hin.»

«Sie müssen zugeben, mein Herr: Im letzten Krieg haben

die Ukrainer ihre Häuser nicht verlassen, nur die Juden sind weggegangen.»

«Sie haben wie immer recht», sagte mein Vater.

Meine Mutter packte die letzten Sachen ein. Sie legte jedes einzelne Kleidungsstück zusammen, bevor sie es vorsichtig im Koffer verstaute. Diese Vorsicht schien mir ein Zeichen von Nervosität zu sein. Dieses Jahr fiel ihr aus irgendeinem Grund der Abschied schwerer als in den Jahren davor. Ich spürte, dass auch mein Vater, trotz seiner vielen Einwände gegen diesen Ort, es nicht eilig hatte, nach Hause zu fahren.

In den letzten Tagen sprach er über die Fabrik auf eine Art, die Angst und Unsicherheit ausdrückte. Meine Mutter versuchte, ihn zu beruhigen, doch es fiel ihm schwer zu erklären, was ihm Sorgen machte.

Mein Vater unternahm einen Rundgang und ließ mich bei meiner Mutter zurück. Sie wickelte unsere Teller in Zeitungspapier, und das Besteck steckte sie in ein Futteral.

Meine Mutter hat eine besondere Beziehung zu Dingen, die man ihr geschenkt hat, zu Tieren, die ihr unterwegs begegnen, und zu Menschen, die es schwerhaben im Leben. Wenn sie mit einer Frau spricht, die im Rollstuhl sitzt, geht sie in die Knie und sagt ein paar freundliche Sätze.

Ich erinnere mich, dass sie einmal neben einer Frau kniete, die im Rollstuhl saß, und die Frau schimpfte mit ihr und sagte: «Es ist verboten, vor jemandem zu knien. Ich bin schließlich nur eine Frau, die nicht richtig laufen kann. Ich brauche keine besonderen Gesten und kein Mitleid.»

«Ich wollte Ihnen nur zuhören.»

«Sie können mich auch hören, wenn Sie stehen.»

Meine Mutter erhob sich, wurde rot und sagte nichts mehr.

Die Frau fügte hinzu: «Wenn Sie wüssten, was für schlimme Sachen ich im Leben schon gemacht habe, würden Sie mich verspotten. Entschuldigen Sie, ich wollte Sie nicht kränken, aber dass Sie sich hingekniet haben, kam mir übertrieben vor. Ich konnte nicht anders, ich musste es Ihnen sagen.»

«In einem Tag sind wir zu Hause», sagte ich nun.

«Freust du dich?», fragte meine Mutter.

«Ich habe Angst, Pjotr zu treffen.»

«Papa, ich und deine Lehrerin Teresa stehen dir bei. Pjotr ist ein gewalttätiger Junge, aber auch Gewalttätigkeit kann man zügeln. In jeder Schule gibt es Raufbolde. Auch in meiner Schule gab es welche. Sie haben nichts gelernt, sind nur sitzengeblieben. Gewalttätigkeit ist ein schlimmes Vergehen, und wenn du sie nicht beherrschst, schlägt sie zurück.»

Normalerweise glaubte ich meiner Mutter, doch diesmal konnte sie mich nicht überzeugen.

73

In der letzten Nacht schlief ich kaum. Ich lag wach auf der Pritsche vor dem Ofen. Die Stimmen und die Bilder kamen eins nach dem anderen zu mir zurück, und ich konnte die Unruhe spüren, die sie mit sich brachten.

Am späten Abend waren einige Feriengäste gekommen und hatten versucht, uns davon abzuhalten, vorzeitig abzureisen. «Es ist schade, auf diese Tage mit Sonne und Wasser zu verzichten, jede Minute hier ist kostbar. Der Krieg rückt näher, und wer weiß, wann wir wieder in die Sommerfrische kommen.»

Mein Vater schob den Einwand zur Seite: Es gab eine Bedrohung, und man durfte sie nicht ignorieren. Die Feriengäste ließen sich nicht überzeugen. «Der Krieg hat noch nicht angefangen, und man kann bezweifeln, ob er so bald ausbricht. Eine vorzeitige Rückkehr ist unnötige Panik.»

«Ich habe eine Fabrik», argumentierte mein Vater.

Sie ließen nicht locker. «Auch wir haben Geschäfte und Lagerschuppen.»

Meine Eltern beharrten auf ihrer Meinung, die Feriengäste konnten bei ihnen nichts erreichen.

Als Letzte kam die Frau, die mit meinem Vater gespielt hatte, als die beiden fünf Jahre alt waren, um sich von uns zu verabschieden. Sie trug ein dunkles Kleid, das ihr gut stand. Ich betrachtete sie aus der Nähe. Sie gab meiner Mutter die Hand und sagte: «Ich heiße Jetti Bachwald. Ich kannte Ihren Mann, als wir fünf Jahre alt waren, und seither haben wir uns nicht mehr gesehen.»

«Eine bedeutsame Begegnung in der Kindheit vergisst man nicht so leicht.»

Jetti senkte den Kopf, ohne etwas zu sagen.

Mein Vater sah auf einmal ganz anders aus. Die scharfen Linien seines Gesichts wurden weicher, und seine Augen leuchteten.

Meine Mutter fragte: «Was arbeiten Sie, wenn ich fragen darf?»

«Bis vor einem Jahr arbeitete ich in der Tuberkuloseforschung. Das Institut hat sich aufgelöst, und der Forscherstab hat sich zerstreut. Die meisten wollten nach Amerika gehen, ich bin in meine Geburtsstadt zurückgekehrt, in das Haus meiner Eltern.»

Mein Vater wollte Einzelheiten über ihre Forschung wissen. Jetti ging ernsthaft auf seine Bitte ein und erklärte nacheinander die verschiedenen Anwendungsbereiche. Sie benutzte

Wörter und Begriffe, die ich nicht verstand. Aber mein Vater schien angemessene Fragen zu stellen.

Jetti sagte: «Ich sehe, du hast nichts aus dem Biologieunterricht vergessen.»

Meine Mutter mischte sich ein. «Fredi hat eine Neigung zur Wissenschaft.»

«Sie nennen Ihren Mann Fredi. Als wir Kinder waren, nannte ich ihn Bonni und er mich Mimi, unsere Welt bestand aus Phantasien. Bonnis Vorstellungen waren konkreter als meine, ich wurde von ihnen mitgerissen. Das war vor über fünfundzwanzig Jahren.»

«Ich habe schon immer gemerkt, dass Fredi eine Neigung zu Genauigkeit und zur Wissenschaft hat. Schade, dass er dieser Neigung nicht gefolgt ist. Ich hätte ihn jedenfalls nicht daran gehindert.»

«Es stimmt, du hättest mich nicht daran gehindert – ich war es, der seinen Neigungen nicht gefolgt ist. Meine Eltern wollten, dass ich Jura studierte, und ich gehorchte. Ich konnte mich nie mit diesem Studium abfinden, aber ich gab mir Mühe und setzte es zunächst fort. Schließlich hielt ich die juristische Gedankenwelt nicht mehr aus und brach das Studium ab.»

«Die wissenschaftliche Gedankenwelt passt zu dir», sagte meine Mutter.

«Was zu spät ist, ist zu spät», sagte mein Vater. «Es hat keinen Sinn, darüber nachzudenken.»

«Ein Mensch weiß nie, was ihn erwartet», sagte Jetti und fügte sofort hinzu: «Ich wurde am Institut angenommen und war sicher, die Forschung sei mein Lebensweg. Ich versank mit ganzem Herzen und mit ganzer Seele in meiner Arbeit, und plötzlich hat sich das erfolgversprechende Unternehmen aufgelöst, als hätte es nie existiert. Die Scherben kann man nicht mehr zusammensetzen.»

«Und wie fühlen Sie sich im Haus Ihrer Eltern?», fragte meine Mutter vorsichtig.

«Meine Eltern sind gestorben, das Haus stand leer und hat auf mich gewartet.»

«Und Sie werden nicht nach Wien zurückkehren?»

«Nicht so bald, nehme ich an.»

Mein Vater war an diesem Abend sehr aufmerksam, er ließ den Blick nicht von Jetti. Aber die Gesten meiner Mutter waren verändert, und sie wiederholte einen Satz, der gar nicht zu ihr passte: «Man muss aus allem eine Lehre ziehen.»

Ich wusste, dass ich auch diesen Abend in meinem Herzen bewahren würde. Mir war zwar nicht klar, woran ich mich erinnern würde, aber ich hatte das Gefühl, dass Jetti mir vertraut war wie ein Familienmitglied, das sich aus irgendwelchen Gründen von uns entfernt hatte und jetzt zurückgekommen war.

Meine Mutter, die immer zuhörte und alles beobachtete, stellte spitzfindige Fragen, als wolle sie ein Rätsel lösen. Ich wunderte mich über sie. Die Freundschaft meines Vaters mit Jetti lag über fünfundzwanzig Jahre zurück, warum sollte man darin graben?

Meine Mutter spürte offenbar, dass die Verbindung zwischen Mimi und Bonni unauflösbar war. Nicht Jetti war an diesem Abend die Fremde in der Hütte, sondern meine Mutter.

Jetti erhob sich und sagte: «Es ist sehr spät, ihr müsst morgen früh aufstehen. Ich mache mich jetzt auf den Weg. Ich nehme an, dass wir uns bald wiedersehen.» Sie streckte meiner Mutter die Hand hin, dann nahm sie die Hand meines Vaters in beide Hände.

74

Die Droschke, die uns abholen sollte, kam zu früh, deshalb schafften wir es nicht, unseren Morgenkaffee zu trinken. Mein Vater sagte: «Das macht nichts, dann halten wir eben am ‹Gasthaus zum Weißen Pferd› und frühstücken in aller Ruhe.»

Nikolais Bruder, der uns eigentlich abholen sollte, kam nicht; er schickte seinen Sohn, einen groß gewachsenen jungen Mann in blank geputzten Lederstiefeln. Er hob die beiden Koffer hoch und beklagte sich sofort, wie schwer sie seien. Die Ladekiste würde das Gewicht nicht aushalten.

«Dein Vater hat uns jedes Jahr nach Hause gefahren, und jedes Jahr hatten wir diese zwei Koffer.»

«Das ändert nichts, sie sind zu schwer.»

«Die ganzen Jahre ist nichts passiert.»

«Und wenn die Ladekiste kaputtgeht, wer wird mir das bezahlen?»

«Ich», sagte mein Vater.

Meine Mutter kehrte noch einmal in die Hütte zurück, um zu kontrollieren, ob wir nichts vergessen hatten, und freute sich, als sie ihre Lesebrille neben dem Bett entdeckte.

Wir fuhren los.

Doch als wir den Platz vor der Hütte verließen, erwartete uns eine Überraschung. Die anderen Feriengäste standen da, winkten uns zu und versperrten der Droschke den Weg. Der Kutscher, der dieses Hindernis offenbar nicht erwartet hatte, drehte sich zu meinem Vater um und sagte: «Sagen Sie ihnen, sie sollen zur Seite gehen.»

«Sie sind gekommen, um sich von uns zu verabschieden.»

«So verabschiedet man sich nicht.»

Mein Vater verlor die Geduld: «Lass den Leuten Zeit zu sagen, was sie auf dem Herzen haben.»

Wir stiegen von der Droschke, und die Menschen umarmten meine Mutter und küssten sie. Meine Mutter war gerührt von dieser spontanen Zuneigung, doch mein Vater, der an eine solche Nähe nicht gewöhnt war, wich zurück.

«Warum verlasst ihr uns?», rief die Frau, der man ein Geschwulst entfernt hatte. «Was gibt es in der Stadt? Die Stadt bedroht die Gesundheit. Jeder Tag in der freien Natur ist Vorbeugung und die beste Medizin.»

«Wir kommen wieder», sagte meine Mutter, als handle es sich um eine kurze Trennung.

Auch der einbeinige Mann war da. Er stand an der Seite und warf uns einen langen Blick zu, als wollte er sagen: Ich werde jedenfalls nicht weggehen, bevor man Pepi nicht gefunden hat.

Meine Mutter hob beide Hände und rief: «Wir verlassen euch nicht. Wir werden wiederkommen und mit euch zusammen sein. Wir sind eine Familie. Und wie in allen Familien gibt es auch bei uns Meinungsverschiedenheiten. Aber was uns verbindet, ist stärker als das, was uns trennt. Ich umarme jeden von euch und wünsche euch, dass ihr die letzten Ferientage angenehm verbringt.»

Mein Vater war verlegen. Die Worte meiner Mutter trafen ihn; er wusste nicht, was er mit sich anfangen sollte. Also packte er meine Hand, zog mich zu sich und sagte: «Komm, fahren wir.» Meine Mutter fügte hinzu: «Wir denken an euch, und ihr denkt an uns.»

Bei den letzten Worten griff mein Vater auch nach der Hand meiner Mutter, und gemeinsam stiegen wir wieder in die Droschke.

Der Kutscher, der alles beobachtet hatte, grinste und sagte: «Die Juden machen immer einen Aufstand.» Er ließ die Peitsche auf den Rücken der Pferde fallen, und wir fuhren los.

Meine Mutter brach in Tränen aus. Dass die Leute sich uns zu Ehren versammelt hatten, rührte sie. Mein Vater legte den Arm um sie, er wusste nicht, wie er sie besänftigen sollte. Meine Mutter gab sich Mühe, das Weinen zu unterdrücken, und murmelte: «Es sind gute Menschen, Menschen, die ihr Schicksal mutig ertragen.»

Mein Vater fühlte sich offenbar schuldig: «Du hast recht, wir sind losgefahren, weil ich in die Fabrik muss, und Erwin beginnt ein neues Schuljahr.» Meine Mutter hörte auf zu weinen und sank auf ihrem Sitz zusammen.

Noch während wir da saßen und die gemähten Felder betrachteten, die an den Rändern grau geworden waren, und uns dem Anblick dieser einfachen, ruhigen Landschaft hingaben, hielt der Kutscher an, stieg ab und wandte sich an meinen Vater: «Ich fahre nicht weiter, diese Straße hat zu viele Löcher. Das ist kein Weg für eine Droschke, sondern für große Ochsenkarren.»

Mein Vater stieg ebenfalls aus und stellte sich vor den Kutscher. «Die ganzen Jahre über sind wir auf dieser Strecke gefahren.»

«Ich fahre hier nicht.»

«Was willst du?»

«Steigen Sie aus.»

«Willst du uns mitten auf dem Weg stehenlassen?»

«Wer wird mir meinen Schaden bezahlen?»

«Wenn es einen gibt, werde ich ihn dir bezahlen.»

«Bezahlen Sie mich jetzt sofort.»

«Es gehört sich nicht, mitten auf dem Weg Geld zu verlangen. Ich kenne deinen Vater und deinen Onkel, sie haben uns schon seit Jahren gefahren. Ich war ihr Gast, und sie haben mich besucht.»

«Das interessiert mich nicht.»

Mein Vater, muss man wissen, wurde leicht zornig. Wenn er Unrecht witterte, konnte er den Mund nicht halten. Er wich einem Streit nicht aus.

«Wenn du nicht fährst, bezahle ich nicht», sagte er mit fester Stimme.

Der Kutscher musterte meinen Vater von Kopf bis Fuß, verstand offenbar, dass er so keine Chance hatte, von meinem Vater Geld zu bekommen, also änderte er den Ton und fragte: «Wann werden Sie mich bezahlen?»

«Vor unserem Haus.»

«Und wenn die Droschke kaputtgeht, wann werden Sie dann bezahlen?»

«Am Ende der Fahrt. Vorher nicht.»

Der Junge fand eine Lösung für die Bredouille, in die er sich gebracht hatte. «Wäre es nicht wegen meines Vaters, hätte ich Sie hier zurückgelassen und wäre nach Hause gefahren.»

Mein Vater ließ nicht locker. «Es gehört sich nicht, Leuten mitten auf dem Weg zu drohen.»

Es sind schon über sechzig Jahre seit jener angespannten Heimfahrt vergangen. Die Jahre tun Erinnerungen nicht gut, doch Erinnerungen aus der Kindheit haben ein langes Leben. Dieser junge, hasserfüllte Kutscher, der uns ausnehmen wollte, steht mir deutlich vor Augen, als eine Erscheinung, die späteren zuvorgekommen war. Ich wusste damals natürlich nicht, dass diese Szene nur ein Vorbote dessen wäre, was uns die Zukunft bringen würde. Ich hatte Angst vor seiner Gewaltbereitschaft, und es war gut, dass mein Vater zornig wurde, sich vor dem jungen Mann aufbaute und ihm zu verstehen gab, dass er stark war und sich nicht provozieren ließ.

75

Wir kehrten nach Hause zurück, und ich freute mich. Victoria war nicht da, aber sie hatte das Haus zu Ehren unserer Heimkehr geputzt, die Speisekammer mit Milch, Butter, Käse, Gemüse und Obst gefüllt, und meine Mutter beeilte sich, uns eine leichte Mahlzeit herzurichten.

Wir saßen am Tisch, als wären wir nicht fort gewesen.

Es dauerte kaum eine Stunde, da schlief ich ein. Mein Vater brachte mich in mein Bett, und ich sah im Traum das blaugrüne Wasser des Pruth, die langen Boote, die gegen den Strom schwammen, und die Bauernjungen, die von der Brücke ins Wasser sprangen. Alles so, wie es gewesen war. Aber wo waren die Feriengäste? Wohin waren sie verschwunden?, fragte ich mich und erschrak so sehr, dass ich aufwachte.

Es war schon Abend, ein kühler Spätsommerabend. Der Monat am Ufer und die beängstigende Rückfahrt, die Menschen und die Landschaften, an denen wir vorbeigekommen waren, schienen plötzlich in einem unbekannten Land zu liegen, in dem das Verborgene mehr bedeutet als das Augenscheinliche.

Die tägliche Klage meines Vaters: «Was tun wir hier? Es wäre besser, wir wären zu Hause und würden unseren Garten genießen», und die Bitterkeit, mit der er dieses Argument vorgebracht hatte, waren verschwunden. Er sah ruhig aus. Er saß am Tisch, schnitt Brot in dünne Scheiben, bot es meiner Mutter und mir an und sagte: «Ich liebe das Bauernbrot von der Bäckerei Stern.»

An diesem Abend entdeckte ich den gebeugten Rücken meines Vaters. Bisher war er mir immer so aufrecht vorgekommen wie ein Turner, und plötzlich sah ich, dass sein Rücken gebeugt war und noch runder wurde, wenn er seine Pfeife stopfte.

Meine Mutter sagte: «Es ist gut, nach Hause zu kommen, sein eigenes Heim ist schließlich das Beste für einen Menschen.» Die Sätze meiner Mutter klangen warmherzig, auch wenn sie nichts Neues sagten.

Mein Vater hob wortlos den Blick. Ich hatte Angst, sie würden bald mit den alten Reibereien anfangen. Doch da täuschte ich mich. Mein Vater wollte meine Mutter beschwichtigen. Er erzählte eine Episode aus seiner Gymnasialzeit, von einem gewissen Iwan, der im Langstreckenlauf mit ihm konkurrierte. Vor lauter Anstrengung wurde er mitten im Lauf ohnmächtig, und mein Vater kam als Erster ins Ziel. Doch die Laufrichter verkündeten meinen Vater nicht als Sieger, weil sein Gegner aus gesundheitlichen Gründen abbrechen musste und ins Krankenhaus eingeliefert wurde.

Dass mein Vater ein ausgezeichneter Sportler war, wusste ich, aber ich konnte mir nicht vorstellen, dass er zu den Besten im Langstreckenlauf gezählt hatte. Er war ungeduldig, deshalb hatte ich angenommen, dass ihm Kurz- und Mittelstrecken mehr liegen würden. Nun stellte sich heraus, dass ich mich geirrt hatte.

Meine Mutter holte den Kerzenständer aus dem Schrank, steckte eine Kerze an und sagte: «Es geht nichts über eine Kerze beim Abendessen.»

Wir aßen, was wir gewöhnlich abends zu uns nahmen: Salat, Rührei, Käse und Dickmilch. Doch es kam mir vor, als hätte alles einen neuen Geschmack.

«Seltsam», sagte meine Mutter, «ich sehe das Ufer vor mir, und es ist so weit weg, als wäre ich vor langer Zeit dort gewesen und nicht noch heute Morgen.»

Mein Vater antwortete: «Entfernungen täuschen uns.»

«Das Ufer ist schon nicht mehr von uns zu trennen», sagte meine Mutter.

Ich erwartete, dass mein Vater ihr widersprechen würde, doch er machte nur die Augen weit auf. Einen Moment lang sah er aus, als würde er erst jetzt eine Ahnung vom Wesen meiner Mutter bekommen und als täten ihm die Meinungsverschiedenheiten, die seit Jahren zwischen ihnen entstanden, leid.

76

Am nächsten Morgen öffnete meine Mutter die breite Hintertür, und helles Licht aus dem Garten erfüllte das Haus. Victoria hatte während unserer Abwesenheit den Garten gepflegt, hatte Unkraut gejätet und den Rasen gemäht. Der Geruch nach gemähtem Gras hing noch in der Luft.

Mein Vater war früh aufgestanden und in die Fabrik gefahren, ich hatte ihn nicht weggehen sehen. Meine Mutter sagte: «Morgen fängt das neue Schuljahr an, wir müssen deinen Ranzen und die Schuluniform vorbereiten.» Ihre Stimme klang gelassen, aber mich beunruhigte sie. Ich sah die breite Eingangstreppe der Schule vor mir und den Rowdy Pjotr, der auf der untersten Stufe stand, und wurde von Angst gepackt.

«Wird Papa am Abend mit mir trainieren?», fragte ich.

«Papa wird spät aus der Fabrik zurückkommen», antwortete meine Mutter sachlich.

Sie stand mitten im Garten, erregt von den Rosenbeeten

und von den Zweigen der hohen, kräftigen Akazien, die unseren Garten mit einem dünnen Schattennetz bedeckten.

Hier war nichts von dem drohenden Krieg zu merken, von dem alle am Ufer gesprochen hatten. Zwischen den Häusern hing spätsommerliche Ruhe.

Meine Mutter trat in den Salon, setzte sich in einen Sessel und sagte: «Ich liebe unser Haus.»

Ich hörte Sehnsucht in ihrer Stimme, als wären wir unterwegs und noch nicht zu Hause angekommen.

Ich wollte ihr von meiner Angst erzählen, beherrschte mich aber.

Meine Mutter ging zum Waschraum, um meine Uniform zu bügeln, dazu die Kleidungsstücke meines Vaters und ihre eigenen. Meine Gedanken wanderten zu Tante Julia, zu ihrem einsamen Haus, zum Obstgarten und den Gemüsebeeten. Ich sah das Musikzimmer vor mir, in dem sie oft stundenlang saß und Bach hörte.

Einmal hatte meine Mutter nach einem Besuch bei Tante Julia gesagt: «Julia erholt sich langsam, sie verbindet ihre Wunden.» Seither habe ich oft ihre Beine vor mir gesehen: Die Wunden bluten nicht mehr, wollen aber nicht heilen. Sie verbindet sie bedachtsam und ist völlig in ihre Tätigkeit versunken.

Mein Vater kam spätabends von seiner Arbeit nach Hause, müde, aber nicht deprimiert. Man hatte in der Fabrik eingebrochen, aber der Schaden war nicht sehr groß. Auf die Frage meiner Mutter, ob sich in der Stadt etwas verändert habe, seit wir weggefahren waren, antwortete er ausführlich: «Auf den Straßen merkt man nichts. Die Kaffeehäuser sind bis auf den letzten Platz gefüllt. Die Menschen kaufen und verkaufen wie eh und je. Die Juden übertreiben, wie es ihre Art ist, sie verbreiten Panik, man darf ihre Übertreibungen nicht beachten, man muss sich in Geduld fassen.»

Meine Mutter saß neben ihm und achtete auf jedes Wort, das aus seinem Mund kam. Schließlich fragte sie: «Hast du einen unserer Bekannten getroffen?»

«Ja, ich habe Doktor Zajger getroffen. Ich habe kaum ein Wort mit ihm gewechselt. Er hatte keine Zeit. Einer seiner Patienten ist ins Krankenhaus gekommen, und er hatte es eilig, ihn zu besuchen. Er ist alt geworden, seit wir ihn das letzte Mal gesehen haben. Seine Patienten fordern ihn Tag und Nacht, und er tut, wie es seine Art ist, alles, was sie wollen. Ich habe noch nie jemanden gesehen, der von seiner Arbeit so besessen ist wie er.»

Noch während er sprach, schloss er die Augen und schlief schließlich im Sitzen ein. Niemals zuvor hatte ich so etwas an ihm gesehen. Meine Mutter sagte leise: «Lassen wir ihn jetzt ein bisschen ausruhen, er hat seit heute Morgen gearbeitet.» Sie wollte seinen Schlaf nicht stören.

77

Am folgenden Morgen stand ich früh auf, zog meine Schuluniform an, trank einen Becher Kakao und machte mich auf den Weg zur Schule. Meine Mutter schaute mir nach, bis ich ihren Augen entschwunden war.

In der Schule herrschte Lärm, und auf den ersten Blick sah ich keinen meiner Klassenkameraden. Die meisten waren größer als ich, und einige trugen Ledermäntel, was sie aussehen ließ wie Straßenkinder.

Der Unterricht begann. Der Mathematiklehrer warf mir einen anerkennenden Blick zu. Insgeheim hoffte ich, er würde mich nicht an die Tafel rufen. Ich beschloss, mich nicht hervorzutun, vielleicht würden Pjotr und seine Bande mich dann in Ruhe lassen.

Da irrte ich mich. Am Unterrichtsende drohte Pjotr mir mit dem erhobenen Mittelfinger, und sein Blick sagte: Ich habe dich im Visier. Daraufhin schlich ich mich aus der Schule und schämte mich vor mir selbst, weil ich unfähig gewesen war, meinem Feind Auge in Auge gegenüberzutreten.

Zu Hause empfing mich meine Mutter freudig und fragte: «Wie war's?»

«In Ordnung», sagte ich. Meine Angst und meine Scham erwähnte ich mit keinem Wort.

Meine Mutter bereitete ein Mittagessen nach meinem Geschmack: Erst gab es einen herzhaften Maisauflauf, gefüllt mit Käse und Rahm, danach einen süßen mit schwarzen Kirschen. Ich wollte mich freuen, spürte aber keine Freude in mir.

Schließlich sagte ich: «Pjotr hat mit dem Stinkefinger auf mich gezeigt.»

«Hab keine Angst, mein Schatz, Papa wird am Wochenende mit dir trainieren. Auf Drohungen muss man gelassen reagieren.»

«Wie macht man das?»

«Papa wird es dir zeigen.»

Am Abend kam Gusta zu uns. Ich freute mich so sehr, dass ich vor Verlegenheit anfing zu husten. Gusta frage, ob ich mich erkältet hätte. Meine Mutter sagte mit klarer Stimme: «Erwin ist vollkommen gesund.»

Wir setzten uns in den Salon, den ich so liebte. Meine Mutter saß in einem Sessel, ich im Sessel gegenüber, Gusta auf dem Sofa.

Als meine Mutter in die Küche ging, um Tee und Häppchen

vorzubereiten, fragte Gusta: «Wie war es, wieder in die Schule zu gehen?»

«In Ordnung», sagte ich und war überhaupt nicht zufrieden mit der belanglosen Formulierung.

Gusta sagte: «Als ich so alt war wie du, habe ich in der Schule gelitten. Ich hatte keine Freunde. Ich war eine gute Schülerin, wurde aber nicht gemocht. Erst später, in den höheren Klassen, hatte ich gute Freundinnen, und das Leben lag offen vor mir.»

Ich freute mich über ihre Worte und sagte: «Es ist gut, wieder zu Hause zu sein.»

Gusta warf mir einen erstaunten Blick zu, sie wunderte sich über den Satz.

Ich bekannte ihr die Wahrheit: Während der Ferien hatte ich mich daran gewöhnt, für mich zu sein, der Lärm in der Schule störte mich.

«So ist es mit Einzelkindern. Ich war auch ein Einzelkind. Die Anwesenheit vieler Menschen hat mich verlegen gemacht, ich wusste nicht, wie ich mir Gehör verschaffen konnte. Ehrlich gesagt, ich wollte auch gar nicht reden.»

Wir lachten.

Meine Mutter brachte auf dem großen Tablett kleine belegte Brote, Tassen mit Tee und für mich Kakao.

«Erwin ist in den großen Ferien erwachsener geworden», sagte Gusta, ohne den Blick von mir zu wenden.

«Ich bin froh, dass du es bemerkt hast», sagte meine Mutter und stellte das Tablett auf den Tisch.

Am liebsten hätte ich gesagt, ich sei noch nicht erwachsen, Drohungen machen mir Angst, aber ich sagte kein Wort.

Nachdem ich den Kakao getrunken hatte, ging ich in mein Zimmer und ließ meine Mutter und Gusta allein. Doch ihre Stimmen drangen bis zu mir.

Meine Mutter sagte: «Ich bin so froh, nach Hause gekommen zu sein. Die ganze Zeit schien mir, der Krieg stünde vor der Tür und wir müssten alles zusammenpacken und das Haus verlassen, wie es meine Eltern im großen Krieg getan hatten. Dieses Gefühl hat mir den Spaß am Schwimmen verdorben. Und jetzt sind wir zurückgekommen, und alles ist, wie es war. Seit meiner Rückkehr bin ich so froh über das Haus, nachdem es uns quasi genommen worden war.»

«Auch ich hatte Angst», sagte Gusta.

Mein Vater kam müde aus der Fabrik zurück, doch er gesellte sich sofort dazu. Seine Meinung war unverändert: Die Juden leiden immer unter Furcht, man muss sich hüten, allzu viel mit ihnen zusammen zu sein.

«Wie empfindest du die Stadt?», fragte Gusta.

«Wie wir sie verlassen haben. Ein paar Diebstähle und Ausbrüche hat es immer gegeben. Die Juden übertreiben. Sie sind Künstler in der Verbreitung von Unruhe und Schrecken.»

Einen Moment lang wirkte es, als würde gleich eine Diskussion anfangen, aber das trat nicht ein. Meine Mutter und Gusta wollten keinen Streit. Sie unterhielten sich und legten der anderen ihr Innerstes bloß. Mein Vater wusste das und versuchte nicht, ein Streitgespräch anzuzetteln.

Meine Mutter sagte: «Gusta, bleib zum Abendessen.»

«Gern.»

«Ich habe allerdings nichts Besonderes gekocht.»

«Ich liebe einfache Mahlzeiten», sagte Gusta, «ich werde dir helfen.»

Mein Vater kam zu mir ins Zimmer, und ich vertraute ihm an, dass Pjotr mir den Stinkefinger gezeigt und mich bedroht hatte.

«Morgen komme ich früher nach Hause, und wir trainieren», sagte er und verzog das Gesicht zu seinem seltenen weichen Lächeln. Ich war erleichtert.

Ich liebte es, mit meinem Vater Sport zu treiben. Wir liefen dann immer durch die Nachbarschaft, machten Gymnastik, und zuletzt boxten wir. «Wenn wir fertig sind, wirst du ein furchtloser Junge sein», fasste mein Vater das Training zusammen.

Das Abendessen verlief harmonisch. Meine Mutter wiederholte immer wieder: «Wie gut ist es doch, zu Hause zu sein. Endlich bin ich aus der Öffentlichkeit zu mir zurückgekommen.»

Gusta sagte: «Auch ich habe mich gefreut, nach Hause zu kommen. Meine Haushaltshilfe hat das Haus geputzt, dass es glänzte. Seit ich wieder da bin, habe ich das Haus kaum verlassen, es hätte mir leidgetan, seine Ruhe auch nur für einen Augenblick zu entbehren.»

Mein Vater redete nicht viel an diesem Abend.

Schließlich erzählte er von der Fabrik: «Einer der Zeitarbeiter, ein nicht mehr junger Ukrainer, hat sich plötzlich erhoben und antisemitische Parolen von sich gegeben. Ich habe ihn gewarnt: ‹Sie arbeiten in einer Fabrik, die Juden gehört. Antisemitismus wird hier nicht geduldet.› Da hat er angefangen zu schreien: ‹Ich zeige meinen Protest an diesem Ort, denn das hier ist das Land der Ukrainer, nicht der Juden. Sollen sie doch in ihr Land zurückkehren.›

Ich sagte: ‹Sie sind entlassen.›

Daraufhin wurde er noch lauter. ‹Ich gehe nicht fort. Jedes Fleckchen Erde hier gehört den Ukrainern. Auch Ihre Fabrik. Ihnen gehört nichts in diesem Land.›

Ich forderte ihn auf zu gehen. Und als er sich weigerte, packte ich ihn am Arm und beförderte ihn hinaus. Er hat geschrien, bis er draußen war.»

Erst reagierte niemand auf diese Geschichte. Doch dann sagte meine Mutter: «Immer häufiger sind solche Stimmen zu hören, sowohl in der Stadt als auch auf dem Land. Wir haben sie schon im Sommer gehört.»

«Man darf sich nicht fürchten», antwortete mein Vater.

Wir schwiegen. Schließlich eröffnete Gusta uns zu unserem Erstaunen: «Ich habe vor, zeichnen zu lernen. Die ganzen Jahre habe ich mich danach gesehnt zu zeichnen.»

«Du willst die Wissenschaft zugunsten des Zeichnens aufgeben?»

Gusta schlug die Augen auf und sagte: «Was soll ich machen, ich sehne mich einfach nach dem Zeichnen.»

«Du verlässt die Wissenschaft und fängst alles ganz neu an?», fragte meine Mutter mit zitternder Stimme.

«Das ist es, was mein Herz mir sagt.»

«Was mein Herz mir sagt», gehörte nicht zu den Sätzen, die meinem Vater gefielen. Vielleicht hätte er sich zu einem anderen Zeitpunkt dagegen aufgelehnt. Doch an diesem Abend war die Stimmung unbeschwert. Mein Vater, meine Mutter und Gusta waren einander nahe, ohne viel zu reden.

Ich war müde und stand auf. Mir tat es leid um die Tage, die vergingen, um diesen Abend, der mir bald den Anblick der staunenden Augen meiner Mutter nehmen und Gustas Gesicht verwischen würde, die Miene meines Vaters, der an diesem Abend so ruhig war, als sei er mit allen im Reinen.

78

Der Weg zur Schule macht mir keine Freude. Der Rat meines Vaters, keine Konfrontation zu scheuen, kann mir meine Angst nicht nehmen. Aber das Training zahlt sich aus. Nach einer Stunde Laufen und dem anschließenden Boxen habe ich das Gefühl, dass meine Arme und Beine schneller sind und ich sogar gegen zwei Widersacher ankommen könnte. In meinen Träumen dagegen ist es anders. Die Rowdys verwandeln sich in eine Horde schemenhafter Körper. Ich versuche, mich aus ihrer Zange zu befreien, aber sie erdrücken mich mit ihrem Gewicht.

Entgegen dem Rat meines Vaters melde ich mich im Unterricht nicht. Der Mathematiklehrer wendet sich ein paarmal an mich und fragt, ob ich zur Tafel kommen möge. Ich ziehe es vor, das anderen zu überlassen.

Am Abend kam Doktor Zajger. Meine Mutter und mein Vater freuten sich. Doktor Zajger hatte sich verändert. Sein Gesicht war länger geworden, auf seiner Stirn zeigten sich Sorgenfalten. Kranke und Bedrückte ließen ihm keine Ruhe.

Auch nach Doktor Zajgers Meinung war die Panik am Ufer unbegründet. Es sei zwar ein wirtschaftlicher Niedergang zu spüren, man baue und kaufe weniger. Wer Bargeld habe, kaufe Dollars oder investiere in Gold. Die Armen hätten es auch in guten Zeiten nicht gut, umso schlechter gehe es ihnen jetzt. Doch letztlich sei das Leben stärker als das Leiden und die Beleidigungen.

Doktor Zajger sprach und erklärte. Und ich sah klar und

deutlich den Fluss und die Feriengäste vor mir: den einbeinigen Mann und Pepi. Der riesige Sanitäter Slobo ging am Ufer entlang, den kleinen Verbandskasten in der großen Hand, bereit, Wunden zu verbinden oder zu schienen, doch vor allem sah ich an diesem Abend die Frau, der man ein Geschwulst entfernt hatte: Sie sang aus voller Kehle Arien von Verdi.

Nach dem Abendessen senkte sich Schweigen über uns. Meine Mutter versuchte, die Stimmung durch ein Gespräch zu heben, doch ihre sanften Worte fanden keinen Widerhall. Mein Vater und Doktor Zajger tranken Tee aus hohen Gläsern und versanken immer tiefer in sich selbst.

Am Schluss sprach Doktor Zajger über das Unglück und das endlose Leid. «Was bin ich schon gegen all jene, die immer wieder operiert werden müssen. Die Menschen erhoffen Heilung von mir, sie wollen, dass ich die besten Chirurgen für sie auftreibe. Aber ich kann ihnen nur bedingt helfen. Ich bin nur ein Arzt, ich kann keine Wunder vollbringen. Ich verstehe das Flehen der Menschen. Ich verstehe sie besser, als sie glauben.»

«Das ist nicht Ihre Schuld», sagte mein Vater.

«Es geht nicht um Schuld. Ich stehe tagtäglich dem offenen Leid gegenüber und kann nicht helfen. Ich wiederhole immer nur: ‹Da kann man nichts machen›, und der Mensch, der vor mir steht, senkt den Kopf und sagt: ‹Ich sehe, dass auch die Medizin hilflos ist.› So geht es jeden Tag und manchmal jede Stunde. Kein Wunder, dass die Menschen den Verstand verlieren. Sie rennen zu Hexenkünstlern und Scharlatanen. Mir ist klar: Das ist reine Selbsttäuschung, aber ich kann sie nicht davon abhalten. Die Verzweiflung ist erniedrigend, die Verzweiflung macht hässlich.»

Mein Vater und meine Mutter saßen erschrocken da, die Teegläser in den Händen. Einen solchen Wortschwall hatten sie von Doktor Zajger noch nie gehört.

Ihre Gesichter verloren den erschrockenen Ausdruck auch nicht, als Doktor Zajger sich von uns verabschiedete und sich auf den Heimweg machte.

79

So vergingen die Tage. Mein Vater kämpfte um die Existenz der Fabrik, er hatte schon die Hälfe der Arbeiter entlassen und arbeitete selbst wie ein Angestellter.

Die Fabrik, die einst blühte, machte Tag für Tag Verluste. An einem Abend hörte ich meinen Vater zu meiner Mutter sagen: «Ich glaube, es bleibt mir nichts anderes übrig, als sie zu verkaufen. Ich kann diese Verluste nicht verkraften.»

In dieser Zeit fuhr meine Mutter zu Tante Julia. Ich ging morgens zur Schule, und wenn ich zurückkam, war Victoria da. Sie kochte für meinen Vater und mich. Früher war mein Vater zum Mittagessen nach Hause gekommen, hatte sich ein bisschen ausgeruht und war nachmittags wieder in die Fabrik gegangen. Seit wir vom Ufer zurückgekehrt waren, kam er mittags nicht nach Hause. Meine Mutter packte ihm belegte Brote und eine Thermoskanne Kaffee ein.

Victoria fragte mich: «Wie war's in der Schule?»

«Alles in Ordnung», sagte ich nur.

Victoria war geschieden und hatte selbst drei Kinder. Sie liebte meine Mutter über die Maßen und erzählte ihr ihre Geheimnisse, aber die Juden im Allgemeinen mochte sie nicht. Meine Mutter diskutierte nicht mit ihr. Nur einmal hörte ich sie sagen: «Die Juden sind wie alle anderen Menschen auch.

Es gibt unter ihnen Gute und Schlechte, es fehlen auch keine Dummen, und Unglückliche gibt es ebenfalls genug.»

Um drei Uhr ging Victoria, und das Haus blieb mir überlassen. Ich war nicht daran gewöhnt, allein zu sein. Wenn ich aus der Schule kam, empfing mich meine Mutter. Das Haus ohne meine Mutter machte mir Angst, daher ging ich hinaus in den Garten.

Mein Vater kam abends erschöpft heim. Ich wollte ihm eine Freude machen, wusste aber nicht, wie. Mein Vater zog sich Sportsachen an und sagte: «Komm, schauen wir mal, was Victoria für uns vorbereitet hat.»

Wenn meine Mutter zu Tante Julia fuhr, schien sie nicht nur drei Tage wegzubleiben, sondern viel länger. Ich war erleichtert, als mein Vater sagte, der Kutscher, der meine Mutter zu Tante Julia gebracht hatte, sei zurückgekommen und habe gemeldet, dass es beiden gutgehe.

Mein Vater ging trotz seiner Müdigkeit mit mir laufen, und danach trainierten wir noch Boxen. Das Training zeigte Erfolg: Mein Körper wurde geschmeidiger.

Im Traum kämpfte ich mit den Rowdys. Manchmal gelang es mir, sie zu besiegen, doch meistens bezwangen sie mich.

«Warum hassen sie die Juden?», fragte ich meinen Vater oft.

Er antwortete: «Sie haben Vorurteile gegen die Juden.»

«Berechtigte Vorurteile?», fragte ich weiter.

«Vorurteile sind in der Regel unberechtigt.»

Mein Vater mochte nur bestimmte Juden, die empfindsamen und sensiblen. Von der Masse der Juden distanzierte er sich. Meine Mutter hingegen behauptete, auch gegen die Masse der Juden dürfe man keine Vorbehalte haben. Das Beten in den kleinen dörflichen Synagogen sei zum Beispiel erhebend.

An den Tagen, an denen meine Mutter nicht zu Hause war, spürte ich ihre Gegenwart umso mehr. Jedes Möbelstück, jede

Lampe, ganz zu schweigen vom Kerzenständer, sprach zu mir. Manchmal kam es mir vor, als habe sie uns in all den Jahren die Ruhe ihres Elternhauses in den Karpaten schenken wollen. Wenn sie fort war, gewannen die stummen Gegenstände an Bedeutung.

Wenn ich dann nach Hause kam und meine Mutter in der Tür stehen sah, war ich überglücklich.

«Wie geht es Tante Julia?», fragte ich.

Meine Mutter machte die Augen weit auf und sagte: «Tante Julia hat sich für ein Nonnenleben entschieden.»

«Betet sie?», fragte ich.

«Nein. Sie hört Musik, liest Proust, sitzt stundenlang im Garten und betrachtet die Pflanzen, und nachmittags schwimmt sie im Fluss.»

Nach dieser Beschreibung meiner Mutter stellte ich keine Fragen mehr.

80

Am Abend besuchte uns der Schriftsteller Karl König. Mein Vater freute sich über diesen Besuch. Mir brachte Karl König unwillkürlich die Bilder vom Pruth zurück, die der Menschen, der Strömung des Flusses. Karl König war ein höflicher Mann und kein bisschen hochmütig. Ich hatte beobachtet, wie er sich mit Menschen unterhielt, auch mit etlichen Nörglern. Er ging auf jeden von ihnen ein. Mir tat es leid, dass ich ihn nicht öfter sah.

Mein Vater fragte, wie es ihm gehe, und er antwortete

ausführlich. Das meiste, was er sagte, verstand ich nicht, es ging wieder um das Romankapitel, das er am Ufer hatte fertig schreiben wollen. Was er dort nicht geschafft hatte, sei ihm zu Hause gelungen. Jetzt sei ihm eine Last von den Schultern gefallen.

«Ist es ein langes Kapitel?», erkundigte sich mein Vater.

«Nein, das nicht, aber es wollte mir aus irgendeinem Grund nicht gelingen. Ich habe es ein paarmal abgeschrieben, aber das hat nicht geholfen. Doch dann hat es meiner liebevollen Hartnäckigkeit nachgegeben und schließlich Form angenommen.»

Schon am Ufer des Pruth war mir aufgefallen: Sein Leben bestand aus nichts anderem als dem Schreiben. Er war ihm mit Leib und Seele ergeben. Dieses hartnäckige Kapitel, an dem er gearbeitet hatte, kam mir wie ein widerspenstiges Tier vor, das sich durch keine Überredungskünste bändigen ließ. Karl König erledigt seine Arbeit mit Hingabe. Er redet mit freundlichen Worten mit dem unbändigen Tier, rät ihm, sich der Gestaltung nicht zu widersetzen, denn ein ungestaltetes Kapitel verursacht dem Schriftsteller schlaflose Nächte.

Nun saß er gespannt im Sessel, bereit, neue Eindrücke aufzunehmen. So gern er erzähle, noch lieber höre er zu. Doch mein Vater ließ nicht locker, er fragte weiter nach dem widerspenstigen Kapitel.

Schließlich beantwortete Karl König die Fragen meines Vaters und sprach über die Sentimentalität, die alles kaputt mache. Man müsse sie aus der Literatur entfernen. Ein sentimentales Wort sei wie ein Stachel im Fleisch. Plötzlich sagte er einen Satz, der meinen Vater verblüffte. «Der Literaturminister hat mich gegen meinen Willen ausgewählt, dafür zu sorgen, dass sich keine Sentimentalität in die Texte einschleicht.»

Mein Vater ging auf diese scherzhafte Bemerkung ein. «Und Sie haben diesen Auftrag angenommen?»

«Ungern. Aber der Literaturminister lässt nicht locker. Wie jeder Minister verfolgt er mich. Er findet immer Fehler in meiner Arbeit. Er erinnert mich daran, dass ich mich verpflichtet habe, auf jedes Wort und jedes Zeichen zu achten.»

«Wann haben Sie sich verpflichtet?», fragte mein Vater gespannt.

«Schon in meiner Jugend. Ich wusste nicht, was diese Verpflichtung beinhaltete. Ich hielt das Ganze für ein Abenteuer, ich habe mir nicht ausgemalt, dass es sich um Sklavenarbeit handelt. Keinen Tag und keine Nacht habe ich Ruhe.»

«Aber jetzt haben Sie das hartnäckige Kapitel beendet», sagte mein Vater.

«Stimmt. Und schon steht das nächste vor der Tür und verlangt sein Recht.»

«Sind alle Kapitel so widerspenstig?»

«Gott sei Dank nicht alle, aber die meisten.»

«Sie schreiben gerade, scheint mir, nur über die Juden. Oder irre ich mich?», fragte mein Vater.

«Ja. Weil sie irgendwie interessanter sind. Außerdem kenne ich mich mit ihren Schwächen aus.»

«Alle Menschen haben Schwächen, oder nicht?»

«Die Schwächen der Juden kenne ich am besten. Ich schreibe nur über Dinge, die ich selbst kenne.»

«Haben Sie am Ufer neue Schwächen entdeckt?»

«Das Offensichtliche eignet sich nicht zum Schreiben. Nützlich ist nur, was aus einem herauskommt. Man sammelt Eindrücke, und am Schluss kommt etwas anderes heraus als das, was man gesehen oder gehört hat.»

«Das ist ein mystischer Prozess», sagte mein Vater.

«Ich mag dieses Wort nicht. Es sagt nichts aus.»

«Wie würden Sie es stattdessen nennen?»

«Dinge, die man nicht verstehen kann, muss man nicht

benennen. Das Unverständliche sollte man besser unbenannt lassen.»

An diesem Abend merkte ich, dass meine Mutter Karl König besser verstand als mein Vater. Meine Mutter meldete sich nicht zu Wort, aber ihr Gesichtsausdruck war aufmerksam und konzentriert.

81

Im Herbst 1938 bildet sich der Riss zwischen dem, was war, und dem, was kommen würde. Da ist es kein Wunder, dass wir das Haus nicht verlassen. Ich genieße jede Minute in meinem Zimmer, im Salon und im Garten, der in wunderbaren Herbstfarben leuchtet. Meine Mutter wiederholt: «Wie gut ist es doch, zu Hause zu sein.» Die Worte meiner Mutter haben stets etwas mit dem zu tun, womit sie sich gerade beschäftigt. Sie bügelt, stickt, und in den letzten Tagen hat sie zwei hübsche Kissen für das Sofa genäht.

Wenn ich von der Schule nach Hause komme, setze ich mich in den Salon und habe zu nichts anderem Lust, als dazusitzen und die vielen kleinen Dinge zu betrachten, die mir von überall entgegenblicken. Ich habe Angst, sie könnten mir verlorengehen.

Mein Vater kämpft Tag für Tag mit den Schwierigkeiten der Fabrik. Meine Mutter versucht auf alle möglichen Arten, es ihm zu erleichtern. Sie lässt ihm ein Bad ein, zaubert wohlschmeckende Mahlzeiten, sitzt neben ihm, stellt Fragen und hört ihm zu. Die Meinungsverschiedenheiten, die noch vor wenigen Monaten das Haus erfüllten, sind verschwunden.

Gusta besucht uns oft. Ihre Anmut und ihr Lächeln verbreiten Ruhe. Manchmal stelle ich mir vor, dass der Prinz, der in sie verliebt war, draußen steht und auf sie wartet. Sie führt ihr Leben ohne Klage. Sie beschuldigt niemanden, und sie tut sich selbst nicht leid.

Ein Abend mit Gusta gibt mir ein angenehmes Gefühl, das einige Tage anhält. Wenn Gusta bei uns ist, weicht die Last von meinem Vater, und sein Gesicht erhellt sich.

Als ich eines Tages mit meiner Mutter Schuhe kaufen ging, da trafen wir Pepi. Sie erklärte uns sofort den Grund für ihr Verschwinden. Eine Depression hatte sie befallen, deshalb war sie in den Wald geflohen und hatte sich dort versteckt. Einen Tag nach unserer Abreise war sie zum Fluss zurückgekehrt, um den einbeinigen Mann und alle anderen, die sich ihretwegen Sorgen gemacht hatten, um Entschuldigung zu bitten. «Zum Glück haben mir alle verziehen», sagte sie beschämt.

Auch meine Mutter freute sich, die Frau zu sehen, die zugleich ein kleines Mädchen und eine unglückliche erwachsene Frau war. Meine Mutter erkannte das Mädchen in ihr und sprach sehr sanft mit ihr. Das rührte Pepi.

Noch etwas gestand sie meiner Mutter: Sie hatte Franz getroffen, aber er war nicht zu ihr zurückgekehrt. Die Meinung des einbeinigen Mannes hatte sich indes nicht geändert: Franz sei ein Betrüger, dem man keinen Glauben schenken dürfe.

«Und was sagt Ihnen Ihr Herz?», fragte meine Mutter.

«Es fällt mir schwer, das zu entscheiden», sagte das Mädchen in Pepi, und dann fragte sie: «Wie geht es Erwin?», als wäre ich nicht dabei.

«Das neue Schuljahr hat begonnen», sagte meine Mutter ohne weitere Erklärung.

«Gut, dass wir uns treffen», sagte Pepi. «Dieses Jahr hat mir der Fluss nicht gutgetan. Er hat mich in die Irre geführt. Auch die Menschen dort haben mich nicht verstanden. Da war es gut, dass ich nach Hause gefahren bin, um wieder in der Boutique zu arbeiten. Es ist gut, zum Fluss zu fahren, aber noch besser ist es, nach Hause zurückzukehren.»

Meine Mutter kaufte mir ein Paar hohe Schuhe und sagte: «Bald kommt die Regenzeit, da ist es vernünftiger, Winterstiefel anzuziehen.» Nach dem Einkaufen gingen wir ins Café um die Ecke. Dort empfing man meine Mutter erfreut. Ich bestellte mir einen Käsekuchen und Kakao, meine Mutter Strudel und Kaffee. Wir saßen am Fenster, schauten hinaus auf den Rand des Parks und betrachteten die Leute auf den Bänken.

Am Ende der Woche forderte Pjotr mich heraus. Er nannte mich einen Drecksjuden, rief mir noch andere Schimpfwörter nach und drohte, mich zu verhauen. Weil er allein war, ohne seine Bande, legte ich meinen Ranzen ab und baute mich vor ihm auf. Er reagierte überrascht und kassierte zwei Faustschläge von mir. Doch er hatte sich schnell gefasst. Ich kämpfte mit ihm und gab nicht auf. Am Ende bluteten wir beide. Er verfluchte mich und drohte, mich umzubringen, und ich verfluchte ihn ebenso.

Als ich nach Hause kam, erschrak meine Mutter. Sie wusch mir das Gesicht und verband meine Wunden. Ich hoffte, sie würde mich loben, aber sie sagte kein Wort. Mein Anblick hatte sie erschüttert. Und noch nachdem sie mich verbunden hatte, konnte sie sich nicht beruhigen.

Aber als mein Vater am Abend nach Hause kam und meinen verbundenen Kopf sah, umarmte er mich und sagte: «Ich sehe, du hast dich geschlagen. Bravo.»

82

Mein Vater trainiert mich weiter. Das ist nicht leicht für mich, doch er tut es mit so großer Sorgfalt, dass ich nicht wage, ihm zu widersprechen. Ich spüre, dass ich immer kräftiger werde. Meine Beine sind geschmeidig, und ich bin bereit, nicht nur auf Mauern zu klettern, sondern auch auf hohe Bäume.

Seit der Prügelei mit Pjotr respektieren mich die Schüler meiner Klasse. Ich habe gehört, wie sie sich zuflüsterten: «Seit den Sommerferien hat er sich verändert. Er ist nicht mehr der, der er mal war.»

Mein Vater arbeitet von früh bis spät. Nach dem Abendessen sitzt er versunken im Sessel. Die Fabrik steht vor dem Konkurs. Mein Vater ist bereit, sie zu verkaufen, aber es findet sich kein Käufer. Die Käufer, die bisher erschienen, boten einen lächerlichen Preis.

Mein Vater verzweifelt schnell, trotz seiner Kraft. Meine Mutter, die in schweren Stunden zum Glauben ihrer Väter zurückfindet, sagt immer wieder: «Man darf nicht verzweifeln.» Früher haben solche Sätze meinen Vater aufgebracht, jetzt hört er sie ohne Widerspruch an.

Gestern hat man Gusta mitgeteilt, dass der Prinz ihr seinen Ring vererbt hat. Die Familie hatte jahrelang versucht, dieses Erbe zu verheimlichen, doch das Testament war vielen bekannt geworden. Die Familie hatte keine Wahl mehr, sie musste Gusta mitteilen, dass sie den Ring geerbt hatte.

Mein Vater hörte davon und freute sich für sie. Gusta erklärte: «Ich habe eine solche Überraschung nicht erwartet.»

Meine Mutter sagte: «Das ist ein schönes Andenken.» Angesichts dieser Nachricht klang der Satz für mich banal. Die hartnäckige Liebe des Prinzen, die im Lauf der Jahre erloschen zu sein schien, war plötzlich wieder da. Gusta saß im Salon und sagte leise: «Alles, was in jenen Jahren geschah, war mir unverständlich. Was weiß ein junges Ding schon, wenn es gerade mit der Schule fertig ist? Ich war zwar ein verträumtes Mädchen, aber Prinzen hatte ich nicht im Kopf. Ich wollte nur bei meiner Mutter sein und gute Noten bekommen.»

Meine Mutter sagte: «Man darf gute Nachrichten nicht missachten. Man muss sie sich anhören.»

«Ich bin an solche Gesten nicht gewöhnt», antwortete Gusta.

«Wir wissen nicht, was das Leben für uns bereithält», sagte meine Mutter.

Mein Vater überraschte die beiden Frauen, indem er sagte: «In diesen Zeiten, in denen alles zu zerbrechen droht, bedeutet eine gute Nachricht noch viel mehr.»

Bei diesen Worten brach Gusta in Tränen aus. Es war ein tiefes Schluchzen, das ihren Körper erschütterte. Meine Mutter umarmte sie und sagte: «Gusta, meine Liebe, alles ist zum Guten. Wir müssen lernen, überraschende Nachrichten zu akzeptieren. Letztlich ist alles zum Guten.»

«Ich brauche solche Geschenke nicht. Sie verwirren mich.»

«Wir wissen und verstehen nicht alles», sagte meine Mutter. «Lass die Zeit das ihre tun.»

83

Doktor Zajger besucht uns regelmäßig. Jeden Dienstagabend erlaubt er sich, dafür seine Praxis zu schließen. Früher hatte er Humor, er hat das Leben genossen. Jetzt gibt er sich ganz seiner Arbeit hin. Kranke und Bedürftige sammeln sich Tag und Nacht vor seiner Tür. Wenn seine Kräfte versagen, fleht er: «Lasst mich ein paar Stunden schlafen. Auch ein Arzt ist ein Mensch aus Fleisch und Blut.» Schon so manches Mal war er aus seinem Haus in den Park geflohen, um wie einer der Armen auf einer Bank die Nacht zu verbringen.

Mein Vater drängt ihn, zu bleiben und bei uns zu übernachten. «Wie lange wollen Sie das denn noch aushalten?»

Doktor Zajger lehnt den Vorschlag meines Vaters ab. «Das kann ich nicht, es gibt Patienten, die ihre letzte Hoffnung in mich setzen.»

Meine Mutter bereitet ihm warme, schmackhafte Gerichte. Doktor Zajger ist mager, und sein Gesicht, das früher fröhlich und vergnügt war, zeigt jetzt einen sorgenvollen Ausdruck. Wie vielen kann er helfen? Die öffentlichen Krankenhäuser sind überfüllt und nehmen nur noch Notfälle auf. Und die privaten Krankenhäuser bleiben armen Menschen verschlossen.

Inzwischen hatten wir erfahren, dass der einbeinige Mann gestorben war, seine Beerdigung sollte heute um fünf Uhr nachmittags stattfinden. Mein Vater kam früh aus der Fabrik nach Hause. Wir aßen eine leichte Mahlzeit und machten uns sogleich auf den Weg zu der Beerdigung.

Wir wussten, dass der einbeinige Mann ein wohlhabender Kaufmann gewesen war. Wie wohlhabend er wirklich war, hatten wir uns allerdings nicht vorstellen können. Ich erinnerte mich vor allem daran, wie er am Ufer gesessen und sich über Leute aufgeregt hatte, die ständig aßen und den anderen gegenüber gleichgültig und unachtsam waren. Die meiste Zeit hatte er bei Pepi gesessen, hatte sie zurechtgewiesen oder sie getröstet. Manchmal hatte er einem Bedürftigen etwas gespendet.

Wir gingen zu Fuß, nahmen die Abkürzung durch das Wäldchen. Von weitem sahen wir, dass von allen Seiten Menschen kamen. Meine Mutter erkannte Rosa Klein, die einen bunten Hut trug.

Mein Vater hatte den einbeinigen Mann nicht gemocht. Vermutlich hatte er sich nie ernsthaft mit ihm unterhalten. Doch zum Erstaunen meiner Mutter war er sofort bereit gewesen, zur Beerdigung zu gehen.

Der unbefestigte Weg außerhalb der Stadt erinnerte mich an den Fluss und die Feriengäste im Gras, wie sie belegte Brote aßen, Kaffee tranken und rauchten.

Als wir uns dem Friedhof näherten, standen schon einige Menschen am Tor. Die Felder und die spärlichen Baumgruppen strahlten Ruhe aus. Wir gingen langsamer und entdeckten Pepi, die einen gelben Hut trug. Ihr Gesicht konnten wir nicht sehen. Slobo, der Sanitäter, war leicht zu erkennen, er hob sich durch seine Größe von den anderen ab. Außerdem sahen wir noch die Frau, die in ihrer Kindheit mit meinem Vater befreundet gewesen war.

Wir blieben in einiger Entfernung vom Tor stehen. Der Blick meines Vaters füllte sich plötzlich mit Trauer, als wollte er sagen: Ich kenne diese Menschen. Sie verfolgen mich überallhin. Oder besser: Ich verfolge sie. Ist es nicht an der Zeit, dass wir uns trennen? Soll doch jeder seiner Wege gehen, seinem eigenen Schicksal entgegen.

Als wir das Tor erreichten, kam Slobo auf uns zu, streckte meinem Vater die Hand hin und sagte: «Gut, dass Sie gekommen sind», als hätte er die Beerdigung organisiert. Mein Vater sagte nichts.

Als wir Gusta kommen sahen, winkte ihr mein Vater. Gusta blieb stehen, ein paar Menschen hielten sie zurück. Sie unterhielt sich mit der Kindheitsfreundin meines Vaters, und mir fiel auf, wie vertraut sie miteinander umgingen.

Es herrschte keine Trauer, als stimmten alle darin überein, dass für den einbeinigen Mann die Zeit gekommen war, von der Welt zu gehen, deshalb habe er das ohne viel Aufhebens getan.

Pepi weinte leise, ohne großes Theater, was gar nicht ihre Art war.

Die Brüder von der Beerdigungsgemeinschaft brachten die Tragbahre mit dem Toten und stellten sie ab. Der Tote war in einen Gebetsmantel gehüllt, von seiner Amputation war nichts zu erkennen.

Die Beerdigung begann in aller Stille. Die Beerdigungsbrüder beteten leise, mit gedämpften Stimmen. Doch als sie den Verstorbenen ins Grab senkten, erhoben sie ihre Stimmen, und das klang, als entschuldigten sie sich bei ihm dafür.

Sofort machten sie sich daran, das Grab zuzuschaufeln. Auch das ging in vollkommener Stille vor sich. In diesem Moment sah ich den einbeinigen Mann in aller Deutlichkeit vor mir, wie er im Gras saß, mit seinem mageren Gesicht und der Militärmütze auf dem Kopf, als wäre er auf einer ewigen Wache. Der Ausdruck seines Gesichts wechselte, mal sah er wach und munter aus, dann wieder verbittert. Man sah ihm an: Dieser Mann hatte kein Mitleid mit sich selbst.

84

Während alle schweigend dastanden, stieg Doktor Zajger auf die Kiste, die neben dem frischen Grab stand. Sein Anblick verriet, dass er seine Müdigkeit überwunden hatte. Er trug einen grauen Anzug, dazu einen abgewetzten schwarzen Hut, den er offenbar für Trauerfeierlichkeiten benutzte.

Doktor Zajger las vor: «Wir sind gekommen, uns von unserem Freund Jizchak Holländer zu verabschieden, der letzte Nacht von uns gegangen ist. Wir kannten ihn, doch um die Wahrheit zu sagen, wussten wir nicht viel von ihm. Er war ein einsamer Mann und nicht verwurzelt in der Gesellschaft. Aber sein Herz war groß. Er dachte an jeden Einzelnen von uns. Sein Auftreten, wie wir es in den Ferientagen am Ufer kennenlernten, hat uns getäuscht. Er saß meist allein da, in einer gewissen Entfernung von den anderen, und blickte spöttisch oder zornig. Wir haben uns geirrt, meine Herrschaften, wir haben uns gründlich geirrt.

Wir wussten, dass er ein wohlhabender Mann war, hatten aber keine Ahnung, wie wohlhabend. Er hat sieben große Häuser hinterlassen, fünf Lagerhallen, neun Grundstücke und noch weitere Besitztümer. In all den Jahren hat er die Obdachlosen und Unglücklichen der Stadt beobachtet, hat sich Notizen gemacht und sie schließlich in Listen eingetragen; sie sollen einen Teil seines Vermögens erben. Von nun an wird es keinen Juden in der Stadt geben, der kein Dach über dem Kopf hat. Alte, Waisen, Kranke, Arme werden eine monatliche Zuwendung erhalten, um ihren Lebensunterhalt zu bestreiten.

Herr Jizchak Holländer hat mich und den ehemaligen Richter Doktor Meiser mit der Testamentsvollstreckung beauftragt. Das ist keine leichte Aufgabe, doch wir werden sie gern erfüllen. Man stelle sich vor, dass es in der Stadt keinen notleidenden Juden mehr geben wird, dass jeder Kranke ein Bett in einer Klinik und in der Apotheke die benötigten Medikamente bekommt, alles bezahlt aus dem Fonds, der unserer Meinung nach für viele Jahre reiche Früchte tragen wird. Ab heute werden wir Jizchak Holländer nicht mehr den einbeinigen Mann nennen, sondern ‹Retter der Menschen›.»

Eine heilige Scheu ergriff die Menschenmenge, die sich auf dem Friedhof versammelt hatte. Niemand rührte sich. Man hoffte auf weitere Erklärungen Doktor Zajgers, doch dieser stieg von der Kiste und stand zusammengesunken da. Sein Gesicht hatte sich verdüstert, es war offenkundig, dass er nichts hinzufügen würde.

Während die Menge noch wie erschlagen dastand, trat Slobo, der Sanitäter, zu der Kiste und stieg hinauf. Ohne zu zögern fing er an, den Soldatenmarsch «Maria, Maria» zu singen. Die militärischen Klänge rissen die Menschen nicht gleich aus ihrer Erstarrung, doch es dauerte nicht lange, da erhob sich ein Chor aus der Menge – genau wie es am Fluss gewesen war. Slobo war unermüdlich, er stand auf der Kiste, ein Dirigent, der die Stimmen meisterlich führte.

So ging es lange. Als das Lied zu Ende war und es aussah, als würden sich die Trauergäste zerstreuen, halfen ein paar Männer der Frau, der man das bösartige Geschwulst entfernt hatte, auf die Kiste.

«La traviata», rief jemand.

Sie fing mit einer starken, verinnerlichten Stimme an zu singen. Jetzt wussten wir, warum man sie «die Nachtigall der Bukowina» genannt hatte. Erst klang ihre Stimme wie ein

Gebet, in dem es darum geht, dass ein Mann aufgestiegen ist. Wir haben nicht gewusst, wie sehr er einer der unseren war. Jetzt, da wir es wissen, flehen wir um Erbarmen. Er hat im Leben genug gelitten. Der Himmel möge sich seiner erbarmen.

Das Lied verklang, aber die Versammelten blieben stehen, sie zerstreuten sich nicht. Jeder hoffte, es würde noch jemand auf die Kiste steigen, würde sprechen oder singen, doch niemand rührte sich.

Doktor Zajger bahnte sich seinen Weg nach draußen, blieb kurz am Tor stehen und ging dann fort.

Wir machten uns ebenfalls auf den Heimweg. Gusta und die Kindheitsfreundin meines Vaters schlossen sich uns an. Ich hoffte, mein Vater oder meine Mutter würden etwas sagen, aber sie fanden keine Worte.

85

Später saßen wir im Salon, wo meine Mutter Tee in den hohen Gläsern Tee servierte.

«Ein seltsamer Mensch. Ich hätte mir nicht vorgestellt, dass eine so große Seele in ihm steckt», sagte mein Vater und fügte sofort hinzu: «Das Äußere täuscht uns immer.»

Seine Kindheitsfreundin sagte: «Mein Vater hat von ihm einst das Haus gekauft, in dem ich jetzt wohne. Es war kein leichter Kauf. Er hat gefeilscht und nicht nachgegeben. Mein Vater, der ein weicher Mann war, hat sich dieser Hartnäckigkeit gefügt und am Ende allen Forderungen zugestimmt. Meine Eltern haben ihn nicht gemocht. So sind die Reichen eben, sie werden immer reicher.»

«Nun kehrt das Geld zu jenen zurück, denen er es genommen hat», bemerkte mein Vater.

Dann sprachen sie über andere arme Leute, doch das Bild des einbeinigen Mannes blieb im Salon gegenwärtig. Ich sah ihn vor mir, wie er im Gras saß und sich plötzlich erhob, auf seine Krücken gestützt. Er schien das ganze Ufer zu beherrschen und sah aus, als würde er gleich Prophezeiungen aussprechen. Vermutlich liebte er Pepi, und Pepi liebte ihn. Doch das war eine unmögliche Liebe. Pepi gehörte jetzt zu denen, die am Erbe teilhaben würden.

Dieser Abend nach der Beerdigung, in unserem Salon, verlief angenehm. Mein Vater übernahm einen Zug meiner Mutter: Er schaute zu, lauschte aufmerksam, ohne sich abzugrenzen oder zu widersprechen. Er nahm die Pfeife nicht aus dem Mund. Meine Mutter servierte Häppchen und goss Tee nach. Sie wollte allen nahe sein.

Es war mitten im Herbst. In den Parks wie in unserem Garten färbte sich das Laub. Stundenlang saßen wir draußen und betrachteten traurig diese vergängliche Schönheit.

Mein Vater versuchte weiter, die Fabrik zu verkaufen, ich kämpfte mit Pjotr, und meine Noten wurden schlechter. Mein Vater besah sich mein Zeugnis und sagte: «Was ist passiert?» Ein leichtes Lächeln lag auf seinen Lippen.

Meine Mutter hingegen setzte ihr ganzes Können ein, um schmackhafte Mahlzeiten zu kochen, jeden Tag gab es einen neuen Speiseplan. Mein Vater dachte nicht immer daran, sie zu loben.

Doktor Zajger und Doktor Meiser, dem Richter, gelang es, drei Häuser zu verkaufen, den Erlös verteilten sie sofort unter den Bedürftigen. Die armen Menschen liefen durch die Straßen, mit einem geheimnisvollen Lächeln in den Gesichtern. Wegen dieses Lächelns liebte ich es, die Seitenstraßen zu nehmen, wo man die Armen traf. Auch Doktor Zajger erholte sich wieder und wurde nicht müde, den einbeinigen Mann zu preisen. Er sagte: «Vor ihm hat kein anderer so viel Gutes getan. Das Erbe, das er hinterlassen hat, ist noch nicht alles. Jeden Tag werden neue Besitztümer festgestellt. Der Fonds kann die Armen noch viele Jahre lang versorgen.»

Doktor Zajgers Augen, die im Leben viel Leid und viel Unrecht gesehen hatten, sagten jetzt: Ein kleiner Teil des Unrechts ist nun gutgemacht worden.

Die Abende im Haus waren still, wir waren unter uns. Das Gefühl, dass alles, was war, niemals wiederkehren würde, hielt uns im Haus. Wir liebten jede Minute, die wir hier verbrachten. Die Möbel, das Geschirr, die Bilder an den Wänden, die kleinen Gegenstände, die meine Mutter über die Jahre gesammelt hatte, wirkten, als wären sie sorgfältig ausgesucht.

Das wachsende Gefühl, dass das, was war, nicht zurückkehren würde, erfüllte mich mit Sehnsucht und Trauer. Manchmal brach ich in Tränen aus. Dann nahm mich meine Mutter in den Arm und sagte: «Der Krieg ist noch weit weg. Die Menschen neigen zur Übertreibung, vorläufig ist alles ruhig. Heute Abend werden Gusta und Doktor Zajger kommen, und ich werde ein Essen kochen, an das sich alle noch lange erinnern werden.»

MIX
Papier aus verantwortungsvollen Quellen
FSC® C083411

Das für dieses Buch verwendete Papier ist FSC®-zertifiziert.